얼룩진 여름

일러두기
- 이 책은 『유리로 만든 배』(2005)의 개정판입니다.
- 일부 표현은 작가의 의도에 따라 그대로 두었습니다.

전경린
장편소설

얼룩진 여름

다산
책방

프롤로그 ········· 009

스물다섯 살 ········· 011
아홉 번째 행성, 플루토 ········· 019
난 지금 혼자 있고 싶지 않아 ········· 049
결혼, 양부의 집에서 다른 양부의 집으로 ········· 065
긴 복도 ········· 091
동시에 ········· 101
중단된 편지 ········· 115
센티멘털 왈츠가 끝났을 때 ········· 127
초록 레이스 마을 교본 ········· 147
저기 노루가 있었어요 ········· 171

차례

나는 뒤집힌 연못처럼 ………………… 187
지혈 작용 ……………………………… 205
조심하세요 …………………………… 213
나의 사랑은 당신보다 깊다 ………… 229
해변 소풍 ……………………………… 251
무참한 얼룩 …………………………… 261
내 방의 다른 주인 …………………… 269
이렇게 불쾌한 사랑 ………………… 279
신문 스크랩 …………………………… 291
그리고 5년 뒤에 ……………………… 317

개정판 작가의 말 …………………… 327

삶이 깊어지면 개념은 없어진다.
삶을 살아가는 사람은 이미 규정된 관념이 아니라
그 너머 저마다의 낯선 벼랑길을 걷는다.
그래서 생은 여전히 미확인적인 유혹을 생산해 내는 것이다.
상처를 주고 아무런 결과도 맺지 못했다고 해서
내 사랑이 의심받을 수는 없다.
실제로는 이렇게 불쾌하고 의혹에 가득 찬 숱한 사랑들이
침묵 속으로 가라앉는다는 것을 나는 안다.

프롤로그

 흔히 알려진 바와 달리, 스물다섯 살이란 여자들이 처음으로 심각하게 희망을 잃는 나이다. 사회와의 절연인 결혼을 선택해 한 10년쯤 아이를 낳아 키우든지 사생활 결핍이 내정되어 있는 독신의 길을 선택해 사회 친화적 커리어를 맹렬히 쌓아가든지, 혹은 어디에도 소속되지 않는 노마드적 의식으로 연애와 문화적 사치를 향유하든지, 생의 전도는 불구적이고 빈약하고 근본적인 결함이 느껴진다. 그런데도 수로 속을 흐르는 물처럼 주어진 구조 속에서 흘러가는 수밖에는 없다.
 앞으로 가는 수밖에 없는 인생에는 그런 식으로, 어찌해도 상실이 따르는 시간대라는 게 존재하는 것이다. 매사가 그렇듯이 스물다섯 살의 여자 역시 크게 두 종류로 나눌 수 있다. 결혼하는 여자와 여행하는 여자. 그것은 현실의 강박적 요구에 대한 역시 강박증적 욕망일 것이다.

나는 여행하려는 측이었다. 여행을 떠남으로써 어떻게도 할 수 없는 스물다섯 살의 시간을 잘게 찢어 부도처리된 어음처럼 관대하게 내 머리 위로 날려버리고 싶었다.

스물다섯 살

시간의 소화불량에 걸린 나는
레이스를 뜨기 시작했다.

불문학을 전공한 나는 졸업반이 되기도 전부터 집에서 독립하기 위해 꽤나 분주했었다. 내가 처음 한 일은 베스트셀러 소설을 시나리오화하는 작업 팀의 말석에서 커피를 타거나 서류를 복사하는 등의 이런저런 잔심부름이었다. 물론 원고는 들여다보지도 못했다. 영화사는 시나리오가 완성되기도 전에 문을 닫아버렸다. 다음 일은 조그만 광고 회사였다. 내가 맡은 일은 중소기업에서 만든 등산화나 텐트, 낚싯대에 대한 제품 카탈로그였다. 하루 종일 수학 공식을 푸는 것 같은 따분한 일이었다. 그리고 그 광고 회사마저도 중소기업들이 잇달아 부도를 내자, 곧이어 망해버렸다. 언제나 가라앉는 배를 타는 꼴이었다.

중국과 싱가포르 같은 아시아권 무역을 하는 개인 사무실에서 전화를 받고 팩스를 보내기도 했지만 사장이 대외 업무라며 비즈니스 술자리에 데리고 가기를 좋아했다. 그 사장과 호텔 앞에서 실랑이를 벌인 다음 날, 아침 일찍 전화를 걸어 이제 막 사무실에 도착한 사장에게 구두로 사표를 냈다. 그는 만류하지 않았다.

마지막으로 한 일은 방송국 구성작가였다. 구성작가가 되기 위해 작가 수업을 4개월여 동안 받고 작가실에 들락거렸지만 까다로운 구조 속에서 헤매기만 하다가 제대로 일도 맡아보지 못한 채 탈락하다시피 나오고 말았다. 그렇게 해서 스물다섯 살이 되어버린 것이다.

그런 류의 스물다섯 살이란 당연히 초조하다.

친구들 중 절반은 결혼을 했다. 그들은 최소한 아이가 초등학교에 입학할 때까지는 비사회적인 인간이 되어 잠수를 타게 된다. 그리고 이 사회와 의기투합한 나머지 절반은 한창 물이 올라 전사처럼 자기실현에 몸을 불사르기 시작했으며 생 자체의 결함을 맛보고 일찌감치 불교와 가톨릭으로 각각 입문해 수행자가 된 친구도 둘이나 되었다. 독립에 실패한 직후에는 나 역시 결혼을 해버릴까 하는 생각을 했다. 2년 정도 사귄 선모는 다행히 취직이 되었고 오갈 데 없어 하는 나에게 청혼을 했다. 그러나 부부가 다 고등학교 교사인 선모의 집에서 뜻밖에도 단호하게 반대했다.

엄마의 재혼과 뒤늦게 낳은 아기가 문제였다. 외아들을 가진 그들의 오랜 개인적인 소망은 정말 좋은 벗 같은 사돈과 딸 같은 며느리를 얻는 것이라고 했다. 스스로 품격이 있다고 믿는 중산층 인텔리에게 늙은 양아버지와 갓난아이를 가진 엄마 커플은 상스럽고 징그럽기만 했고 사회 진출에 실패를 거듭한 내 전력은 불성실로 단정되었다. 그 일로 내가 타격을 받았던가?

실제로 나는 좀 어리둥절했었다. 그다지 사랑하지도 않고 별로 전도유망하지도 않고 부모가 평생 맞벌이를 해 겨우 중산층 흉내를 내는, 그저 그런 남자애와 결혼하려는데 집안의 반대에 부딪히다니 우스꽝스럽기도 했다.

종이에 손을 베이고 나서 새삼스럽게 평범한 종이를 곰곰이 살펴볼 때처럼 한동안 멍했다. 그렇다고 해서 평범한 종이가 날을 세울 수 있다는, 날카로움의 의외성에 당황하는 것이 아니었다. 문제는 내 생의 위험한 예각이었다. 나는 결혼을 쉽게 단념했다. 단념하지 못하는 쪽은 오히려 선모였다.

그 일로 내가 얻은 성과가 있다면, 엄마의 갓난쟁이가 나뿐만 아니라 제삼자에게도 거북하고 역겨운 존재라는 객관적인 사실을 당사자에게 아프도록 확인시킨 일이었다. 만약에 엄마가 자기보다 열다섯 살이나 많은 남자와 재혼해 그 남자의 두 번째 아들을 결혼시킨 그해에 사내아이를 낳는 일이 없었다면 나는 선모 정도의 남자와 순조롭게 결혼했을 것이다. 그리고 사회적 이름을 폐기한 채 가족의 생일이나 결혼기념일이나 친구들과의 친목 모임, 아이의 학부모회 같은 것을 큰 연례행사로 알고 빛을 잃어가는 결혼 예물을 여기저기 걸고 외출복에 세팅된 머리를 매만지며 택시를 잡는 평범한 여자가 되었을지도 모른다.

그 여자는 여행을 심각하게 꿈꿀 필요가 없을 것이다. 그녀에겐 신혼여행과 휴가 여행, 결혼 몇 주년 여행 등 제도권 내의 여행들이 지루할 만하면 생의 데코레이션처럼 차례차례 다가와 줄 테니까.

하긴 모든 가정법이 그렇듯이 이 가정도 허점이 많다. 엄마가 재혼하지 않고 혼자서 나를 키웠다면, 우리 모녀가 양부의 돈에 의존하지 않았다면 아마 나 역시 우유부단하고 쓸쓸하고 나른한 처녀가 아닌 사회 친화적인 전사형의 현대 여성으로 성장하지 않았을까.

마지막 직장에서 돌아온 후 한동안은 2층 내 방에 틀어박혀 뒹굴었다. 책을 읽거나 음악을 듣거나, 그저 멍하니 천장을 보며 하루가 다 지나가도록 누워 있거나……. 갑갑해지면, 근처 공원에서 농구하는 아이들을 구경하거나 피자 가게에서 하염없이 오이피클과 피자를 먹어댔다. 그러다가 몸에 수분이 너무 많아 출렁거릴 때면 한 번쯤은 꼭지가 돌 때까지 폭음을 하며 습기를 말렸다.

한 달에 사흘쯤은 잇달아서 도서관 정기 간행물실에 들러 하루 종일 잡지들을 들추기도 했다. 문예지부터 여성지와 패션지, 시사지와 요리 잡지와 인테리어 잡지와 자동차 잡지와 낚시 잡지, 사진 잡지와 등산 잡지까지도 샅샅이 읽었다. 그리고 한 달에 두세 번은 선모의 부모님을 비웃기라도 하듯 여전히 선모를 만나 영화를 보거나 교외로 나가 스테이크를 먹기도 했다. 그러나 나로선 지루하기 이를 데 없는 데이트였다.

⋮

시간의 소화불량에 걸린 나는 레이스를 뜨기 시작했다. 서예를 배우거나, 수영을 하거나, 혹은 영어 회화를 배우거나 컴퓨터를 배우지 않고 레이스 뜨개질을 하기로 한 것은 바로 우리 집 골목에 레이스 가게가 들어섰기 때문이었다. 흰색 실로 화병 받침과 머리띠를 하나씩 뜬 뒤에 커튼에 도전했다.

레이스 교본에 나와 있는 초록 레이스 마을이었다. 커튼의 절반가량은 완만한 오르막길이 나 있는 들판이었다. 그리고 나머지의 반은 마을이었고 남은 부분은 구름이 떠가는 하늘로 구성되어 있었다. 들판엔 개양귀비꽃이 피어 있고 길 위엔 당나귀 두 마리가 마을을 향해 걷고 있었다.

 사슬뜨기와 짧은뜨기, 긴뜨기와 두길긴뜨기, 조개무늬뜨기……. 레이스 기법은 단순하고 반복적이었다. 그리고 레이스 마을은 아주 멀었다. 내가 틀어박혀 뜨개질을 하는 동안 선모는 두 번이나 선을 보았다. 갑자기 결혼을 서두르는 부모의 강압에 못 이겨서 말이다. 여성잡지사에 다니는 한 선배가 지방방송국의 구성작가 일을 연결해 준 것은 그즈음이었다. 레이스 마을의 가파른 오르막길이 시작되고 있었다. 나는 생각해 볼 것도 없이 내려가기로 했다. 달리 방법이 없었다. 여행 대신 그런 식으로 양부의 집을 떠나기로 했던 것이다.

아홉 번째 행성, 플루토

누군가 그런 말을 했다.
경험은 당신에게 일어나는 것이 아니라,
당신에게 일어나는 무언가로
당신이 어떻게 하는 것이라고.

그에게 전화를 한 건 2월의 두 번째 월요일이었다. 그가 쓴 시에는 남자와 여자의 성기와 마찬가지로 곤충들과 꽃, 주전자나 컵 같은 사물과 심지어 공장과 백화점과 집들의 성기가 자주 등장했다. 성기들은 외설적이라기보다는 토막 난 시체에 붙은 채 아직도 덜렁거리는 당혹스럽고 우스꽝스러운 이물질 같았고, 사정하는 것 외에는 달리 방법이 없는 것들의 맹목적인 강박을 고발하는 것 같았고, 성기의 껍데기를 뒤집어 팽창된 해면체에 불과한 육체의 단순성과 난처함을 드러내는 것 같았다.

그런 식으로 생의 본질과 본질적인 폭력과 도발과 관능을, 그런 폭력과 도발과 관능으로부터의 가혹한 호출 같은 역겨운 출생을 보여주었다. 모욕과 다름없는, 무의미한 방황인 출생과 우리 존재의 본연인 죽음과 무. 그는 남자임에도 불구하고 어떤 남자 성기에 대한 떨칠 수 없는 원한으로부터 태어난 사생아같이 시를 썼다. 나는 그의 시에 끌렸다.

시집의 날개에는 구식의 사각 선글라스를 쓰고 고개를 숙이기까지 해서 얼굴을 전혀 알아볼 수 없는 시인의 사진이 실려 있었다. 그는 나와 같은 소도시에 살고 있었다. 처음 전화를 했을 때 발신음이 떨어지면서 분명히 수화기를 든 것 같은데 말이 없었다. 나는 다시 전화를 걸었고 이번에는 여보세요, 라고 불러보았다.

여보세요…… 여보세요……, 어색하고도 간곡하게 그 말을 되풀이했다. 아무래도 상대가 듣고 있는 것 같았다. 여기는 방송국이에요. 저는 라디오파크 작가입니다. 그러나 내 목소리를 감쪽같이 흡수해 버린 전화는 갑자기 뚝 끊겨버렸다. 다시 전화를 걸었지만 신호음만 갈 뿐 받지 않았다. 전화는 3일 동안 내내 불통이었다. 나는 포기하고 다른 작가를 섭외했다.

한 주가 지난 뒤 월요일 늦은 오후에 다시 전화를 했다. 이번에도 역시 발신음이 끊기고 수화기를 들어 올린 것 같은데 반응이 없었다. 여보세요…… 여보세요……, 나는 이제 궁금증에 사로잡혔다.

"누구야?"

"……."

갑작스러운 공격에 나는 당황해 말문이 막혔다. 몹시 히스테릭한 말투였다.

"미화 아니야?"

"……."

"당신 누구야?"

바닥을 스치듯이 스타카토로 말하는 독특한 말투였다. 마치 누군가에게 감시라도 당하며 막간에 대답하는 듯한 간결함이 느껴졌다.

"여긴 방송국이에요. 저는, 라디오파크라는 프로그램을 담당하고 있는 작가구요."

"당신이 누구냐니까."

그는 화를 가라앉히고 있는 듯, 힘을 억누르며 말했다.

"네?"

"빌어먹을……."

"김은령입니다."

나는 하는 수 없이 이름을 댔다. 무의미한 정보지만 이름이 내가 누구인가에 대한 최초의 기호적 단서가 될 수는 있을 것이었다.

"미화가 아니라니, 다행이군."

그는 정말로 안도의 한숨을 내쉬었다.

"비슷해. 당신의 목소리가. 덕분에 며칠 동안 괴로웠고."

정말로 누군가에게 시달리기라도 하는 듯 지친 목소리였다.

"어쨌든 나와 이야기를 하고 싶다면 전화질을 해대지 말고 직접 찾아와요. 나는 얼굴 모르는 사람과는 말하기 싫어하니까."

그리고 아주 간단한 주소를 불러주었다. 플루토라는 2층 술집이었다. 그의 시집 속표지에다 전화번호를 급히 받아 적었다. 나는 얼굴이 달아오른 채 잠시 고개를 박고 앉아 있다가 생각난 듯 그가 쓴 서문을 다시 읽어보았다.

'생명이 나의 가랑이를 벌리고 삽입하던 순간을 기억한다. 생명이 나를 숙주로 삼아 씨앗을 발아하고, 성장하고 증식하고, 그리고 꽃 피어나고 지쳐 스러지고, 소멸하여 떠나간다. 나를 유린하고 나를 소화하고 나로부터 뽑혀져 나가는 이 거대한 성기. 그리고 정적, 영원, 본연의 공허, 황무지, 그것이 나인 거다. 그토록 먼 바닥인 내가, 그런 내가 어째서 자신을 수선화라고 주장했을까. 왜 나는 착종된 유사 의지 속에서 존재감을 한사코 고집하였던 것일까……. 이제 다시는, 욕망을 회복할 수 없을 것 같다.'

시집을 내고 그만한 평가를 받기에는 너무 젊은 스물일곱 살이었다. 이름은 문유경. 나는 사진을 노려보았다. 특히 금테로 장식한 구식 선글라스를. 모욕을 당하면 오히려 몹시 속도감 있게 상대방과 연루되는 것일까? 그 선글라스를 가만히 걷어버리고 싶어졌다.

⋮

라디오파크의 담당 PD는 40대 중반으로 매사에 흥미가 없고 시니컬하면서도 술을 좋아하는 사람이었다. 무슨 생각을 하는지, 무슨 일을 하는지 알 수 없는 얼굴로 밤마다 술집에 앉아 여자들이나 주무를 것 같은 타입. 성은 송이었다. 그래도 이력이 있어서인지, 믿어지지 않을 정도로 안정감 있게 프로그램을 꾸리고는 있었다. 물론 절대로 욕심을 부리지 않았다. 지방국에서 15년쯤 줄창 썩으면서 부릴 욕심 같은 건 녹아 없어진 지 오래인 것 같았다.

라디오파크는 매거진식의 잡다한 교양 오락 프로그램이었다. 지방 저명인사의 칼럼도 있고, 화제의 인물란, 그리고 시인 초대 코너도 있었고 심지어 질서에 대한 제안란과 영어 한마디와 요리와 미용 코너도 있었다. 그리고 토요일엔 2부 프로그램을 완전히 오픈해 청취자와 신청곡을 받는 전화 연결 코너를 진행했다. 지지부진한 스타 한 명도 초대하지 않고 40분 동안을 MC와 청취자가 전화 통화를 나누며 황당하게 이끌어 가는데도 나름 인기가 있었다.

송은 많은 일을 스크립터에게 맡겼다. 방송 출연자를 안내하고 차를 접대하는 일부터 간단한 취재와 외부 인사에게 녹음을 떠오는 일, 그리고 방송 진행 도중에 전화를 연결시키는 일과 허겁지겁 레코드실로 달려가 신청곡을 찾아오는 일, 큐시트 짜는 일과 선곡하는 일과 방송 진행과 출연자 섭외까지도. 결재 사인만 그가 받아오는 셈이었다. 명백히 직무태만이고 부당한 착취 행위였지만 나는 불평하지 않고 묵묵히 받아들였다. 무엇보다 나는 일에 아직 자신이 없었고 내 일과 아닌 것을 가리기에 앞서 열심히 배워야 하는 신참이었다.

가장 먼저 레코드의 위치를 파악해야 했고, 틈나는 대로 자료실에서 라디오파크의 지나간 방송 원고들을 읽었다. 그리고 도서관에 들러 지난 3개월 치의 지방지를 훑었다. 시의 지도를 살펴보았고 송의 수첩에서 방송에 출연해 온 화제의 인물과 기인들과 문화인, 지방의 유력 인사들과 YMCA, YWCA, 대한적십자 지부나 여성회, 민주화 기념 모임, 문인협회, 주부 단체와 몇 군데의 복지관 등등의 단체 사무장과 대학교수들과 미장원과 꽃집, 요리학원, 관공서들의 전화번호를 옮겨 적었다. 그리고 한꺼번에 많은 사람들과 인사를 나누게 되었다.

대체로 40대 초반에서 50대 초반까지였고 중간 키에 다부진 체격과 사회화된 표정을 한 얼굴에 정장을 입고 늘 커다란 수첩을 들고 다니고 반짝거리는 구두를 신고 아나운서 같은 표준어를 구사하고 중형차를 타는 치들이었다. 언론을 이용할 줄 아는, 사회에 수완 좋게 적응해 잘나가는 정치적인 사람들.

누군가 그런 말을 했다. 경험은 당신에게 일어나는 것이 아니라, 당신에게 일어나는 무언가로 당신이 어떻게 하는 것이라고.

그런 식으로 말하자면 한 달이 지나도록 나는 그 소도시에서 어떤 경험도 하지 않았다. 밤이면 레이스 커튼을 떴다. 초록 레이스 마을의 교본은 정교하고 아름다웠다. 레이스 집들과 창문들, 레이스 울타리 안에 심어진 삼나무들, 지붕 위 하늘의 조각구름과 새, 레이스 마을로 가는 긴 오르막길과 길 위의 당나귀 두 마리……, 어디에도 주민들은 없는 아주 고요한 마을이었다.

그해에는 이상하게도 많은 남자들이 나를 따라왔었다. 그런 해는 그 전에도 없었고 그 후에도 없었다. 자주 반복되자 나는 한순간의 마주침으로 뒤따라 내릴 남자를 알아볼 수 있었다. 남자들은 뒤쪽이든 앞쪽이든 대개 대각선 방향에서 나를 겨냥했다.

남몰래 온종일 몸살을 앓은 것처럼 열에 들뜬 얼굴에 초조하고 불안정한 눈동자의 엔지니어 같은 남자, 장난스럽게 눈을 찡긋거리며 곧 접근하겠다는 신호를 보내오는 외향적인 샐러리맨 타입의 남자, 혹은 자신의 오른손조차 왼손이 하는 일을 모른다는 듯 심상한 표정으로 시치미를 뚝 떼며 내 옆모습을 흘끔거리는 음흉한 남자, 혹은 자신이 찍으면 백발백중이라는 듯 노골적으로 노려보는 사복 차림의 형사 같은 남자.

심지어는 화농성의 보랏빛 여드름이 솟은 고등학생과 이제 막 샤워를 하고 바지 속에 속옷도 안 입고 유흥장으로 가고 있는 듯한 미끈한 살결의 어린 놈팡이와 무슨 일을 하는지 알 수 없는 오래된 양복을 입은 야윈 아저씨들, 공사판의 노무자 같기도 하고 유원지의 사진사 같기도 한 늙수그레하고 허전해 보이는 초로의 남자들까지도 탐욕스럽게 나를 엿보았다.

남자들은 대개 버스에서 내려 신호등을 받아 도로를 횡단한 뒤에 말을 걸었다. 잠깐만 이야기 좀 해요. 잠깐이면 됩니다. 그들은 정말 이야기를 하고 싶어 하는 것 같기도 했다. 이야기를 하면 나에게 자신의 존재를 설득하고 삽입시

킬 수 있다고 생각하는 것 같았다. 믿어지지 않겠지만, 처음에 나는 그들이 하자는 그 이야기가 정말로 긴요한 어떤 대화일지도 모른다고 생각해 번번이 낭패를 당했다.

몇 번이나 같은 경험을 한 뒤에야 묵묵부답 걷는 것이 상책이라는 사실을 깨달았다. 전혀 무반응하게 걷다가 식당이 있는 건물 3층 내 방이 보이는 지점에서 일부러 골목으로 들어가 빙빙 돈 뒤에 뒤쪽 출입구로 들어가곤 했다.

때로는 내 방을 지나가 시장 입구에 있는 낡은 아파트의 상가 2층으로 숨기도 했다. 배달을 위주로 하는 작은 가게에서 저녁 식사용으로 계란말이김밥을 사거나 닭튀김이나 피자 같은 것을 주문해 놓고 가게 안에서 텔레비전에 눈길을 둔 채 기다린다. 가게의 테이블엔 밀가루가 흩어져 있고, 주방 앞엔 포장 상자나 케첩 깡통들이 쌓여 있으며 벽엔 길에서 파는 유화 그림 액자와 맥주 회사에서 나온 대형 달력이 붙어 있고 바닥엔 나무젓가락 포장지 같은 것이 흩어져 있는 가게들. 유리창은 더럽고 싸구려 장식 커튼이 때에 절어 있는 곳이다.

그 시간에는 지방 뉴스가 방송될 때가 많았다. 텔레비전은 대체로 주방 곁의 높다란 선반 위에 놓여 있다. 도청의 행사나 도의원들의 동태, 무슨 준공식, 아무도 사망하지 않은 경미한 교통사고 소식, 명태나 고등어 따위가 많이 들어와 활기를 띤 어시장, 일본으로부터 상당량의 오더를 받고 일손이 바빠진 화훼단지 모습, 공단의 상반기 수출 전망……. 위조지폐 사건이나 유괴나 자살, 혹은 살인사건 같은 것은 절대로 일어나지 않는 도시 같았다.

  얼마간의 시간이 흐른 뒤에 나는 저녁거리를 들고 주위를 살피며 골목으로 유유히 들어가 재빨리 열쇠로 출입문을 열고 계단을 뛰어올라 무사히 귀가했다. 그들 때문에 버스에서 내려 내 방까지 이르는 무수한 연결 미로들을 샅샅이 알게 되었다.

⋮

  플루토의 계단은 안개 낀 밤처럼 어둡고 흐릿한 유리로 되어 있었다. 그리고 실내 역시 얼음과 먼지와 황무지 효과를 낼 의도였는지 회벽에 바닥은 검은 유리이고, 천장 역시 다이아몬드 패턴의 검은 유리였다. 벽은 장식이 없이 비어 있었고, 알루미늄 재질의 탁자와 검은색 천 소파들이 간격을 두고 놓여 있었다.

  플루토는 태양의 아홉 번째 행성이다. 그곳은 얼음 행성이라 불릴 만큼 가장 춥고 가장 어둡고 너무나 우울한 행성이라고 배운 적이 있었다. 다행히 실내에는 전자음 같은 것이 아닌 낯익은 노래가 흐르고 있었다.

　……난 유리로 만든 배를 타고 낯선 바다를 떠도네…… 새까만 동전 두 개만큼의 자유를 가지고 2분 30초 동안의 구원을 바라고 있네…… 난 유리로 만든 배를 탄 채 떠도네…… 벅찬 계획도 시련도 없이 살아온 나는 가끔 떠오르는 크고 작은 상념을 가지고 더러는 우울한 날에 너를 만나 술에 취해…… 난 유리로 만든 배를 타고 낯선 바다를 떠도네…….

나는 머리를 가다듬은 뒤에 새하얀 전화기에 동전을 넣고 전화를 했다. 속눈썹에 황사 먼지가 걸렸는지 깔끄러웠다.
"김은령입니다. 여기 플루토예요."
"……기다려요, 잠깐이면 돼."
여전히 그는 스타카토로 간결하게 말하고 수화기를 놓았다. 전화를 끊고 천천히 돌아설 때, 머릿속 기억이라고 할 수 없는, 거의 몸의 감각적 추억이라고나 할 수 있을 어떤 낯익은 감정이 다가온 것을 느꼈다. 내가 보고 있었던 영화의 스크린 위에, 어디서 잘려져 왔는지 알 수 없는 한 장면의 영상이 겹쳐 나타나듯 그 낯익은 감정은 돌연히 나를 막아섰다가 사라졌다.

그리고 곧장 카운터에 앉아 있는 남자와 눈이 마주쳤다. 언제부터 나를 보고 있었을까. 그 눈은 버스 안에서 마주치곤 했던 남자들의 갈급하고 저열한 눈이면서도 동시에 그 눈들과는 다른 차가운 거리감을 유지하고 있었다. 얼굴이 유난히 희고 고수머리에 약간 살이 찐 커다란 체형을 가진 남자는 고개를 가볍게 까닥하고는 미소를 지었다. 전혀 뜻을 알 수 없는, 온기 없는 미소였다. 피부가 무너져 내릴 듯 희고 부드러웠다.

나는 그를 무시했다. 무시하지 않고 다르게는 대응할 방법이 없었다는 편이 맞을 것이다. 나는 당황하느라 여념이 없었다. 어쨌든, 그는 버스에서 나를 따라 내릴 바로 그런 남자였기 때문이었다.

침착해지기 위해 의도적으로 심호흡을 했고 긴장이 풀리지 않자 화장실로 들어갔다. 손을 씻었는데도 어딘가 흙먼지가 끼어 있는 듯 답답하고 서걱대는 느낌이었다. 견딜 수 없는 건조증을 느끼며 갑자기 세수를 했고, 핸드 로션을 얼굴에 바른 뒤 립스틱을 꺼내 발랐다.

실내엔 누군가 의도적으로 그렇게 하는 것처럼 같은 노래가 오토리버스 되고 있었다.

······난 유리로 만든 배를 타고 낯선 바다를 떠도네······ 새

까만 동전 두 개만큼의 자유를 가지고 2분 30초 동안의 구원을 바라고 있네…… 난 유리로 만든 배를 탄 채 떠도네…… 벅찬 계획도 시련도 없이 살아온 나는 가끔 떠오르는 크고 작은 상념을 가지고 더러는 우울한 날에 너를 만나 술에 취해…… 난 유리로 만든 배를 타고 낯선 바다를 떠도네…….

유경은 유리 계단을 늘 그랬다는 듯 빠르지도 느리지도 않게 올라와서는 낯선 여자들이 어느 자리에 앉을지 확신이라도 하는 듯 곧장 둥근 창가에 앉은 나에게로 왔다. 길이 든 가죽점퍼와 보랏빛이 도는 회색 셔츠에 색 바랜 청바지 차림, 노루 털색 스웨이드로 된 캐주얼화 차림이었다. 그리고 예의 그 구식 금테 선글라스를 썼는데 길고 가느다란 체구였다.

그는 내 맞은편 자리에 앉았고 내가 인사를 해도 어디를 보는지 알 수 없는 표정으로 묵묵부답 내 쪽을 향해 앉아 있었다. 놀랍도록 창백하고 윤기라곤 없는 피부였다. 선글라스로 가려진 얼굴은 좁고 긴 턱과 좀 작은 입술로 인해 불안정하고 신경질적으로 보였다. 그리고 코는 만든 듯 단정하고 뺨은 야위었다. 가려진 두 눈이 궁금했지만 이미 한 사람의 얼굴에 너무 많은 정보가 들어 있어서 숨이 막혔다.

'그런 내가 어째서 자신을 수선화라고 주장했을까. 왜 나는 착종된 유사 의지 속에서 존재감을 한사코 고집하였던 것일까……. 이제 다시는, 욕망을 회복할 수 없을 것 같다.'
언뜻 그가 쓴 시집의 서문이 떠올랐다.

유경은 갑자기 싱긋 웃었다. 그리고 담배를 빼 물었다. 민트 향이 나는 평범한 국산 담배였다. 보기보다 사치스러운 취향은 없는 모양이었다. 그는 선글라스를 벗지 않고 얼굴을 깊숙이 숙이며 불을 붙였다.
"황사의 진원지가 어딘지 알아요?"
그가 워밍업하듯 가볍게 물었다.
"고비사막과 화베이 이북 지방."
나는 분명하게 대답을 했다. 전날 신문에서 보았었다. 그는 이제 의자에 등을 붙이고 편안하게 앉았다.
"이 계절엔 컨디션이 좋지 않아요. 어김없이 눈병이 생기고 안 좋은 일들이 차례로 벌어지죠."
종업원이 다가왔고 우리는 커피를 시켰다.
"나를 어떻게 알았어요?"
그는 반쯤 탄 담배를 비벼 껐다. 전날 통화할 때에 비해 감정이 많이 안정된 것 같았다.
"서점에서 우연히, 시집을 보게 되었어요. 출판사로 전화를 걸어 연락처를 알게 되었죠."

"시가 마음에 들었다는 건가……."

"솔직히……, 놀랐어요.

신랄하고 가학적이고 공허하더군요. 슬픈 시들이라고 생각했어요."

그는 말없이 내 얼굴 어딘가를 보고만 있었다.

"어쨌든……."

나는 어깨를 으쓱했다.

"전 일단 시집을 낸 시인을 섭외해야 하거든요. 그게 업무예요."

"당신은 이제 곧, 그 빌어먹을 직업의식을 잊게 될 거예요."

내가 당황한 눈으로 쳐다보자 그는 또 싱긋 웃었다. 웃음이 위협적으로 느껴졌다. 누구나 그렇겠지만 선글라스를 쓰고 마주 앉은 사람에게 나는 익숙지 못했다. 말이 뚝 끊어졌다. 나는 커피를 마시며 가만히 앉아 있었다.

"원래 그렇게 표정이 없어요? 양부에게 눈칫밥 먹고 자란 여자처럼."

"……."

이 지방에선 그런 관용구가 흔히 쓰이고 있는 것일까, 아니면 시인이라는 자들이 가진 특별한 직관인가. 그가 정곡을 찔러 미처 대처를 할 수 없었다.

"당신은 멀리서 온 거 같은데?"

"이곳 사람은 아니에요."

"당신의 말투와 목소리, 혼란스러웠어요. 어떤 사람을 기억나게 했거든. 아주 질색인 사람을. 그래서 당신 목소리를 들은 뒤로 일주일 내내 기분이 바닥이었어요."

그의 말투는 여전히 뚝뚝 부러졌지만 그래도 전화할 때보다는 한결 안심이 되었다.

"나와 상관없는 이야기지만, 그렇게 괴롭혔다니 미안하네요."

"사과를 정중하게 받아들일게요. 그런데 내가 방송에 나간다면 그건 순전히 당신이 부탁하기 때문이에요. 그게 아니라면 난 절대로 방송 따윈 하지 않아요. 물론 나 같은 작자를 공중파 방송이 수용할 수 있을지는 당신이 생각할 문제고……. 하여튼, 당신이 원한다면 출연할게요. 방금 그렇게 결정했으니까. 하지만 궁금한 게 있어요. 내가 나가면, 당신은 뭘 해줄 수 있죠?"

그는 질문을 하며 선글라스를 살짝 내렸다. 나는 아둔하게 그 눈을 마주 보았다. 내가 미리 그의 눈에 대한 이미지를 만들어두었던가……. 아주 커다란 눈, 너무 커서 가장자리가 붉은 눈일 수도 있었다. 아니면 이리처럼 좁다랗고 날카로운 삼각형의 눈, 모든 것에 대해 위반을 즐기는 범법자처럼 어둡고 강렬한 빛을 내쏘는 저항적인 눈일 수도 있었다.

혹은 동자승처럼 순응적이고 맑은 눈, 한겨울 계곡물에 씻긴 것처럼. 동공이 흘러내릴 것같이 아무것도 맺히지 않는 순수한 눈일 수도 있었다. 그러나 그의 눈은 어느 쪽도 아니었다. 내가 가진 이미지는 높은 곳에서 내동댕이쳐진 유리잔처럼 날카롭게 부서졌다. 그러나 그뿐이었다. 그의 눈이 어떻게 생긴 눈인지는 나에게 아직 인지되지 않았다. 내가 알아낸 것은 유경의 눈이 어떤 눈과도 다르다는 사실뿐이었다. 그건 어쨌든 가슴을 쑤욱 내려앉게 만드는 눈이었다.

그는 다시 선글라스를 올렸고 그것은 자연스러웠다. 설령 그가 비 오는 저녁에 선글라스를 쓰고 나와, 벗지 않고 마주 앉아 있다 해도 납득할 수 있을 것 같았다. 그런 눈은 하나의 사적인 비밀일 수 있으니까.

그의 딱딱한 말투와는 다른 그 눈은 나를 안심시켰다. 그가 비록 거만하게 굴고 있지만 나를 무시하고 있는 것 같지는 않았다. 갑자기 이완되었다.

'이봐요, 선글라스를 벗어봐요.'

나는 농담처럼 갑자기 그 말이 하고 싶었다. 내 양손이 그의 얼굴에 닿고 손가락으로 선글라스를 벗겨내는 상상이 떠올랐다. 그리고 안으로 패인 듯한 야윈 뺨을 만지는 내 손가락. 손으로 만지면 손가락에 전해올 따뜻하고 친근한 얼굴의 감촉……. 나에게 욕망이 있다는 사실에 스스로 놀란 순간이기도 했다. 그를 알고 싶어졌다. 이 낯선 도시에서 그는 처음으로 내게 부딪쳐 온 생생한 질감을 가진 인간이었다.

"당신이 원한다면 저녁을 사겠어요."

그가 두 번째 담배를 꺼내 입에 무는 것을 보면서 나는 최대한 담담하게 말했다.

"좋아요. 그다음 술은 내가 사죠."

그가 이번에도 역시 얼굴을 깊숙이 숙이며 담뱃불을 붙였다.

"한 가지 물어봐도 되나요? 방송 준비를 위해 참고가 될까 해서요."

나는 이제 자세를 가다듬고 정색을 했다. 내가 너무 방심했었던 것도 사실이었다. 그가 허락한다는 눈짓을 했다.

"시는 아무래도 자전적인 장르겠죠. 그러니까, 전적으로 시인의 생을 통과해서 생산되는 장르가 아닌가요?"

"갑자기 너무 진지하네요."

그가 손을 활짝 펴고 자신의 얼굴을 가렸다가 떼어냈다. 이 무례한 시인은 자신의 시에 대해 수줍어하고 있는 것 같았다.

"생이라기보다는 존재 자체를 통과해서 생산된다고 해야

하나……. 시를 읽으면서 성에 대해 어떤 생각을 가지고 있는지 궁금했어요. 왜 그렇게 비관적인지…….."

"……난, 사생아예요."

조금 놀랐다. 사적인 화제를 피하려다가 오히려 더 사적인 질문을 해버린 셈이었다. 그는 마치 내가 사생아라고 대답하기라도 한 것처럼 걱정스럽게 나를 살폈다.

"대답이 부족한가요?"

"아뇨, 제가 실례한 것 같아요."

"상관없어요. 이젠 아무렇지도 않으니까. 엄만 아버지에 대해 묻는 것을 금지했었어요. 끝까지 아버지에 대해 입을 다물고 죽었지. 강간을 당했는지도 모른다고 생각한 때가 있었어요. 혹은 근친상간의 결과일 수도 있고. 상상은 늘 최악으로 치닫기 마련이거든. 하지만 요즘은 어쩌면 정말로 말할 게 없었는지도 모른다고 생각해요. 보통의 사내들이란 별달리 말할 게 없는 그렇고 그런 삶을 살며 닳아가는 존재들이니까. 물론 이렇게 마음 편하게 먹기까지는 스물일곱 해가 걸렸지만요."

그는 어젯밤 텔레비전의 다큐 프로그램에 등장한 어떤 사생아에 관해 이야기하듯 심상하게 말했다. 이미 한 시인에 대해 너무 많이 알아버린 기분이었다. 나는 그를 물끄러미 보고 있다가 그의 말이 끝나자 또박또박 말했다.

"방송은 이번 주 금요일이에요. 큐시트가 목요일까지 나올 거예요. 그러면 미리 보내드릴게요. 당신이 참고할 수 있을 거예요. 팩시밀리가 있나요?"

"없어요."

"……그러면, 여기서 다시 만날까요?"

"좋아요. 그거 알아요?"

나는 묵묵히 그가 말하기를 기다렸다.

"플라스틱 인형 같아. 눈, 입술, 속눈썹, 점조차 하나 없는 매끈한 피부, 말이 끝날 때마다 꼭 다무는 정교하고 단정한 입술……. 정말 그렇게 무관심한가요? 세상에 대해? 자신에 대해?"

그의 질문을 듣는 순간, 나에 대한 너무 긴 이야기가 나를 덮쳐왔다. 나는 당혹감을 수습하는 동시에 진지하게 대답하기를 단념했다.

"자신에게든 타인에게든, 무관심한 것도 때로는 살아남기 위한 전략이죠."

나에게 사적으로 접근하는 남자에 대해서라면 이력이 난 여자처럼 굴고 싶었지만 입가의 피부가 긴장되었다.

"여긴, 너무 추운 이미지예요. 그리고 가만히 앉아 있으려 해도 몸이 붕붕 떠오르는 기분이에요. 검은 유리들이 박힌 천장은 위협적이고. 그렇지 않아요?"

나는 사적인 화제에 관심 없다는 듯 공연히 우리가 만난 플루토라는 장소를 트집 잡았다.

유경은 고개를 끄덕이며 수긍했다.

"플루토는 본질적으로 나쁜 곳이죠. 영하 220도 이하의 얼음덩어리인데, 거센 바람이 쉬지 않고 불어대는 곳. 그래서 이름이 플루토인 겁니다. 죽음의 신의 이름. 이곳이 누구에게나 마음에 들지는 않겠죠. 하지만 난 플루토가 좋아요."

"이만 가볼게요."

유경은 일어서는 나를 올려다보았다. 그리고 약간 안으로 굽어진 허약한 가슴을 더 안으로 굽혔다. 그 순간의 문유경은 영락없이 모르는 여자에게 기대고 싶어 하는 의지할 데 없는 고아 소년 꼴이었다. 선글라스로 가려진 얼굴 때문일까. 솔직하지는 않다. 혹은 과장되어 있다. 아름답다, 신경질적이다, 수상하다……. 그런 복잡한 감탄과 의문이 스쳐 갔다.

'이봐요. 선글라스를 내려봐요.'

나는 내 농담에 피가 묻게 될지도 모른다는 생각을 언뜻 했다. 카운터에서 종업원에게 돈을 지불하는 동안 곁에 앉아 있는 남자는 여전히 버스 안의 남자 같은 예의 그 눈으로 나를 훔쳐보고 있었다. 내가 그의 눈을 정면으로 마주 보자 그는 이번에는 그 세련된 미소를 지을 의사가 없는지 다른 곳으로 시선을 돌렸다.

계단을 내려올 때, 층계참에서 발을 멈추고 잠시 바닥까지 내려온 긴 직사각형의 창 앞에 섰다. 조용한 주택가 사이로 오래된 일본식 하천이 흐르고 하천 변의 늙은 수양버들이 회오리치는 바람 속에서 메마른 가지를 괴롭게 비틀었다. 그리고 하천을 따라 난 도로는 시간이 멈추어버린 것처럼 고요했다. 몸을 비트는 수양버들 나뭇가지 위로 검은 비닐봉지 하나가 높이높이 떠오르고 있었다.

계단을 내려와 거리에 섰을 때, 먼지바람이 정면으로 덮쳤다. 머리카락과 피부와 옷 속에, 심지어 구두 속에까지 먼지가 뒤덮는 것이 선명하게 느껴졌다. 나는 폭발할 것 같은 히스테리를 느꼈다. 어딘가에 산불이라도 일어났을 것 같은 날씨였다. 아니, 누군가 휘발유를 들고 다니며 불을 지르고 다닐 것 같은 날씨였다.

⋮

송 PD는 곤란하다기보다는 자기의 지위를 확인시키기라도 하듯 대뜸 부아부터 냈다.

"도대체 이런 시를 방송에서 다룰 수 있다고 생각해요? 정말로 그렇게 생각한 거예요?"

내가 뭐라고 말하려 하자 그는 손을 내저었다.

"아, 대답할 필요 없어요. 섭외 다시 해요. 이자는 안 돼. 어림도 없어요. 방송국에서 일해본 경력도 있다는 사람이 공중파의 분위기를 이렇게 몰라? 지방 작가로 해요. 시립도서관 지역 자료실의 자료를 열람하면, 당신 연락만 학수고대하고 있는 작자들이 줄을 섰으니까. 간간이 유명 작가들을 끼워서 체면을 차려야 하지만, 명심해야 할 건, 이 프로그램은 소외된 이 지역 작가들을 조명하는 프로그램이라는 거예요."

그는 내가 쓴 원고들을 펄럭펄럭 넘기더니 탁 하고 놓았다.

"그도 이 지역 출신이에요. 할 수 있는 시만 인용할게요. 그런 방법도 있잖아요. 다시 한번 시집을 읽어봐요. 몇 편쯤은 고를 수 있을 거예요."

"내가 보기엔 욕이 들어가지 않은 물건은 눈 씻고 봐도 없던데."

"욕이 들어 있다고 다 문제가 있는 건 아니잖아요?"

"당신 정말 방송국에서 일한 경력이 있는 거예요? 나는 그렇다고 해도 우리 부장이 이 작자와 생방송을 허락할 것 같아? 방송 사고 나요, 사고. 됐어, 목 아프게 하지 말고 섭외 새로 해요."

그는 시집을 탁 내던지며 마지막으로 한마디 더 하고 방을 나갔다.

"지 에미가 씹년이니까, 지가 났지. 그걸 가지고 왜 씹씹거리면서 씹어, 씹긴."

나는 뒤늦게 그를 따라 복도로 달려 나갔다. 그는 엘리베이터를 기다리고 있었다.

"제가 문제 되지 않도록 잘해볼게요. 저를 믿어보세요."

송 PD의 눈 속에 일순 이상한 빛이 지나갔다. 그와 함께 툭 하고 고무줄이 끊어지듯이 눈에 들어 있던 힘이 풀리고 뜻밖의 시선으로 나를 보았다.

"늘상 무표정하더니, 우리 작가 선생께서도 흥분할 때가 다 있나? 그런 시에 필이 걸리다니, 참 특이한 취향이네. 제발, 내가 이렇게 빌게요. 우리, 일에 관해서는 모험하지 맙시다. 다른 거라면 몰라도 말이야. 딱 귀찮다구."

그는 내 어깨를 붙잡더니 우연처럼 팔을 죽 쓰다듬었다. 그리고 건들거리며 말했다.

"혹시 그 시인이라는 자와 연애 걸린 거 아냐?"

그는 눈을 찡긋하더니, 막 도착한 엘리베이터를 타버렸다. 털이 곤두서는데도 처음엔 무슨 일이 일어났는지 알 수 없었다. 복도를 지나 사무실에 들어가 자리에 앉았을 때에야 화가 나기 시작했다.

급하게 지역 작가를 섭외하고 시집을 뒤적거리고 홧김에 서둘러 방송 원고를 완성해 버린 후, 내가 하는 일이 의외로

쉽다는 생각이 들었다. 공연히 신경을 곤두세웠던 거였다. 그 일은 어렵게 생각하면 한없이 어렵지만 쉽게 생각하면 한없이 쉬운 일이었다. 쉬운 방향으로 이력을 쌓기 시작하면 이제 곧 송 PD 못지않게 시간이 남아돌게 될 거라는 예감이 들었다. 너무 심심하고 시간이 남아돌아서 송처럼 밤마다 술집을 찾아다니게 될지도 모를 일이었다.

⋮

 방송이 끝나자마자 버스를 타고 가장 번화한 중심가에서 내렸다. 가장 큰 서점을 들러보기로 한 것이었다. 정보에 의하면 그 서점은 해안 시장 정류소 근처에 있었다.
 도시들은 서로 비슷하지만 또한 조금씩은 변별성 있는 공기를 가지고 있다. 매연과 하수구와 취객과 배설물과 낡은 옷들의 냄새와 여자들의 화장품 냄새와 끊임없이 어딘가에서 와 어딘가로 떠나는 사람들이 일으키는 먼지와 열정과 좌절과 분노, 우울과 피로, 해소할 길 없는 화증이 뒤섞인 특정 온도와 채도와 명암을 갖고 있는 것 같았다.
 생각해 보면 건강한 것들, 희망적인 것들, 부자와 젊은이들은 냄새를 풍기지 않고 그림자를 드리우지도 않는다. 그러니 도시의 공기를 좌우하는 건 늘 가난한 사람들, 일이 안

풀리는 사람들, 외로운 사람들, 성난 사람들, 떠나야 할 사람들, 죽어가는 사람들이다.

내게 아무 기억도 없는 남쪽의 해안 도시엔 그에 덧붙여 오염된 바다 냄새와 약간 더 자극적인 공해의 냄새와 생선과 미역, 어패류 같은 것들의 비린내와 시골 냄새가 뒤섞여 있었다.

사람들은 다들 위쪽 지방보다 아주 조금씩은 더 얇은 옷을 입고 있었고 열 손가락 중에 여섯 손가락 정도만 쓰면서 살 것 같은 두루뭉술한 표정을 짓고 있었다. 늘 냉기 때문에 떨었던 위쪽 지방과 달리 의심할 바 없이 따뜻한 3월이었다. 나는 보험회사가 있는 건물의 외벽에 장식된 거울 벽들을 통해 한순간 내 얼굴을 쳐다보았다. 창백하고 피곤했음에도 불구하고 먼 곳에서 온 사람 특유의 생기 넘치는 표정을 짓고 있었다. 낯선 것에 대한 일종의 발열이었다.

서점에서 책을 사고 백화점에 갔다가 우연히 인테리어 코너로 들어서게 되었다. 대형 식탁과 고급 가죽 소파들, 크리스털과 도자기 그릇, 고급 주방용품 코너를 지나 고급스러운 시트로 덮인 대형 침대 앞에서 걸음이 멈추었다. 나는 면 패드 한 장을 사서 깔고 바닥에서 잠자고 있었다. 너무 딱딱해서 새벽녘마다 깼다. 눈을 뜨면, 늘 내가 누워 있는 벽 안의 공간이 낯설었다. 나 자신이 어딘가로 배달되는 유리 상자 속의 인형처럼 느껴졌다. 인형처럼, 나는 아무 느낌도 갖지 않으려고 하얗게 표백된 표정을 지었지만, 그런 새벽마다 양부의 집에 두고 온 침대가 그리웠다. 좁았지만 내 방엔 7년 가까이 사용했던, 모서리가 매끈하게 닳은 책상과 책장이 있었고, 책들과 작은 오디오와 시디들과 낡은 스탠드와 어릴 때부터 수집해 온 인형들이 있었다.

양부의 집을 떠나면서 나는 그런 모든 것을 버리고 왔다. 시간이 지난 후에 돌아보면, 내 생은 그 이전과 이후로 나누어질 것이다. 내가 원한 것은 단순히 내 생이 바뀐 분명한 하나의 지점인지도 모른다. 하지만 모든 것을 다 버렸다 해도 몸을 던지면 출렁 흔들리며 받아 안아주는 침대 하나는 갖고 싶다……. 몇 달 동안 돈을 모으면 침대를 살 수 있을까? 빠듯한 수입으로 월세를 내고 생활비를 쓰고 남을 돈이 있기나 할까? 백화점 카드를 만들어 할부로 살 수 있을까. 비정규직 직업으로 과연 카드를 만들 수 있을까……. 저절로 한숨이 나왔다.

뭔가를 원하는 순간, 의지를 갖는 순간의 긴장과 구차함이 견딜 수 없이 싫었다. 욕망을 갖기 시작하면 하나에서 열까지 필요한 것투성이였다. 갖추려 들기 시작하면 마음은 들끓고 몸은 분주해지고 눈빛은 불안해지고, 나날은 위축되고 누추해질 것이었다. 침대 하나도 원하지 않겠어. 침대 하나를 원하는 긴장조차 갖고 싶지 않아……. 되는 대로 되라지. 언제까지 패드 한 장만 깔고 딱딱한 바닥에서 자야 한다 해도 상관없어…….

다시 해는 졌고, 내가 몸을 누여야 할 방을 향해 걷고 있었지만, 검은 강을 향해 고아처럼 정처 없이 걸어가는 기분이었다. 식당 건물 위의 3층 방. 원래 2층이었던 집의 옥상에 12평 정도의 투룸을 올렸는데, 덕분에 사방을 향해 트인 베란다가 넓었다.

어둡고 긴 계단을 밟고 올라가면 거실에 가방을 툭 떨어뜨리듯 놓고 베란다로 나가 바다 쪽을 향해 잠시 서는 것이 버릇이 되었다. 불빛이 둘러싼 밤의 바다와 낮고 가난한 복개천 주변의 집들과 공장 거리와 밤의 하늘을 바라보고 있으면 암울하면서도 폭죽이 터지는 듯 휘황한 고흐의 그림이 생각났다. 〈론강의 별이 빛나는 밤〉……. 암청색의 강과 하늘, 소용돌이치는 별들의 광휘와 수면에 비치는 빛의 흔들림……. 그런 풍경을 오래 보고 있으면 어쩐지 낡아빠진 커다란 폐선에 오른 기분이었다. 영원히 정박해 버린 채 밤의 선착장 구석 자리에 박혀 잊힌 컴컴하고 먼지투성이 폐선.

난 지금 혼자 있고 싶지 않아

사랑이란 동시성을 잃고 시간 밖에서 생각하면
늘 그렇듯이 의심스러운 거야.
그건 어느 시기에 두 사람의 발이 한데 묶였던
어떤 사건일 뿐인지도 몰라.

"미안하지만, 당신이 방송에 부적합하다는 판정이 나왔어요."

"……."

그가 말을 하지 않았기 때문에 그의 기분을 알 수가 없었다.

"미안해요."

나는 정말 몹시 미안했다. 공연히 전화질을 해대고 어려운 섭외를 한 뒤에 이번엔 당신 같은 사람은 방송에 출연할 자격이 못 된다고 말하고 있는 것이었다.

"당신은 그깟 라디오로 무엇을 할 수 있다고 생각하는 거예요?"

그는 마치 그럴 줄 알고 있었다는 듯이 심드렁하게 대꾸

했다.

"거기 어디예요?"

그는 오히려 내가 어디에 있는가가 더 중요한 사안이라는 듯 물었다.

저녁 6시, 나는 부엌 겸 거실에 앉아 있었다. 흐리고도 건조한 날씨가 계속되어 커다란 냄비에 물을 끓이고 있었다. 물이 닳으면 다시 붓는다. 베란다와 거실 사이의 유리창에 곧 김이 서리고 비가 내리는 듯 물방울이 흘러내렸다. 이르게 켠 창밖의 불빛들도 물에 젖어 흐릿하게 번졌다. 적어도 이 방 안에는 비가 내리는 것 같다. 습기 속에 있으면 긴장이 풀린다. 아무런 할 일도 없는, 가족이 없는 사람의 긴긴 저녁이 다가오고 있었다.

"집이에요."

"나를 만나러 오지 않겠어요?"

이제 갈 이유가 없었다.

"어때요? 오겠어요, 오지 않겠어요? 아니면 내가 이유를 만들어줄까요?"

"……"

그가 사과의 의미로 술을 사라고 하면 꼼짝없이 사야 할 형편이기는 했다.

"당신은 맑은 사람이니까, 내 말을 이해하겠죠. 난 지금 혼자 있고 싶지 않아요."

그것은 조난신고 같았다. 그는 내 부탁을 전적으로 들어주려고 했던 사람이었다. 나도 그에게 호의와 신의를 보여주고 싶었다. 무엇보다 미안하기도 했다. 그리고 솔직히, 선글라스를 벗은 그의 얼굴이 궁금하지 않을 만큼 관심이 없지도 않았다. 며칠 동안 나는 그를 다시 만날 기대를 갖고 지냈으므로 무산된 약속은 내게도 미련이 남는 일이었다.

"갈게요."

"좋아. 내 아파트로 와요."

그는 아파트 주소를 가르쳐주었다. 그리고 전화는 끊어졌다.

그의 아파트로 간다는 건 조금 뜻밖이었지만 위험을 무릅쓰고 방문하기로 했다. 그는 나를 설득했고, 호기심을 불러일으켰고 나를 끌어당겼다.

⋮

택시에서 내려 유경의 아파트 상가에서 체리 시럽이 듬뿍 끼얹어진 생크림케이크와 스티로폼에 담겨 있는 딸기를 샀다. 딸기는 커다랗고 약간 오래되어 끝이 하얗게 변하고 있었다. 물에 닿으면 불을 붙인 밀랍처럼 녹아버릴 것이었다.

하지만 나는 그 크고 검붉은 딸기를 사고 싶었다. 7시였다. 그의 아파트에 들어서서 거실의 소파에 앉았을 때, 한동안 안절부절못했다. 다음 순서로는 분명 어디선가에서 홈 웨어를 입은 여자가 나타날 것 같았기 때문이었다. 그는 부엌에서 완벽하게 세팅된 다기와 녹차를 내왔다. 그의 집은 매사가 그런 식이었다.

통속적인 신혼집처럼, 조금은 지나치게 구색을 의식한 살림살이였다. 실속 없이 키 큰 스탠드와 거실 창을 덮은 레이스 속 커튼과 무거운 바깥 커튼, 텔레비전과 비디오 데크와 오디오 세트, 1·3인용 소파와 오크 테이블과 카펫과 한 쌍의 남자와 여자가 여행지에서 찍은 사진들이 들어 있는 액자들과 오밀조밀한 인테리어 소품들과 빼곡히 들어찬 부엌 살림들…….

방 안은 들여다보지 않아도 뻔할 것 같았다. 퀸 사이즈 정도의 침대와 앤티크 화장대, 텔레비전과 로맨틱한 스탠드와 밝은색의 장롱과 화려한 꽃무늬 커튼. 그것은 무대감독의 지시로 소품 담당이 급조해 놓은 홈 드라마의 세트같이 작위적이었다. 그 점이 아무래도 나를 당황하게 했다. 그의 취미에 대한 실망이었을 것이다.

"당신 아낸가요?"

차를 다 마실 동안에도 누구도 더 이상 등장하지 않자, 나는 불편한 나머지 단도직입적으로 사진 속 여자에 대해 물었다. 여자는 속되다고 느껴질 만큼 화려한 꽃무늬 원피스를 입고 있었다. 이목구비가 뚜렷하고 눈은 평화로우며 피부는 풍만했다.

"당신과 목소리가 같은 여자지."

그는 수수께끼같이 대답했다.

"당신이 질색이라던 여자?"

"맞아. 질색이야."

"그 여자 이름이 미화인가요?"

"미화……."

"그녀는 언제 돌아오죠?"

나는 그가 부부가 사는 집으로 초대한 것에 불쾌했다.

"나도 그게 궁금해."

"……."

"7개월 전에, '나 나가요'라고 메모를 남기고 간 뒤 아직 돌아오지 않고 있거든."

그의 눈, 내면의 작은 동요조차 겹겹의 파문을 일으키는 눈이 잠시 아득하다는 듯 나를 보았다. 아니, 아득히 먼 곳에서 고요한 파문의 중심에 열린 자신의 두 눈을 통해 나를 내다보는 그런 눈이었다. 나는 그 눈을 피하지 않고 마주 보기 위해 용기를 내어야 했다. 이중의, 이상한 두 겹의 눈이 느껴졌다. 두 겹의 날개로 날갯짓하는 나비의 움직임같이 수상함과 순결함이 엇갈리는 눈. 죽은 짐승의 눈에서나 볼 수 있을 것 같은 새하얀 흰자위.

내 가슴을 쑤욱 내려가게 만들었던 것은 바로 그 싸늘한 흰자위였다.

"결혼했었나요?"

"아니, 그냥 살았어. 한 6개월쯤."

"어떤 여자였어요?"

"인천에서 태어났다고 했어. 어린 시절을 그곳에서 보내고 열두 살 무렵 남쪽으로 내려왔다고."

나도 인천에서 태어나 유년기를 보냈었다. 아빠가 살아 있었던 동안. 그래서 미화와 난 목소리가 비슷한 것일까.

"……성당에 다녔고 세례명은 막달레나였어. 아버지가 성당에 필요한 가구를 만드는 공예사의 목수였대. 성신공예사였다고. 어린 시절 내내 공예사의 어둑하고 서늘하고 나무 냄새와 니스 냄새가 나는 작업실에서 예수상이나 마리아상에 경배하면서 놀았다더군. 성격이 곧고 열정적이고 솔직하고 부드러운 여자였지. 아니, 어쩌면 우유부단하고 내성적이고 소심하고 아무도 모르게 불처럼 뜨겁고 후회를 잘하는 여자였는지도 모르겠어. 모르겠어, 잘 안다고 생각했는데……, 이젠 정말 모르는 여자 같아."

"사랑했던 여자 아닌가요?"

"사랑이란 동시성을 잃고 시간 밖에서 생각하면 늘 그렇듯이 의심스러운 거야. 그건 어느 시기에 두 사람의 발이 한데 묶였던 어떤 사건일 뿐인지도 몰라. 발이 풀리고 난 뒤에 생각하면 그런 공속은 아무런 실제성도 없어. 에테르처럼 증발되어 버리지. 두 사람이 사랑했는데도 추억 속엔 자신밖에 없어. 자신조차도 어딘가 변형되고 과장되어 있어. 서글픈 모노드라마지……."

"그 여자는 왜 떠났을까요? 집을 이렇게도 빈틈없이 채워 놓고, 이상하지 않아요?"

"이상하지 않다면 내가 아직도 이렇게 기다리고 있겠어? 그녀는 나를 위해 아파트를 얻고 미친 듯이 살림을 사들여 집을 빈틈없이 채운 뒤에 갑자기 사라졌어. 첫날은 나에게 화가 나서 나갔나보다 생각했고 다음 날은 교통사고가 난 게 아닐까 생각했고 셋째 날은 다른 남자가 있었던 게 아닐까 생각했어. 그리고 넷째 날엔 슈퍼마켓에 다녀오다가 슈퍼마켓과 집 사이 어딘가에 존재하는 틈에 빠져버린 게 아닐까 생각했지. 지금도 그 틈을 난 찾고 있어."

"몹시 상심했군요."

그가 어깨를 으쓱했다. 말해 무엇 하느냐는 뜻 같았다. 입을 다물고 눈을 내리뜨자 그의 얼굴 윤곽은 마음이 얼어붙도록 완벽했다.

"그녀가 돌아와야 해. 난 떠난 이유를 굳이 묻지는 않을 거야. 하지만 그녀의 얼굴을 보고 싶어. 그녀가 돌아오면 떠날 거야."

"어디로?"

"어디든, 이스탄불이나 케냐 같은 곳, 상하이나 아리카, 그라나다 같은 곳."

"아리카가 어디에 있어요?"

"칠레에 있지."

"어디를 가장 가보고 싶어요?"

"그런 곳은 없어. 어디에 가든 상관은 없어. 떠난다는 게 문제일 뿐."

우리는 밖으로 나가서 초밥을 먹고 다시 들어왔다. 저녁을 먹는 동안 그는 자신의 직업에 대해 간단하게 말했다. 선배의 친구가 운영하는 작은 출판사에서 화, 수, 목, 금 주 4일 근무한다고 했다. 편집과 교정을 보는 것이 주 업무였고 바쁠 때는 종이를 사 오기도 하고 산더미 같은 책을 쌓아놓고 주소를 붙이거나 배달도 다녀야 했다. 나머지 3일은 시를 쓰거나 여행을 했다. 월급은 아주 적지만 자신이 일을 통제

할 수 있고 상당히 자유로운 편이어서 그럭저럭 지내고 있다고 덧붙였다.

저녁을 먹고 돌아와 몹시 슬프게 느껴지는 브람스의 교향곡 4번을 들었다.

"아버지를 살해하고 엄마와 결혼한 오이디푸스왕의 비극이 주제가 된 곡이야."

브람스가 끝나자 그는 자신이 편집해 녹음했다는 테이프를 넣었다. 〈Carry On〉이 흘러나오고 〈Old Man〉과 〈Simple Man〉, 〈Knockin' on Heaven's Door〉, 〈Streets of Philadelphia〉, 〈Blowin' in the Wind〉, 〈Wish You Were Here〉가 흘러나왔다. 요즘은 아무도 듣지 않는 오래된 노래들이었다.

"오늘은 엄마가 죽은 날이야. 5주기야. 혼자 보내기도 싫었지만, 누군가 나를 아는 사람과 보내기도 싫었어. 이해할 수 있어?"

나는 고개를 끄덕였다. 때로는 모르는 사람만이 위로가 되는 경우가 있는 것이다.

"함께 있어주어서 정말 고마워."

나는 음악을 다시 브람스로 바꾸었다. 교향곡 4번은 제사에 꼭 어울리는 음악이었다. 그리고 물이 닿자 가장자리가 녹아 떨어지는 검붉은 딸기를 씻어 접시에 담고 케이크와 함께 거실 테이블에 올리고 말했다.

"혹시 향 있어?"

"뭐 하는 거야?"

나는 유경의 라이터로 향로에 중국 향을 피웠다. 그리고 케이크의 파티용 초에도 불을 붙였다.

"이제 전등을 꺼."

그가 거실의 불을 껐다. 어둠 속에서 케이크의 불꽃이 피어올랐다.

"지금부터 엄마 제사를 지내는 거야."

"……"

케이크의 초가 하나하나 꺼지면서 긴 연기와 특유의 불쾌한 냄새를 피웠다. 침묵이 너무 오래 지속되었다.

"왜 이렇게 조용해?"

그가 손가락으로 머리카락을 함부로 흩뜨리며 일어나 소파에 앉았다. 그리고 중얼거렸다.

"슬퍼서 그래……"

나도 다리를 펴고 소파에 등을 대고 앉았다.

"엄만 어떤 사람이었어?"

그가 긴 숨을 내쉬었다.

"……엄만 한 달 중 25일쯤은 우울증을 앓는 여자였어. 술을 마셨고 담배도 피웠어. 말이 없는 여자였지. 세탁소를 했는데…… 손님이 맡긴 옷을 자주 망가뜨렸어. 잃어버리기도 했고. 약속 날짜에 맞추지 못해 추궁을 당하기도 했지. 어릴 땐 세탁소에 딸린 방에서 자랐어. 세탁소의 옷 냄새와 보푸라기, 더운 김을 쏘이고 나온 옷 먼지라면 지긋지긋해. 나와 엄만 자주 기관지염을 앓았어. 한여름에도 엄만 스팀다리미로 옷을 서른 장씩 다려냈는데, 어느 날은 하루 종일 울면서 그 일을 하는 거야……. 그땐 아직 마흔 살도 되기 전이었어. 무섭게 살이 찌지도 않았고, 특별히 성격이 이상했던 것도 아니고, 그다지 못생긴 여자도 아니었는데, 왜 남자들은 엄마를 구해주지 않았는지 모르겠어. 정말 끔찍했어. 중학생이 된 후 엄만 나에게 하숙방을 얻어주었지. 그래서 나는 세탁소에서 나왔지만 엄만 계속 그곳에서 살았어."

"……."

나는 문득 두려움을 느꼈다. 어떤 사람을 이렇게 왈칵 알아버려도 괜찮은 것일까…….

"엄마가 죽은 뒤에 문득 떠오른 생각인데, 그 여자는 어쩌면 내 엄마가 아니었을 수도 있다는 거야. 길 잃은 아이를 데리고 와 키웠거나, 아니면 사촌 언니나 오빠의 아이였거나……. 그렇지 않다면, 아들에게 그렇게도 할 말이 없을 수도 있었을까. 아니면, 엄마는 내 아버지로부터 결정적인 순간에 거절당했던 게 아닐까 하는 추측도 들어. 예를 들면 엄마 혼자 열렬하게 사랑해서 집요하게 달라붙은 결과 아이는 갖게 되었는데, 마지막 순간에 결혼은 거절당하는 거야. 그래서 남자가 모르는 곳에서 나를 낳아 키웠다든가 하는 스토리 말이야. 하긴 그런 유의 스토리는 얼마든지 다른 이야기를 낳을 수 있지. 남자가 유부남이었는데, 실컷 농락만 하고 버렸다든가……. 남자에 대한 원한이 너무 깊어서 자기 뱃속으로 낳은 아이에게조차 앙심을 품었던 불행한 여자…….”

"네가 쓴 시들을 이해할 거 같아. 하지만 너무 방황하지 마. 엄마나 아버지에 대해 알 필요 없이, 이미 하나의 존재로 내던져져 있는 너 자신으로부터 시작하면 안 되니?”

"내가 방황하는 거 같아 보여?” 유경은 자존심에 위협을 느끼는 것 같았다. "난 존재라는 게 시간이거나 흙이거나 수선화거나 상관없어……. 우리 본질을 영원히 황무지라고 생각해. 그러니 지금 내가 수선화라면, 수선화가 내 영원 속에 잠시 뿌리를 내려 내가 수선화의 한계 속으로 호출된 것에 불과하지. 잠시 묶인 거야. 어떤 모습이건 상관없어. 나를 굳이 수선화라고 주장할 마음도 없고. 늘 내가 온 곳과 돌아갈 곳을 느껴. 그리고, 언제든 홀연히 그곳으로 돌아갈 수 있다는 느낌이 들어.”

나는 그의 눈을 이해할 것 같았다. 그토록 공허하고 우울하고 싸늘한 흰자위를.

"넌 불교 이상이구나. 네가 어떤 의미로 말하든 난 바로 이 순간에 내 삶과 육체에 돌발적인 환희를 느껴. 황무지에서 생겨나 다시 거대한 황무지로 멸멸해 갈 이 작은 삶과 육체 말이야……"

나는 두 손으로 내 얼굴을 안았다.

"넌 허무를 나와는 정반대로 이야기하는구나. 하지만 마찬가지지……. 그런데 엄마가 아버지에 대해 꼭 한 번 나에게 말한 적이 있어."

나는 유경을 바라보았다. 그는 굳은 표정으로 입을 다물고 있다가 고통스럽게 말했다.

"넌 그 사람을 하나도 닮지 않았어……. 그게 엄마가 아버지에 대해 노출한 유일한 말이야."

"……"

"무슨 뜻 같아?"

나는 어깨를 으쓱 올렸다가 내렸다.

자정 무렵에 콜택시를 불렀다. 아파트 현관에서 나오니 빗방울이 떨어지기 시작했다.

"비야……"

나는 손바닥을 내밀었다.

"이제 자주 올 거야. 그런 계절이 되었지."

우리는 상점의 차양 아래에 서서 택시를 기다렸다. 차양에 떨어지는 빗소리가 또닥또닥 들렸다. 택시가 오자 유경은 나를 태우고 택시 문을 닫았다가 갑자기 열고 차에 올랐다. 나는 황급히 자리를 내어주었다. 우리의 어깨가 닿았다. 빗방울이 묻은 그의 머리카락과 스웨터에서 중국 향 냄새와 함께 차갑고도 싱그러운 냄새가 났다. 그도 내 냄새를 맡고 있는 것 같았다.

그는 나를 집 앞에 내려주고 잘 자라는 인사를 좀 어색하게 한 뒤 택시를 탄 채 그대로 돌아갔다. 나는 그의 눈 속의, 눈밭같이 새하얀 흰자위를 생각했다. 새하얀 장미, 새들의 흰 가슴털, 한복 속에 입는 엄마의 눈부신 속치마, 새하얀 알약. 어떤 짐승의, 모든 짐승의 죽음이 깃든 흰 눈자위, 황무지의 꿈으로부터 피어난 새하얀 수선화…….

결혼, 양부의 집에서 다른 양부의 집으로

난 말이야,
처음으로 삶이 조금 좋아졌어.
아주 순수하고 천진난만하고
무도덕하게.

주말에는 선모가 방문했다. 맑고 바람도 없는 날씨였다. 비행기를 타고 왔는데, 역 광장 한 귀퉁이의 공항버스 승강장에 내려선 시간은 오후 3시였다. 선모는 내가 떠나는 것을 몹시 반대했었다. 자신은 선을 두 번이나 보면서도, 부모님을 설득하고 있으니 기다려달라고 했다. 그는 이상한 쪽은 분명 나라고 주장했다. 결혼하려던 여자가 제멋대로 먼 지방으로 훌쩍 떠나버렸다는 것이다. 한때는 극히 상식적이고 안정되고 규범적인 그의 삶에 기대 한평생을 보내버리고 싶은 때도 있었다. 안전하게 몸을 숨길 곳이 간절했다. 하지만 찻집에서 선모의 엄마를 만난 뒤 아주 간단하게 안정을 단념했다.

선모의 엄마는 유명한 점집을 찾아가 내 생일과 난 시간을 넣었다고 했다. 내 평생에는 아이가 하나 달려 있었다. 내 사주에 남편의 자리는 없었다. 나는 평생을 공휴일처럼 낭비하며 덧없이 살게 된다고 했다. 그 여자가 그런 말을 쏟아낼 때 사나운 주술이 커다란 바늘처럼 내 심장을 뚫고 지나갔다.

선모를 단념하기는 어렵지 않았다. 나는 그런 말을 듣고도 결혼을 강행할 만큼 선모를 사랑하지는 않았다. 단지 선모의 등 뒤에 숨어, 활짝 피었다가 한차례 비바람에 순순히 져 버리는 부질없는 꽃들처럼 생을 다 낭비해 버리고 싶었을 뿐이었다. 선모 엄마도 내 건조한 음모를 알아차렸는지도 모른다. 그녀는 마지막에 말했다. 선모는 하나뿐인 외아들이고 결혼해서도 계속 자신과 제 아버지와 함께 살아야 한다고.

그러자 내가 하려고 했던 결혼이 결국 양부의 집에서 다른 양부의 집으로 몸을 옮기는 것에 불과하다는 사실을 갑자기 깨닫게 되었다.

선모는 평생 처음 오는 소도시에 내려 나를 마주치고는 어쩔 수 없다는 듯 마구 웃었다. 소리를 내지는 않았지만 참을 수 없다는 듯 입을 활짝 벌리고 몇 번이나 눈을 질끈 감았다가 떴다. 인간의 의무는 날마다 인간적이 되는 것이다. 그것은 선모의 좌우명이었다. 어릴 때부터 존경심을 갖도록 엄마로부터 강요받은 위인 슈바이처의 말이었다. 선모는 본질적으로 선량하고 성실하고 예의 바르지만 자신이 모범적이라고 믿는 만큼 고집스럽고 부자유스럽고 자기중심적이었다. 그리고 상식적인 정도의 남성적 우월의식과 공격성과 책임 의식도 가지고 있었다.

우리는 바다로 가기 위해 택시를 타고 어디가 어딘지 알 수 없는 도시를 빠져나갔다. 한참 동안 달려 높은 산 중턱을 따라 난 고갯길을 넘어서자 바다가 나왔다. 처음에 그것은 물을 채워놓은 저수지 같기도 했다.
"바다네, ……맞지?"
선모는 반신반의하는 표정으로 물었다. 내가 아마도, 라고 말하자 선모는 비웃듯이 말했다.
"웅덩이 같아."

그는 바다 같은 것엔 관심이 없는 남자였다. 작은 상점 하나와 플라타너스 한 그루와 커피 자판기 한 대가 서 있는 삼거리에서 택시는 길을 잘못 들어 마을로 들어갔다가 나가야 했다. 그리고 한동안 평평하고 굽이진 해안도로를 달렸다. 레스토랑들과 모텔들, 횟집들이 지나갔다. 물로 씻어낸 듯 청량한 마을들은 고요했다. 바다에서 새벽에 돌아온 어부들이 모두 낮잠에 빠졌는지 방파제엔 어선들이 비좁도록 묶여 있었다.

하늘은 옅은 파란색, 바다는 미역을 가득 담은 듯한 초록빛이었다. 군데군데 굴 껍데기가 볏가리처럼 높게 쌓여 있는 해안엔 미역과 불가사리가 조개껍데기들과 함께 흩어져 있었다.

횟집 아낙이 자연산이라고 주장하는 도다리와 광어 같은 회를 소주와 함께 먹고 바닷길을 좀 걸었다. 모텔들이 들어서 있는 한적한 길이었다.

"너에게 물어보고 싶은 말이 많았어. 그런데 아무것도 물을 수가 없어."

"왜?"

"자연스러워서. 이곳에 있는 네가 능청스럽도록 자연스러워. 뜻밖에도 더 건강해 보이고."

"알고 싶은 게 뭐야?"

"⋯⋯여기서 얼마나 지낼 거야?"

"모르겠어."

선모가 한숨을 휴, 하고 쉬었다.

"난 너와 결혼할 거라고 믿고 있어. 너 아닌 다른 여자와는 결혼할 수 없어. 내 말이 틀렸어?"

"⋯⋯."

"너도 그렇게 생각하리라고 믿어."

그는 내가 알기로도 두 번이나 선을 보았고 그 후로 몇 명의 여자를 더 소개받았는지 가늠할 수도 없었다.

"……."

"문제는 네가 지금 너무 멀리 와 있다는 거야. 우리 부모님은 그 점을 새롭게 문제 삼고 있어."

"……."

그들은 늘 새로운 문제를 발견하고 만드는 종류의 사람들이었다. 결혼한 뒤에도 마찬가지일 것이다. 그리고 나에겐 이미 문제가 너무나 많았다.

"난, 단념했어."

"인생의 가장 큰일을 그렇게 쉽게 포기한단 말이야? 부모님은 내가 계속 설득하고 있어. 결국 허락하실 거야."

"넌 계속 선을 보고 있잖아."

"그 정도 시늉은 하는 게 부모님에 대한 도리잖아. 대체 무슨 생각을 하고 있는 거야? 내가 무슨 기대라도 가지고 여자를 기웃거린다고 생각해?"

나는 자리에 멈추어 섰다. 그리고 긴 한숨을 내쉬고 또박또박 말해주었다.

"난, 결혼하지 않기로 했어. 그래서 여기 온 거야. 내 뜻을 몰라? 아니면 모르는 척하는 거야?"

"점집 여자가 한 말 때문이지? 그까짓 건 잊어버려. 겨우 그런 사기꾼들 때문에 결혼을 단념한다는 게 말이 돼?"

나는 빠르게 걷기 시작했다.

"……"

점집 여자의 말을 옮겨주던 선모 엄마의 심술궂은 얼굴이 떠올라 마음이 은박지처럼 구겨졌다.

"난 변함없이 너와의 결혼을 진행시키고 있어. 그러니 너도 올라왔으면 좋겠어. 우리 부모님께 그런 태도를 보이는 게 도리 아니야?"

도리, 도리……. 그에게 나와 결혼하려는 일말의 진심이 있다면 그건 그동안 교제를 해온 도리 때문이 아닐까.

"올라가지 않을 거야."

선모는 걸음을 멈추었다. 그리고 버럭 소리 질렀다.

"이럴 수는 없어. 이럴 수는 없다구. 내가 부모님을 얼마나 열심히 설득하고 있는데……. 너, 솔직히 말해봐. 나와 결혼하고 싶어 했던 거 진심이었어?"

"미안해. 그때 난, 막 태어난 엄마의 아기 때문에 혼란스러웠나 봐."

"넌 지금도 무척 혼란스러운 것 같다."

선모는 빠르게 말하고 성큼성큼 앞서 걸어갔다.

⋮

　그는 내 방에 대해 실망을 숨기지 못했다. 솔직히 자랑할 만한 방은 아니었다. 그 방은 부동산 사무실에서 세 번째로 보여준 방이었다.
　길쭉한 방과 작은 거실과 부엌과 화장실, 성에 무늬의 반투명 유리문을 끼워 넣은 좁다란 테라스가 있는 구조였다. 다행히 싸구려라 해도 벽지를 새로 발랐고 비닐 장판도 깔았으며 문틀에 칠까지 새로 해 신선한 풀 냄새와 상쾌한 페인트 냄새와 본드 냄새가 났다.
　방 안의 창문을 열었을 때, 앞집 옥상의 텔레비전 안테나 사이로 바다가 보였다. 풍문으로만 들은 해안 도시의 정체를 파악한 듯한 기분이 들었다. 공업단지의 경직되고 쇳내가 나는 바다였지만 시베리아에서 원목을 실어 왔을 법한 거대한 배가 정박해 있고 갈매기가 새하얀 티슈처럼 중력감 없이 날아오르는 항구의 풍경이 마음에 들었다.
　바다는 부엌 창으로도 보이고 테라스의 창에서도 왼쪽 45도 각도로 보였다. 유료 주차장으로 사용되는 복개천은 텅 비어 한적했다. 해변에는 공장들과 찻집들과 식당들, 중고 물물교환 센터들이 보였고 광고 깃발들이 세워져 있어 바람에 펄럭펄럭 날렸다.

문제는 전에 살던 할머니가 다른 도시에 사는 아들 집에 들어가면서 두고 갔다는 고가구 장롱이었다. 나뭇결이 드러난 2층 나비장인데 높이가 내 어깨선 정도였다. 문고리와 나비 장식이 빛을 잃어 어둑했다. 장롱을 어떻게 해야 할지 고민했지만 이내 관심을 두지 않게 되었다. 어쨌든 방은 충분히 크니까.

그때 나는 이틀째 담뱃진이 밴 여관방 신세를 졌고 더 이상 선택의 여지도 없었다. 무엇보다 석 달 치 월세 정도의 보증금에다 방세도 저렴했다. 나는 바람 속에 설핏 상한 생선 비린내를 맡으며 그 방으로 결정했다.

선모는 할머니가 두고 간 장롱에 대해선 거의 화를 냈다. 그가 말을 하지는 않았지만 어떤 생각을 하는지는 알 것 같았다. 그 낡은 고가구 장롱은 묵직하고 어두워서 케케묵은 상상을 자극하는 데가 있었으니까. 그리고 살림살이가 그토록 갖추어지지 않았다는 것에도 화를 냈다.

커피 주전자와 잔 두 개, 달걀프라이용 프라이팬과 라면을 끓이기 위한 손잡이 달린 냄비, 그리고 접시 세 장과 휴대용 가스버너. 그게 부엌살림 전부였다. 아직 냉장고조차 없었다.

"방송국 원고료가 형편없나 보네."

"지방방송국이니까……. 프로그램 하나로는 입에 풀칠하

기도 어려워."

"그러게, 이게 다 무슨 고생이야?"

"차차 나아질 거야. 일을 잘하게 되면 프로그램을 하나 더 얻겠지."

"해보고 싶은 프로그램이라도 있어?"

"아니. 그런 건 없어. 다들 골칫덩어리지."

"넌, 자신을 그렇게 몰라? 너는 그 일에 전혀 어울리지 않아. 방송하는 사람들은 다들 제가 좋아서, 신나서 하는 거야. 너처럼 드라이하지 않다고."

"난 그냥 노동을 하는 거야."

"그걸로는 부족하다니까."

선모는 짜증을 냈다.

"어쩔 수 없지 뭐."

나는 낮은 목소리로 중얼거렸다.

"일에 대한 열정이 있는 사람들은 도대체 어떻게 생겨먹은 작자들인지 궁금해. 자기들이 하는 일이 정말로 꼭 필요한 일이라는 확신을 어떻게 갖게 되었는지 궁금하고. 난 그런 게 안 생기거든."

선모는 구제 불능이라는 듯이 나를 멀거니 쳐다보았다. 그는 샤워를 하고 나와서는 섹스하기를 원했다. 강박적으로 씻어대는 나머지 체취조차 없는 그런 미끄럽기만 한 몸뚱이와 결혼까지 하려고 했다는 것이 믿어지지 않았다.

"옷 입고 나가자."

나는 말한 뒤 베란다로 나가 기다렸다.

베란다가 생각보다 쓰임새가 있었다.

"솔직히, 난 이 시간이 길지 않기를 바라."

선모는 공항버스에 오르기 전에 그 말을 했다. 그는 결혼하지 않겠다는 내 의사를 계속 무시했다.

"손톱은 왜 잘라?"

그는 모든 것이 내 손톱 탓이라는 듯 짜증을 냈다. 그저께 자른 손톱이었다. 나는 늘 그 정도 길이를 유지했다. 내겐 가장 자연스러운 길이였다.

"머리카락도 좀 자르는 게 좋겠고."

머리카락 역시 이제야 단정함을 지나 편안해지는 중이었다. 나는 단발이 길어져 어깨선에 닿아 조금 휘어지는 때가 좋았다. 나는 선모를 밀쳐내듯 손을 내저었다. 내가 견딜 수 없었던 것들 중에는 선모의 독선적인 성격도 한 부분 차지하고 있었던 게 아닐까 하는 생각을 처음으로 했다. 어딘가 심술궂은 그의 엄마를 닮은 모습이었다. 그는 자신이 포기하지 않는 한 부모가 반대하든, 심지어 당사자인 내가 반대해도 결혼하게 될 거라고 믿는 것 같았다.

"이거 받아."

선모가 준 것은 빳빳한 10만 원권 수표가 다섯 장 든 흰 봉투였다.

"우선 필요한 것들을 좀 사."

나는 발끈한 얼굴로 선모를 노려보았다. 그리고 흰 봉투를 그의 양복 호주머니에 구겨 넣었다.

"네가 왜 나한테 돈을 줘?"

나는 노려보았다.

"우린 곧 결혼할 거잖아. 결혼하면 매달 내가 생활비를 줄 텐데, 안 주면 사니 못 사니 하며 앙탈을 부려댈 거면서, 지금 이 돈을 못 받을 이유가 어디 있어? 냉장고라도 사."

"난 지금 내 한 몸만 해도 너무 많아. 필요한 것 따위 아무것도 없어. 그리고 우린 결혼하지 않아. 왜 내 말을 말 그대로 받아들이지 않아?"

내가 너무나 단호했기 때문인지 선모는 질린 얼굴로 쳐다보더니, 홱 돌아서서 공항버스에 올랐다. 나는 버스가 떠날 때까지 기다리고 서 있었다. 창가 자리에 앉은 선모는 한 번도 내 쪽으로 고개를 돌리지 않았다.

일요일 오후는 천천히 흘러갔다. 생수를 사 들고 바다를 보기 위해 해안 공장 거리로 걸어갔다. 대부분의 공장은 일을 하지 않아서 적막했고 더러는 점심을 먹은 노동자들이 햇볕을 쬐며 담배를 피우거나 신문을 읽거나 화투패를 돌리거나 낮잠을 자고 있었다. 공장 거리엔 이상하게도 많은 소파가 버려져 있었다.

누군가 칼로 난자한 듯 찢어진 비닐 사이로 솜이 비어져 나온 1인용 소파, 3센티쯤은 먼지가 앉은 3인용 소파, 뒤집힌 소파, 아래가 퍼져 축 늘어져 버린 소파……, 나중엔 버림받은 소파들이 범죄 현장처럼 무서워졌다. 길은 점점 좁고 음험해지고 바다로 가는 틈은 찾을 수 없었다. 나는 포기하고 되돌아 걸었다. 돌아오는 길에 공장 사이의 공터에서 버려진 수족관 속에 든 금붕어를 보았다.

물이끼와 곰팡이가 검게 뒤섞인 커다란 수족관 안에 아이 손바닥만 한 붉은색 금붕어가 꼼짝 않고 떠 있었다. 유리 벽을 두드리자 금붕어는 조금 움직였다. 자세히 보니 금붕어의 몸에도 곰팡이 같은 것이 피어올라 꼭 털실 뭉치같이 푸슬푸슬했다. 그러자 선모 엄마가 들려준 점괘가 떠올랐다. 나는 그 빌어먹을 수족관을 깨뜨려 금붕어를 밟아버리고 싶은 충동을 느꼈다.

산책을 마치고 돌아왔을 때, 식당 앞에 유경이 서 있었다. 그는 큼직한 회색 스웨터를 입고 선글라스를 끼고 흙이 담긴 화분을 들고 있었다. 내가 얼마나 반가워했는지, 그는 상상도 하기 어려울 것이었다. 나는 잘못 본 게 아닐까 하며 눈을 커다랗게 떴다. 하루 종일 그 장면을 기다려온 것만 같은 심정이었다.

"이렇게 무턱대고 오다니, 얼마나 기다린 거야?"

"얼마 지나지 않았어. 여의치 않다면 그냥 갈게."

내가 무표정해서인지 유경은 의기소침했다.

"몹시 지쳐 보여. 뭐가 잘 안됐어?

나는 가만히 고개만 끄덕였다.

"제기랄, 이렇게 예쁜데 뭐가 걱정이야?"

유경은 저승사자 앞에서라도 내 편을 들어줄 것같이 호기스럽게 말했다. 나는 갑자기 긴장을 풀고 소리 내어 웃었다. 그는 내가 웃는 것을 흐뭇해했다.

"차 한잔 줄래? 그러면 저녁 사 줄게."

"그런데 이거 뭐야?"

나는 흙이 담긴 화분을 의심스럽게 쳐다보았다.

"히아신스야. 지금은 흙 속에 뿌리만 있지만 곧 잎이 생기고 꽃이 필 거야."

"황무지에 삽입된 히아신스구나……."

"덧없이 호출된 황무지의 꿈이지."

"황무지의 극단적인 최선일지도 몰라. 히아신스라는 한계 내에서 말이야. 난 말이야, 처음으로 삶이 조금 좋아졌어. 아주 순수하고 천진난만하고 무도덕하게."

"내 시는 허무를 전염시키는데 넌 아무래도 의외야."

유경이 심드렁하게 말했다.

"안간힘인지도 몰라."

나는 어깨를 으쓱했다.

문을 열고 계단을 올랐다. 2층의 아기가 울고 있었다. 이제 막 목욕을 시켰는지 거무죽죽한 식은 물속에 아기 타올이 담긴 분홍색 목욕통이 거실에 내밀어져 있었다. 2층의 아기는 엄마의 아기와 달수가 비슷해 보였다. 그 아기도 꼭 새벽 2시에 어김없이 잠이 깨어 울어댔다. 아기 엄마는 참치 만드는 공장에 다녔다는데 나와 나이가 같았다. 그러나 스물다섯 살이라고 하기에는 믿어지지 않을 정도로 나이 들어 보이는 여자였다. 여자는 무엇을 하는지 가끔 아기를 오래오래 울렸다. 아빠는 여전히 참치 공장에 다닌다고 했다.

"박제된 공룡의 등뼈를 타고 오르는 기분이군. 그들의 척추뼈가 꼭 이만큼의 높이일 것 같아."

계단을 다 오른 뒤에 유경이 중얼거렸다. 겨우 한 사람씩만 다닐 수 있는 좁다란 계단이었다.

나는 유경을 밖에 세워놓고 집 안을 잠시 점검했다. 그리고 선모가 사용한 여분의 칫솔을 싱크대 서랍 속에 던져 넣고 선모와 함께 쓴 티슈가 든 쓰레기통을 비웠다. 그러자 다른 남자의 흔적은 전혀 없었다.

"됐어, 들어와."

"그런데 함께 사는 남자라도 있는 모양이야. 이렇게 오래 걸리는 걸 보니."

유경은 심술궂게 떠들면서 사방을 살폈다.

"남자의 물건은 모두 저 음침한 장롱 속에 집어넣었겠지? 아니, 그런데 웬 장롱이야?"

유경은 방 안을 둘러보며 농담을 하다가 정말로 놀라고 말았다. 할머니의 장롱은 말썽거리였다.

"와, 내가 찾고 있던 장롱이 여기 있네."

"이런 걸 왜 찾아?"

"시를 적은 노트와 수첩들을 이런 데 숨겨 두고 싶거든."

"특이한 취향이네."

"캠핑 온 것 같아."

유경은 이게 전부냐는 듯 부엌살림을 보고 난감하게 웃었다.

"예상했던 대로야."

"뭐가?"

"너는 음식을 먹고 사는 여자가 아니라 등에다 건전지를 끼우고 사는 인형 같았거든."

"그랬으면 좋겠다."

나는 즐겁게 맞장구쳤다. 저항할 이유는 없었다.

"어쩐지 영양결핍 상태로 보였어. 칼슘과 칼륨, 나트륨과 비타민 E가 부족해서 밤엔 불면증을 앓고 히스테리와 우울증이 있고, 집단적인 활동을 싫어하고 아침에 일찍 일어나지 못하고 창백한 얼굴로 멍하게 앉아 있는 것을 좋아하고 평범한 섹스보다는 비정상적인 자극을 좋아할 것 같아. 어쩌면 그 모든 이미지가 너무 단정한 입술 때문에 생긴 건지도 몰라. 잘 봉합된 플라스틱 인형의 입술 같아. 무엇을 먹거나 씹거나 할 거 같지 않거든."

소녀 시절 오랫동안 인형들을 수집하며 그만 인형과 닮아 버린 것인지도 모른다.

"후……. 나를 너무 과대평가하지 마. 난 단순해."

"아무튼 넌 황폐해. 삶을 위로하기 위해서는 사물들과의 관계가 필요한데, 그게 전혀 없는 공간에서 살고 있잖아. 사물은 내가 이곳에 살아 있음의 최소한이야."

"저 화분 고마워. 이런 식으로 나도 차차 사물과의 관계가 생기겠지. 그런데 흙뿐인 화분에다 물을 주어야 한다고 생각하면 이상해."

"일주일에 한 번만 주면 돼. 꽃이 필 거라는 확신을 가지고 바라보아야 하고. 뿌리는 파보지 마."

그리고 유경은 선글라스를 벗었다.

"깨끗한 걸레와 고무장갑 좀 줘. 마른걸레도."

"뭐하게?"

유경은 대답하지 않고 재촉했다. 고무장갑을 끼고 걸레를 쥔 유경은 고가구 앞에 섰다. 처음엔 전체적으로 먼지를 닦아내고 철제 장식을 살살 닦았다.

"원래 구리색 장식이야. 전체적으로 상한 데가 없이 보존이 잘되었어. 오동나무 원목이야. 어때? 한결 좋지?"

"좋아."

나는 활짝 웃었다. 나를 짓누르던 근심덩어리가 사라진 것만 같았다. 유경은 나를 보며 어딘가 아픈 듯한 표정을 지었다.

"그렇게 웃을 줄도 아네."

유경은 위 칸의 납작한 서랍들을 하나하나 열었다. 서랍들은 뻑뻑해서 간신히 열렸다. 마지막 네 번째 서랍을 열었다가 닫은 뒤 유경은 불쑥 말했다.

"키스해도 돼?"

너무 당황해서 나는 고개를 숙인 채 웃기만 했다. 그런 말을 했는데도 불구하고 그의 표정은 전혀 다른 생각을 하고 있는 듯 덤덤했다.

"오늘 못 하면 그냥 친구가 되어버릴 것만 같아."

나는 그와 친구가 될 것인지, 연인이 될 것인지를 잠시 생각했다. 확실히 억지스러웠다.

"아직, 자정까지 시간은 남아 있으니까. 차차 생각해."

"생각? 그런 건 생각으로 하는 게 아니야. 이건 아니야. 뭔가 잘못돼 가고 있는 거야."

유경은 투덜거렸다.

"알긴 아네."

나는 그를 놀렸다.

유경은 민망한지 거실 벽에 걸린 그림을 유심히 보더니 물었다.

"저 여자 이름 알아?"

그것은 피자 가게에서 선물로 받은 싸구려 액자에 든 보나르의 복제화였다. 나는 여자를 찾느라 잠시 그림 속을 방황했다. 여자는 창문 곁 황금색 벽에 얼룩처럼 납작하게 붙어 서 있었다.

"이 여잔 보나르의 아내 마르트야."

"마르트……."

연약하고 로맨틱하고 그러면서도 아무도 모를 의지가 느껴지는 이름이었다.

"보나르의 그림 속 어디에나 있지. 목욕하는 것을 몹시 좋아하고 가느다란 굽의 슬리퍼를 즐겨 신고 몽상적이고 내성적인 여자였대. 꽃가게에서 일하는 가난한 처녀였는데, 대화가인 보나르의 눈에 띄어 결혼까지 했어. 보나르는 마치 사물처럼 조용한 아내를 굉장히 사랑했지. 그래서 이런 평화롭고 무의미한 일상을 생생하게 그릴 수 있었을 거야. 사랑은 보이지 않는 것을 보게 해주고 너무나 평범한 시간마저 영원으로 확장시키거든."

"그렇게 지극한 사랑을 받으면 자신의 아이덴티티 같은 것에 대한 강박증은 없어지겠지……."

"글쎄……, 마치 꽃이나 사물인 것처럼 생각 같은 건 아예 하지 않을지도 모르지."

나는 일종의 무의식적 향수 같은 것을 느꼈다. 보나르의 그림은 사랑과 평화로운 생에 대한 너무나 생생한 알리바이여서 그 속의 진실을 의심할 여지가 없었다.

"대단한 경지야."

유경은 아주 짧은 순간 나를 향해 눈을 찡긋했다.

생선구이 집에서 저녁을 먹은 후 생강차를 마시고 맥주를 좀 마신 뒤 집으로 돌아왔다. 나는 그에게 새 칫솔을 주었다. 유경과 나는 서로 마주 보고 선 채 양치질을 했다. 이를 닦고 난 뒤의 일을 두려워하기라도 하듯 둘 다 오래 끌었다. 마침내 그가 먼저 입을 씻어냈다. 그리고 내가 입을 헹구었을 때, 우리는 키스를 했다.

같은 치약을 사용한 뒤의 키스는, 엑스터시적 경험이라기보다는 냉정한 탐색의 의식 같았다. 그의 입술은 단단하면서 부드럽고 혀는 너무 길거나 짧지 않고 두껍거나 얇지 않았다. 그리고 움직임은 너무 빠르거나 늦지 않았다. 치아는 고르고 빠진 이나 냄새나는 충치 같은 건 전혀 없는 것 같았다. 그의 입술 안쪽과 잇몸 사이의 골은 깊고 너무나 부드러워 내 혀끝이 닿자 녹는 듯했다. 내 목 안으로 삼켜지는 침은, 맑고 차가웠다.

탐색이 채 끝나기도 전에 전화벨이 울렸다. 우리는 전화벨이 맹렬하게 울리는데도 키스를 계속할 만큼 열정적이지는 않았다. 그것은 예의 바른 인사 같은 조심스러운 키스였던 것이다. 하지만 이제 막 치약의 맛과 차가움이 가시고, 눈꺼풀이 나른하게 감길 즈음이어서 안타깝기는 했다.

"도착 인사 하려고 전화했는데, 저녁 내내 받질 않더라. 어디 갔었어?"

"저녁 먹으러."

"뭐 먹었는데?"

"생선구이."

"누구와?"

"……."

"너 지금 남자와 함께 있지?"

"……."

"누구야?"

"……."

"어떤 놈이야?"

나는 고개를 돌려 베란다에 나가 서 있는 유경을 바라보았다.

"미안해. 아마도 새로운 애인인가 봐."

"……결국 이렇게 되는 건가? 네 형편이 가여워서 잘해주었는데, 다 받아주니까, 결국 나한테 이렇게 갚는 거야? 네가 지금 무슨 짓을 하는지 알고는 있는 거야?"

"……."

나는 아연했다. 가끔 나는 세상이 어떻게 돌아가는 건지 알 수가 없어진다. 그런 적이 많았었다. 나보다 한 살 더 많은 아이들과 동급생이었기 때문이었는지도 모른다. 아이들이 알고 있는 것을 나는 모르고 있었고 아이들의 농담을 이해할 수 없었고 어느 땐 아이들의 심술조차 나를 괴롭히지 못했다. 사람들이 자기 입장에서 말을 할 때면 나는 어린 시절의 버릇처럼 그저 아연해진다.

"그놈 당장 내보내. 그리고 다시 전화하자."

"……그건 내가 알아서 해."

"그래서?"

"그럴 수 없어."

"너 미쳤니?"

"……."

가까이 있었다면 한 대 맞았을 것 같았다.

"결혼하게 되면 청첩장 보내."

"넌 삶다운 삶을 살 유일한 기회를 내동댕이친 거야."

한동안 거친 숨소리만 느껴지더니 전화가 뚝 끊겼다. 지표면이 3센티쯤 아래로 꺼지는 듯했다. 양부의 집에서 다른 양부의 집으로 가는 그것이 삶다운 삶이라는 것일까……. 전에 그와 결혼하려 한 적이 있었다는 것이 믿어지지 않았다.

"애인이랑 절교라도 했니?"

베란다에서 담배를 피우고 온 유경이 놀리듯이 말했다.

"그런 것 같아."

유경은 내 곁에 나란히 앉았다. 잠시 후에 그가 물었다.

"기분이 어떤데?"

"……밥 먹다가 무른 돌을 씹는 기분. 삼키지 않고 끝까지 씹을 때의 기분 있잖아. 밥과 푹 익은 광물질의 맛이 섞이고 오래오래 입안에 그 맛의 기억이 남을 거 같은……."

"너 그 남자를 사랑하지는 않았구나."

"그런데도 난 그와 결혼할 뻔했어."

"……넌 사랑하는 사람과 결혼할 수 있을 거라고 생각해?"

나는 자신이 없었다.

"내 인생에 어쩌면 내가 사랑하는 남자란 없을지도 몰라. 내가 사랑하는 남자를 위해 살아가는 삶은 두려워. 결국은 나를 사랑한다고 주장하는 남자로부터 보호받는 태만하고 안전한 삶이 내 몫이 될지도 몰라."

"특별한 이야기는 아니야. 깨닫지 못하거나, 솔직하지 않아서일 뿐 대부분의 여자는 자기가 사랑하는 남자와 결혼하지 않아. 자신을 사랑하는 남자에게 선택되고 선택된 전제하에서 서로가 동시에 똑같이 사랑하게 되는 행운은 너무 드문 일이니까."

나는 고개를 끄덕였다.

"예전의 남자들은 사랑하는 여자를 위해 전부를 바치겠다고 떠들기도 했지만, 요즘은 사기꾼이나 바보 아니면 아무도 그런 식으로 말하지 않아. 예전 남자들이 그렇게 큰소리칠 수 있었던 것도 가부장제라는 백을 믿고 있었기 때문이지. 여자에게 다 준다 해도 사실 남자에겐 너무나 많은 것이 남아 있는 구조였어. 예를 들어 이 집을 너에게 다 바치겠다고 말한다 해도 실제로 여자에게 주어지는 건 솥과 그릇 나부랭이와 쌀 몇 됫박 같은 부엌살림 정도이지, 집 자체는 아니거든. 사실 가부장 체제가 무너진 오늘날은 남자들도 사랑하는 여자를 갖는 일을 두려워해. 여자들이 그렇게 느끼듯, 남자들 역시 누군가를 사랑하는 일은 짐승의 아가리에 머리를 밀어 넣는 일과 같이 위험한 거야. 자아의 죽음이지. 삶 자체가 가혹한 상실이지만, 사랑이라는 광기는 그런 가혹한 상실을 과속화해."

"너도 사랑이 무서운 거야?"

유경은 고개를 끄덕였다.

"그러니, 나 같은 건달 시인 몫의 여자가 있을까. 게다가 난 인생과 싸워보겠다고 덤비는 타입은 싫거든."

"그러면 넌 어떤 사람이야? 여자에게 무엇을 바라는 건데? 어떻게든 정리를 좀 해봐."

"바라는 거 없어. 난 사랑이 가진 모든 속성을 싫어해."

"너와 사랑에 빠지는 여자는 아마도 자포자기한 여자일 거야."

"이런, 다 파악해 버린 거야? 비겁하다는 말은 왜 안 하지?"

"그야 자기 선택이니까."

나는 웃어넘겼지만 내 마음엔 깊은 좌절이 생겼다. 그리고, 그런데도 나는 어떤 틈으로 이미 빠져들고 있었다.

긴 복도

지루하구나, 이건 정말 지루해.
참을 수 없이 지루해…….

프로그램을 진행하는 홍 아나운서와는 이상할 정도로 자주 엘리베이터에 함께 탔고 복도에서 마주쳤고, 구내식당에서 점심을 먹을 때면 자주 옆 테이블에 앉아 있었다. 그러고는 유신시대에나 먹혔을 것 같은 찬사를 늘어놓으며 어깨나 팔, 혹은 등이나 허리 쪽을 슬쩍 스치곤 했다. 특히 엘리베이터에 단둘이 있을 때는 드러내 놓고 추근거렸다. 왜 늘 후줄근한 옷만 입느냐, 새 옷 한 벌 사 줄 애인도 없느냐, 손톱은 왜 기르느냐, 혼자 살면 밤엔 무얼 하느냐…….

그에 관해 사내에서 떠도는 우스갯소리를 이미 다섯 가지쯤은 들었지만 그중에서도 그를 단적으로 드러내는 말이 있었다. '월급은 얼마나 받으세요?' 그것이 그가 처음 만나는 사람에게 진심으로 알고 싶어 하는 첫 질문이라는 것이었다. 그는 각 부 부장들과 차장들, 프로듀서와 기자들의 월급 내역은 물론이고 엔지니어들과 국장 비서와 시청자 센터의 경리들과 경비실의 월급 내역, 급사들과 청소원들의 월급까지 꿰고 있으며 관련 업계인 방송광고공사 사람들과 영상 사업단 사람들의 월급도 손금 보듯이 훤히 알고 있다고 했다. 그리고 처음 방송에 들어오는 여행사나 증권회사 직원, 혹은 공무원들과 문화 관계 인사들에게 서슴없이 묻는 것이었다. 월급은 얼마나 받으세요? 물론 자그마치 15년 경력의 아나운서인 그 자신보다 많이 받는 사람은 거의 없었고 그로 인해 우쭐대기를 멈출 필요도 없었다.

그는 방송국 아나운서인 것을 너무나 자랑스럽게 여기고 있었기 때문에 그 프라이드만큼 동시에 배타적이고 차별적인 인간이었다. 그에게는 경비원은 말할 것도 없고 급사와 청소원까지도 자랑스러운 방송인이었다. 알고 보면 그들은 하나같이 최소한 부장이나 차장들의 백으로 들어온 연줄이 있는 사람들이기 때문에, 청소원과 급사조차도 간부들의 사돈의 팔촌의 동네 사람쯤은 되는 영향력 있는 인물들인 것이다.

그에게 유일하게 정체 파악이 안 되는 직급은 바로 스크립터와 리포터들이었다. 정규직도 아니고 계약직도 아니고 프로그램 개편에 따라 나타났다가 자칫하면 잘려서 사라져 버리는 신분 보장도 못 받는 외부인인 데다, 수입도 들쑥날쑥하고 사내에 콩가루처럼 흩어져 있으며 방송 원고 몇 장 끄적거리는 것이 하루 일인 주제에 잔뜩 허리를 세우고 잘난 체하는 무리가 스크립터들이었다. 그런데 그에게 잘난 체란 100퍼센트 그에 대한 태도에 따라 결정되었다. 그에게 고분고분하면 거의 희롱에 가까운 주체 못 할 호의를 베풀고, 그에게 냉담하면 거품을 물고 적개심을 일으키는 식으로.

그는 프리랜서들에 대한 대우나 예의를 결정하지 못해 희롱과 냉대 사이를 오갔고 자신의 태도가 비정규직들의 생존에 지대한 영향을 미친다는 권력적 과대망상에 빠져 있었다. 그 쥐꼬리만 한 내부 권력. 아나운서 차장이라는 직급뿐만 아니라 매일 함께 일해야 하는 팀인 만큼 기분 상하게 할 수도 없어 나는 번번이 애매한 태도를 취했다. 그에 비하면 그래도 송 PD는 깔끔한 편이었다. 송은 직무태만이긴 해도 악취미는 없었다.

⋮

오전 11시였다. 음악 선곡을 끝내고 레코드를 들고 제3라디오 주조실과 제2텔레비전 스튜디오 사이의 지하 복도를 지날 때, 홍 아나운서와 마주쳤다. 그는 두 팔을 벌리며 다가오더니 내 어깨를 자신의 양쪽 팔의 반경 속에 가두며 길을 막았다. 그리고 오늘 밤 영화를 보러 가지 않겠느냐고 물었다. 초대권이 생겼다는 것이었다. 그는 마흔세 살이었다. 그는 자신의 젊은 시절처럼 여자와의 첫 데이트는 영화관에서 하는 것이라고 믿는 사람 같았다. 말을 하면서 그는 세상에서 가장 자연스러운 행동인 것처럼 머리카락이 덮여 있는 내 어깨를 양손으로 꾹 눌러 잡았다. 그리고 시선이 잠시 가슴 위쪽에 머물렀다.

나는 작은 키와 벗겨지기 시작한 머리와 슬리퍼를 신고 있는 발을 노려보았다. 아주 작은 발이 푸른 빛이 도는 체크무늬 속에 웅크리고 있었다. 그는 그 모든 불리한 조건에도 불구하고 젊은 여자 앞에서 당당해야 할 분명한 명분이라도 있는 것처럼 자신만만했다. 갑자기 억누르기 힘든 혐오감이 치솟았다.

텔레비전 스튜디오엔 저녁 뉴스 시간과 일주일에 한두 번 녹화가 있는 날 이외엔 거의 인적이 없었다. 제3주조실 역시 휴가 시즌에 밀려드는 녹음방송이라도 할 때 외에는 역시 거의 쓰이지 않는 곳이었다. 편집실들도 안에 사람이 있는지 없는지 전혀 인기척이 없었다. 나는 그를 지나쳐 가려고 몸을 뺐다. 그러자 홍 아나운서는 내 팔을 꽉 잡았다.

"지금 나를 우습게 보는 거야?"

무척 비약적인 대응이었다. 그는 목을 곧추세우고 작은 키를 가능한 한 길게 늘였다. 성적 매력이라고는 눈곱만큼도 없는 그는 자신의 모든 콤플렉스를 다 동원해 분노를 터뜨리려 하고 있었다.

"저 오늘 밤에 약속이 있어요."

"거짓말이라는 거 알아. 어쨌든 좋아. 그러면 내일 가지."

"……."

난감했다.

"왜 대답 안 해? 영화 보러 가자고 물었는데?"

"영화 보는 거 싫어해요."

내 목소리는 안으로 기어들었다. 그것을 체념의 표시로 여겼을까. 그 역시 목소리를 잔뜩 깔았다.

"김 작가는 자기가 어디가 제일 예쁜지 알아? 입술이야. 김 작가가 말을 하고 입술을 단정하게 모으는 순간마다 어질머리가 와……. 그러면, 영화 보지 말고 우리 술이나 마실까?"

그는 다시 내 어깨 위로 손을 올렸다. 그리고 다시 가슴을 훔쳐보았다. 머릿밑까지 소름이 돋는 것 같았다. 이 남자는 어떤 근거로 이렇게도 뻔뻔스러울까. 도대체 왜 나에게 이렇게 해도 된다고 생각하게 된 것일까? 도대체 어떤 여자들이 이따위 남자들에게까지도 이토록 당당한 버릇을 갖게 길들였을까. 지금 이 남자가 제정신일까…….

"싫은데요."

그의 얼굴은 달아오른 화로처럼 벌게졌다. 나는 돌아서서 걸었다. 다행히 그가 쫓아오진 않았다. 긴 복도였다.

홍 아나운서와 서로 얼굴을 외면하며 불편하게 방송을 끝내고, 사용한 레코드는 반납한 뒤에도 한참 동안 레코드실의 한구석에 틀어박혀 있었다. 방송작가 일 역시 맞지 않는다는 비관적인 생각이 들었다. 사람과 사람이 함께해야 하는 일은 모두 나에게 맞지 않을 터였다. 아침 교통방송을 준비하는 PD가 음악들을 선곡하고 있었다. 그는 들어보지 못한 신곡들을 턴테이블에 올려놓았다. 모두 댄스풍과 행진곡풍의 경박하고 단순한 가요들이었다.

그는 기계적으로 선곡을 끝낸 뒤에 베토벤을 커다랗게 틀어 놓고 펜을 지휘봉 삼아 카라얀의 흉내를 내는 데 빠져들었다. 팔동작이 크고 화려한 지휘였다. 그는 까탈스러운 사람이지만 공정하고 늘 진지했다. 전에는 몰랐지만 공정하다는 것이 이 사회에서 얼마나 발견하기 어려운 덕목인지 절감했다.

그는 스크립터에게 선곡을 미루지도 않았고 큐시트를 대신 짜게 하지도 않았다. 방송 진행을 강요하지도 않았고 외부 인사 접대나 외부 녹음을 맡기지도 않았다. 그와 함께 아침 방송을 할 수 있는 행운이 오기를 기도라도 하고 싶은 심정이었다. 아침 6시에 집에서 나오는 일 따윈 문제도 아니었다. 내가 불쑥 나가자 그는 유령이라도 본 듯 깜짝 놀란 얼굴을 했다.

"어디 아파요?"

나는 가만히 그를 마주 보다가 고개를 저었다. 윤 작가 같은 유능한 작가가 있는 한 그와 한 팀이 되는 행운은 향후 몇 년간 기대하기 어렵다고 봐야 했다. 화장실에 가서 보니 내 얼굴이 무섭도록 창백했다.

⋮

그날 남은 오후 내내 무턱대고 거리를 걸어 다녔다. 차들이 빠르게 지나다니고 때아닌 결혼식을 마치고 쏟아져 나온 한복 차림의 여자들과 정장을 입은 남자들이 잠시 우왕좌왕하다가 흩어져 가고, 무슨 콘서트와 바자회와 아파트를 특별 분양한다는 현수막들이 요란하게 붙어 있는데도 사막을 걷는 듯한 기이한 적막감에 빠졌다. 모든 도시에서 건물들이나 도로, 전신주나 표지판이나 상점의 간판들은 움직이지 않는다. 당연히 꼼짝도 하지 않는다. 그러나 소도시에서는 유난히 그것들이 정지해 있다는 인상이 압도적이다. 거리 전체가 정지해 있고 도시 전체가 꼼짝도 하지 않고 어떤 일도 일어나지 않고, 일어날 가능성도 없는 느낌. 지루하구나, 이건 정말 지루해. 참을 수 없이 지루해……. 나는 작은 로터리 앞에 걸음을 멈추고 마침내 중얼거리고 말았다.

동시에

"언제 다시 볼 수 있을까 하고 기다리던 참이었어요."
"왜요?"
"그냥, 다시 보고 싶었어요. 그런 사람이 있지 않습니까?"

플루토에는 유경이 어떤 덩치 큰 중년 남자와 동석해 있었다. 유경을 만난 지 한 달 정도 뒤였다. 그들은 맥주를 마시고 있다.

"형이야. 여기 플루토 주인이지."

나는 의아한 얼굴로 인사를 했다. 그러고 보니 처음 플루토에 들렀을 때 카운터에 앉아 있었던 그 남자였다.

"김은령입니다."

남자는 그 특유의, 내성적인 눈으로 내 표정을 관찰하며 눈인사를 했다.

"이진입니다. 친형은 아니지만, 우린 늘 함께해 왔지요."

"내가 까까머리 중학생이 되어 하숙집에 갔을 때, 형을 만났어. 형은 그때 이제 막 고등학교로 발령받아 온 도덕 선생

님이었지. 군복무도 마친 예비역이었고."

"빌어먹을 철학을 전공했지요."

"나이 차이가 열여섯 살이나 나는데도 우린 만나자마자 친해졌어. 그때부터 지금까지 헤어지지 않았지."

"특별한 관계네요……."

나는 어리둥절해서 말했다.

"형은 다른 학교로 발령이 나자 교사 일을 그만두어 버렸어. 그리고 플루토를 차렸지."

"하숙집에서 유경일 처음 본 이후로 눈길을 떼본 적이 없습니다."

기묘할 정도로 조용한 목소리였다.

"왜요?"

"……글쎄, 반했었나 봐요."

유경의 얼굴이 달아올랐다. 나도 얼굴이 상기되었다. 이진은 오히려 더 창백해졌다. 얼굴이 달아오른 남자나 더욱 창백해진 남자나 다 이상한 사람이라는 생각이 들었다.

"남자가 남자를 아름답다고 할 때, 그것은 미적인 감동을 넘어서 선에 관한 것입니다. 나는 유경에게서 선의 존재 방식을 발견했어요."

어려운 말이지만 본능적으로 수긍이 갔다. 내가 느끼는 애정과 다르지 않았다.

"그때, 유경은 아직 키도 많이 자라지 않았고 변성기도 들어서지 않았어요. 그 작고 하얀 까까머리라니……. 분명 영양결핍 상태였지요. 유경인 하숙집에 들어와서야 성장하기 시작했어요. 정말 그랬어요. 만약 하숙집에 들어오지 않았다면 이보다 훨씬 몸집이 작았을걸요."

"형은 내가 먹는 음식이 결핍되거나 편중될까 봐 하숙집 아주머니를 감시했지."

"당시 유경인 정리벽이 있었어요. 하숙집 아주머니가 무척 좋아했지요. 유경의 손길이 지나가면 어디든 환해지고 반짝 빛이 났습니다."

"하숙집 아주머닌 형도 무척 좋아했어. 형이 있는 곳엔 어김없이 먹을 것이 있었거든."

나는 어딘가 미심쩍은 마음을 누르며 두 사람을 관찰했다.

"전에 왔을 때, 나를 본 기억 나세요?"

나는 고개를 끄덕였다. 그는 보잘것없이 생긴 사람이었다. 아무리 보아도 기억나지 않을 것 같은 흐릿한 얼굴. 하지만 그 내성적인 눈빛만은 인상적이었다. 그 눈은 왠지 내가 갇혀 있는 이 얼굴은 나와는 전혀 상관없어, 난 뭔가가 잘못되어서 이 얼굴 안에 갇혔을 뿐이야, 라고 말하는 것 같았다.

"언제 다시 볼 수 있을까 하고 기다리던 참이었어요."

"왜요?"

나는 방어적인 태도로 물었다. 이진은 난처해하며 빠르게 얼버무렸다.

"그냥, 다시 보고 싶었어요. 그런 사람이 있지 않습니까?"

그는 말한 뒤에 두 손을 들어 올리고 웃었다. 오른손 약지에 낀 보석 반지가 반짝 빛났다. 나는 유경을 쳐다보았다. 유경은 좋은 점수를 받은 모범생처럼 나를 향해 미소 지었다.

이진은 유경과 나를 남겨두고 자리에서 일어설 생각이 전혀 없는 것 같았다.

"다음 주 주말에 형 별장에 갈 계획이야. 넌 어때? 그때쯤이면 벚꽃이 만개할 거야. 해마다 이맘때면 밤샘 낚시를 했어. 넌 상상하기 어려울 거야. 스무 그루나 되는 벚나무가 활짝 꽃 피어 더러 꽃잎이 흩날리는 연못가에서 낚시를 핑계로 밤을 새우는 기분이란……. 밤 3시경이면 나와 내가 완전히 분리되는 기분이 들어. 서서히 나누어지다가 딱 이 순간이라는 생각이 들지. 난 해마다 그 시간을 즐기기 위해 봄을 기다려."

무슨 말인지 알 수 있었다. 황무지에서 수선화가 뽑혀 나가버리는 기분이겠지.

"나이가 드니 즐긴다는 것조차 아무것도 아닌 것 같습니다. 그냥 있는 그대로 존재하는 것으로 만족할 만해요. 은령 씨도 함께 가면 좋겠어요. 별장이래야 그냥 시골집이지만,

벚꽃은 과연 굉장합니다. 무지개란 우주가 내는 소리의 어떤 진동 때문에 생긴다는 설이 있지요. 그래서 누군가 피아노를 쳐서 무지개를 보여줄 수도 있다고 주장했지만 꽃도 그런 것 같아요. 천상의 소리가 꽃으로 피어나는 것 같아요. 말로 할 수 없는 진실들이 진동을 일으켜 꽃으로 피어나는 것이지요. 생각해 보세요. 세상에는 말로 전해지지 못한 마음들이 얼마나 많겠습니까. 유경과 난 해마다 같은 행위를 반복하면서, 전보다 조금은 더 산다는 것을 신뢰하게 되었습니다. 반복의 힘이지요."

나는 그들의 장황한 권유에 질리는 심정이었다. 꽃구경을 권하는 두 사람은 감상적이고 상식적이고 안전하게 느껴졌다. 그리고 두 사람은 함께 세계관을 만들어낸 듯 감정과 사고가 철저하게 연결되어 있었다. 나는 웃음이 나올 뻔했다. 가겠다고 대답하자 그들은 당연한 선택이라는 듯 흡족해했다.

⋮

위스키를 스트레이트로 마신 유경은 술에 많이 취한 상태였다. 이진은 마치 자신의 사내 아기를 다루듯 키가 더 큰 유경을 끌어안아 부축하며 계단을 내려갔다. 자정이 조금 지난 시간이었다. 이진은 취한 유경을 뒷좌석에 태우고 나에겐 앞자리를 권했다.

차 안에서는 고급 가죽 냄새가 났다. 다른 냄새는 전혀 없이, 공장에서 이제 막 빼낸 차처럼 청량했다. 옅은 베이지색 가죽 시트의 냄새 같았다. 마치 아주 크고 따뜻하고 부드러운 짐승의 겨드랑이에 안겨 낮게 날아가는 기분. 카세트에서는 첼로 음이 나왔다. 요요마 같았다. 그에겐 동양적 정서가 느껴졌다.

"장자와 노자를 좋아하세요?"

나는 장난하듯 말했다. 술기운이 달콤했다.

"하하." 이진은 억지스럽게 웃었다. "당연하지요."

이진은 유경을 먼저 내려주었다. 술에 취한 유경은 나를 완전히 잊어버린 듯 비틀거리며 손을 흔들고 들어가 버렸다. 유경의 아파트를 조금 지나 24시 편의점 앞에서 이진이 갑자기 차를 세웠다. 그리고 안전벨트를 하지 않아 앞으로 밀리는 내 가슴을 오른쪽 팔을 쭉 뻗어 보호했다. 손등을 밖으로 향한 상태였다. 나는 그의 반지를 물끄러미 보았다. 유난히 희고 부드러운 손과 사치스럽게 보이는 보석 반지였다.

"아, 놀랐나요?"

"괜찮아요."

그는 잠시 내 얼굴을 자세히 바라보았다. 그리고 차에서 내려 편의점으로 들어갔다. 얼마 후에 돌아온 그는 비닐봉지를 나에게 주었다. 그리고 지금부터 아주 멀리 가기라도 할 것처럼 카세트를 바꾸고 심호흡을 한 후에 차를 출발시켰다. ⟨Simple Man⟩이 흘러나왔다. 비닐봉지 속에는 벨기에산 초콜릿 두 상자와 하겐다즈 초콜릿 아이스크림바와 버지니아 슈퍼 슬림 다섯 갑이 들어 있었다. 담배를 보니 복잡한 생각이 몰려왔다.

"군것질거리들입니다. 피곤하거나, 지루할 때 좋은 친구들이지요."

"전 담배를 피우지 않아요."

나는 얄팍하고 딱딱한 담뱃갑을 만지작거렸다.

"아……, 그랬지요."

그는 당황했다. 여러 시간 동안 함께 있었는데도 그는 내가 담배를 피운다고 착각한 것일까…….

"제가 부주의했습니다. 불쾌하다면, 돌려주시겠어요? 전 괜찮습니다."

그는 유경이 내린 뒤부터 왠지 안절부절못하고 있었다. 말도 몹시 부자연스러웠다. 나는 마음을 가라앉혔다. 담배와 나 사이의 사연은 극히 사적인 것이었다. 그가 무슨 잘못이람…….

"아뇨, 심심할 때 피워볼게요. 그런데 이 초콜릿 두 상자를 다 먹으면 당장 뚱보가 되어버릴 것 같은데요."

그를 안심시키기 위해 밝은 목소리로 말하며 포장을 열어 아이스크림바를 꺼내 물었다.

"그럴 거예요. 초콜릿 한 상자는 1만 896칼로리에 육박하거든요. 그러니 한꺼번에 먹지 말고 냉장고에 넣어두고 드세요."

"그렇게 정확하게 칼로리를 알고 있을 줄은 몰랐어요."

"삶은 달걀은 75칼로리고요."

"……"

"하하, 늘 다이어트를 하니까요. 그렇지 않으면 저야말로 이 체중을 유지할 수 없답니다."

그는 정말 푸념하는 듯 대답했다.

"여기예요."

차에서 따라 내린 그는 대뜸 물었다.

"이 식당 건물인가요?"

"3층이에요."

"아, 음식 냄새가 올라오지 않습니까?"

"이른 아침부터 올라오는걸요. 해장국 냄새, 아귀찜 냄새, 생선구이 냄새……"

그가 어찌나 암울한 얼굴로 말하는지 나는 냄새가 나면 어쩔 테냐, 라는 식으로 냉큼 대답했다. 그는 올이 풀린 때

묻은 스웨터를 입고 눈 위에 맨발로 성냥을 팔러 나온 소녀라도 만난 것처럼 너무나 안됐다는 얼굴이었다. 그것이 메르세데스 벤츠를 타는 남자의 동정심인가. 하지만 전혀 고맙지 않았다. 냉장고도 없어서 부글부글 끓어오른 오렌지 주스를 마시고 참치 통조림으로 저녁을 때운다는 걸 알면 어떤 표정을 지을까. 꺼멓게 변해 뚝뚝 녹아 떨어지는 바나나를 먹고 게으름과 부주의 때문에 때로는 저녁부터 아침까지 내내 굶주리다가 방송국 식당의 점심 한 끼만을 허겁지겁 먹는다는 것을 알면…….

나는 그와 작별하고 문을 닫아건 뒤 계단 불을 켜고 휘청휘청 올라갔다. 계단은 너무 밝아서 비현실적인 느낌이 들었다. 2층 집 방엔 정육점 같은 붉은 등이 켜져 있었다. 붉은 등이 켜진 방을 보면 부주의 때문에 선택한 것인지 호색적인 취향 때문에 선택한 것인지 늘 궁금했다. 아마 아기가 자주 깨기 때문에 작은 등이 필요했을 것이다. 아니면 그 가난하고 볼품없는 부부가 정말로 특별히 붉은색에 흥분하는 호색 취향이 있든가……. 아직도 아기가 자지 않는지 아기를 어르는 여자의 낮은 소리가 신음처럼 들렸다.
현관으로 들어서자 옷을 하나하나 벗고 욕실로 가서 칫솔을 물었다. 그리고 양치질을 하고 세수를 한 뒤에 베란다로 나갔다. 항구의 불빛이 바다를 호수처럼 에워싸고 있었다. 하늘엔 별들이 스팽글처럼 커다랗게 빛났다. 어김없이 고흐의 그림이 떠오르는 밤 풍경이었다. 〈론강의 별이 빛나는 밤〉. 먹청색의 강과 하늘. 암울하고 이상하도록 열정적인 흥분……. 검은 바다를 향했던 내 시선은 뜨거운 신호라도 감지한 듯 문득 길 아래로 떨어졌다. 이진의 차가 아직도 그곳에 서 있었다. 나는 황급히 몸을 숙이고 앉았다. 그의 눈빛이 떠올랐다. 어쩐지 울고 싶을 정도로 두렵고 당혹스러웠다. 그는 왜 떠나지 않는 걸까. 이진은 그로부터 25분이나 지난 뒤에야 사라져 갔다.

⋮

히아신스는 벌써 초록 잎이 나오기 시작했다. 잎은 아주 빠르게 자랄 기세였다.

잠자리에 누웠을 때 전화벨이 울렸다. 전화를 받지 않고 버티고 있으려니 신경이 곤두섰다. 캄캄한 방의 공기를 굴착기로 뚫는 것 같은 벨 소리였다.

"도대체 넌 어딜 돌아다니는 거야?"

선모였다.

"……"

"뭘 했냐니까?"

그는 그럴 권리라도 있는 것처럼 취조했다.

"술 마셨어……."

"누구와 마신 거야?"

나는 고분고분 거짓말을 하기로 했다. 피곤했다.

"방송국 동료들과."

"……."

"됐어? 나 잠자던 중이었어. 피곤해."

"난 너 때문에 잠을 못 자고 있었어."

선모는 이를 가는 듯이 힘주어 말했다.

"……."

"엄마가 계속 반대하면, 대출을 받아서라도 독립해 나갈 거야. 그러니까, 올라와. 둘이 결혼해서 살면 되잖아."

"선모, 내가 하는 말 똑똑히 들어. 난 정말 결혼 안 해. 난 결혼하지 않기로 했어. 괜히 하는 말이 아니야."

"대체 왜 이래? 너를 거절했다고 엄마를 증오하는 거야? 그래서 나한테 이러는 거고?"

"그냥 인생관이 바뀐 거야."

"뒤죽박죽이야. 모든 게 마구 헝클어져 버렸어."

"자야겠어. 전화 끊을게."

나는 수화기를 놓아버렸다. 2분쯤 뒤에 전화벨이 다시 울렸다. 전화를 받지 않자 벨은 몇 번 울리다가 끊어졌다. 자리에 누워 무겁게 느껴지는 팔을 나란히 뻗자마자, 나는 벼랑 끝에서 떨어지듯 깊은 잠 속으로 빠져들고 말았다.

중단된 편지

엄마는 생을 향해 어리광을 피워대며
보호받기를 즐기는 것 같지만
나는 전혀 아니다. 나는 나의 연약함을 경멸한다.

방송국으로 온 내 우편물 속에 엄마의 편지 한 통이 섞여 있었다. 엄마가 나에게 편지를 쓴 것은 처음이었다. 엄마는 초등학생같이 반듯하고 공손한 글씨체를 가지고 있었다. 얼굴이 달아오르고 죄책감과 수치심이 들었다.

 내가 떠나게 되었을 때, 엄마는 지방에서 방 한 칸쯤은 얻을 수 있는 수표 한 장을 여행 가방에 넣어 주었다. 내가 만약 결혼을 하려 했다면 겨우 그 정도의 비상금으로 해결하지는 못했을 것이었다. 어쩐지 쫓겨나는 억울한 기분과 지나치게 늦은 자립이라는 자책이 동시에 찾아들었다. 양부와 엄마는 내 마지막 등록금을 냈던 그날로부터 바로 이날을 학수고대했을 것이다.

 이제 그 낡은 2층집엔 늙은 남편과 갓난쟁이 아기와 엄마라는 혈통적으로 순수한 진짜 가족만 살게 된 것이다. 여전히 경박할 만큼 금슬이 좋은 양부와 엄마로서는 동화의 결말 부분처럼 행복한 대단원이었다. 비록 집이 팔리는 대로 양부의 두 아들에게 얼마간을 나누어 주고 작은 아파트로 이사를 해야 하지만 단출한 핵가족이니 22평쯤 되는 서민 아파트로 이사를 간다 해도 문제 될 것은 아니었다. 오히려 새들의 지푸라기 둥지처럼 헐겁지만 아늑하지 않을까.

마흔아홉 살의 엄마와 예순네 살의 양부는 둘 다 건강했다. 양부의 쾌청한 얼굴과 달리 엄마는 무표정했지만, 엄마 역시 새로운 생활에 대한 기대가 전혀 없지는 않을 것이다. 재혼한 후 거의 14년 만에야 전처의 아들들로부터 완전히 해방되었고 데리고 들어온 딸에게서 벗어났으니.

우리는 건성건성 헤어졌다. 오래전에 이미 결별 상태였던 건조하고 매정한 모녀 사이처럼. 엄마와 나는 양부와 양부의 사내 아이들 앞에서 다정함을 억누르는 것이 오래도록 습관이 되어 있어서 정색을 하고 서로를 마주 보기가 두려웠는지도 모른다. 사실은 눈이 마주치기만 해도 눈물이 찔끔 나올 정도로 서로를 동정하고 있었으니까. 엄마가 건강하라든가, 끼니를 잘 챙겨 먹으라든가, 전화를 자주 하라든가, 힘들면 얼른 돌아오라든가 하는 종류의 엄마다운 정겨운 말이라도 했다면 난 틀림없이 눈물을 터뜨리고 말았을 것이다.

　나는 엄마를 닮아 얼굴의 선도, 몸도 마음도 연약하다. 하지만 그 어쩔 수 없는 약점에 대해 엄마는 생을 향해 어리광을 피워대며 보호받기를 즐기는 것 같지만 나는 전혀 아니다. 나는 나의 연약함을 경멸한다. 어느 때는 의도적으로 자신에게 가혹해지기도 한다. 하지만 그것을 어떻게 처리한다 해도 연약하다는 사실에는 변함이 없었다.

　다행히 엄마는 그런 말을 일절 하지 않았다. 내가 집을 나오는 순간까지 위층에 세 들어 살던 여자애가 떠나는 것처럼 멀거니 쳐다보았다. 나 역시 엄마에게 아무 말도 하지 않았다. 엄마가 울까 봐 조마조마했으니까. 우리가 울었다면 양부의 집을 떠나야만 하는 나이 찬 딸의 입장 때문에 나와 엄마는 견디기 어려울 정도로 비참해졌을 것이다. 다행히 엄마는 침묵으로 그 모든 것을 삼켰다.

　집을 떠날 때, 언젠가는 엄마에게 진심을 말하리라 생각했다. 엄마, 나 의연하게 굴었지만 사실은 말이야, 그날 집을 나왔을 때, 눈앞이 보이지 않아 비틀거렸을 정도로 무지 슬펐어……. 슬픔이 눈을 가린다는 것을 처음 알았어. 슈퍼마켓 앞에서 어깨를 전봇대에 세게 부딪혔을 정도로, 세상이 깜깜했어. 정말 엉망진창이었다구. 엄마를 실제로 떠나는 건 처음이었잖아…….

내 딸 은령아. 그 먼 곳에서 잘 지내는지 궁금하구나. 밥은 굶지 않고 잘 챙겨 먹는지 늘 걱정한다.

우리는 이사를 했다. 오래된 연립주택 단지 끝 산 밑 아래 덩그러니 서 있는 낡은 아파트다. 북서향으로 서 있어서 햇볕 받기도 어렵다. 공기도 안 좋은지 이사 오자마자 성이가 기관지염에 걸렸다. 모든 게 낯설고 동떨어져 있어 병원을 가고 반찬을 사고 철물점을 찾아다니는 것조차 종일 일이 되고 만다. 산그늘이 빨리 지는 이 동네는 내 귀를 의심할 정도로 조용하다. 아이도 없는 맞벌이 부부와 아이들이 다 떠난 노인들만 사는 것 같다.

이 동의 1층엔 난쟁이 자매가 산다. 정말 난쟁이다. 그 난쟁이 자매는 낮에 배드민턴을 치고 시도 때도 없이 철 지난 산타 모자를 쓰고 스쿠터를 타고 어딘가로 나갔다가 오고 아이스크림을 문 채 놀이터에서 그네나 미끄럼을 타기도 한다. 그것도 아니면 공연히 상점들을 기웃거리고 다니고 길거리에서 노닥거려서 동네 여기저기서 부딪친다. 좀처럼 집 안에 있는 성격들은 아닌 모양이다. 짧은 팔과 다리와 꼬마 같은 작은 몸뚱이를 늘 바쁘게 움직이며 돌아다닌다. 경비 아저씨에게 들으니, 그 난쟁이 자매들은 낮 동안 그렇게 움직여 대지 않으면 두통을 앓고 잠을 못 잔다고 하더라.

난쟁이 자매들은 낮엔 부산스럽게 놀다가 밤엔 어느 관광

나이트클럽에서 화려한 옷을 입고 불 쇼를 한단다. 표정은 한 가지뿐이야. 누구에게 밟힌 듯이 서글프고 억울한 표정. 그 난쟁이 자매들을 보고 있으면, 생이 얼마나 불가능한 것이냐는 생각이 든다. 어느 생인들 꺾이지 않았겠느냐, 누구 할 것 없이 말이다.

그래도 난쟁이 자매들에겐 자신의 운명을 긍정할 수 있는 특별한 자질이 있는 것 같다. 그것이 부럽다.

그래서 엄마도 낮 동안 난쟁이 흉내를 내며 산다. 성이와 함께 어떻게든 움직여 보려고 하루 종일 버둥대지. 쉰 살이나 먹은 여자가 예순네 살 먹은 남자의 갓난아이를 키우는 일은 시시각각 벼랑을 타고 오르는 느낌이란다. 하루에도 몇 번씩 물어보지. 나 자신에게. 내가 끝까지 해낼 수 있을까……. 도중에 병이 들거나 사고가 나거나 갑자기 기운이 빠져버리지나 않을까, 저 남자가 죽은 뒤에도 혼자 버텨낼 수 있을까. 아이가 열 살이 될 때까지만이라도 아버지를 부를 수 있을까……. 그러면 성이가 가여워서 눈물이 쏟아지곤 하지. 하지만 안 되는 일이면 또 어쩌겠니. 그냥 할 수 있는 만큼 끝까지 하는 수밖에. 당장의 하루하루만 생각하려 한단다. 그리고 난쟁이 자매들처럼 아이와 온종일 명랑하게 뒤뚱거리는 거야.

새 주소를 네가 알아야 할 것 같아 편지를 보낸다만 방송국을 통해 순조롭게 너에게 닿을지 걱정이다. 왜 통 전화도 하지 않니? 주소도 전화번호도 가르쳐주지 않고. 하여튼, 그거야 네 마음 내키는 대로 하고, 밥 잘 챙겨 먹고 건강하게 지내거라, 너의 엄마가.

  엄마는 편지 끝에 새 주소를 커다랗게 적어놓았다. 나는 편지를 몇 번이나 읽었다. 산후가 좋지 않아 늘 몸이 붓고 시린 엄마는 자신의 안부를 알리지 않았다. 내가 불편해할 것이 뻔한 양부의 이야기도 하지 않았고, 다만 아기에 대한 늙은 엄마의 사랑과 슬픔을 견디는 방식이 적혀 있었다. 나는 죽을 때까지 다 주어도 모자랄 엄마의 사랑과 아기에 대한 연민에 눈물이 고이면서도 한편으로는 엄마의 사랑을 다 빼앗아 간 심연 같은 아기의 존재에 대해 어처구니없는 질투심을 느꼈다.
  나는 미성을 서너 번 정도는 어쩔 수 없이 안아주었다. 엄마와 양부를 반반씩 닮은 얼굴이 거북스러웠고 태어났을 때부터 아기 같지 않게 멀쩡한 얼굴이어서 젖 냄새를 풍기는 작은 어른 같아 징그러웠다. 아마도 나이 많은 남자의 아이여서 그렇지 않을까 하는 기분 나쁜 생각이 들었다. 미성은 내가 역겨워하는 것도 모르고 달라붙곤 했다. 내가 떠날 무렵에는 보행기를 타고 쉴 새 없이 맑은 침을 흘리며 거실을 휘젓고 다녔었다.

양부가 볼 때면 나는 하는 수 없이 나에게 들러붙은 미성의 머리를 한번 쓰다듬어 주고 지나갔다. 그리고 아무도 보지 않을 때면, 왜 네 눈엔 내가 보이지? 하는 식으로 투명인간처럼 지나갔다. 그런데도 아이는 매번 나에게 감기곤 했다.

방이 두 개쯤은 있는 아파트일까, 아니면 세 개쯤은 있을까……. 어쨌든 이제 나는 돌아갈 곳이 없었다. 난쟁이 자매가 사는 그런 아파트에 내가 가는 일은 없을 것이다. 양부의 집이라서만은 아니다. 누구나, 스물다섯 살에는 여태껏 자신을 키워준 부모가 양부와 양모로 느껴지지 않을까. 그들은 바깥으로 등을 떠밀고 우리는 어디로든 떠나가야 한다. 그건 그냥 커다란 삶의 이치인 것이다.

난쟁이가 등장하기 때문인지, 엄마가 이사한 동네는 춥고 을씨년스러운 북풍이 불고, 누군가가 요술을 부리듯 불운이 이어지는 슬픈 동화 속의 마을 같았다.

엄마, 난 잘 지내고 있어. 일이 쉽지는 않아. 내가 신문이나 잡지, 방송 같은 데에 관심 없다는 거 엄마도 알잖아. 어쩌다 이런 일을 하게 되었을까. 하지만 일만 해야 한다면 간단할 거야. 문제는 인간들이야. 늘 어긋나고 부딪치는 기분이야. 이번엔 정말 해내야 한다고 나를 독려하지만 아슬아슬해. 사람들은 자기들만 아는 궤도에 충실히 편승해 있는 것 같은데 난 외톨이 혹성이야. 어떻게 해야 그 궤도에 무사히 진입할 수 있는지 모르겠어. 내가 서 있는 곳에만 중력의 작용이 일어나지 않는 것처럼 어딘가로 핑 미끄러져 버릴 것만 같은 공포를 늘 느껴.

엄마, 그렇게 그늘진 곳으로 이사를 했다니, 엄마의 건강이 염려돼. 엄만 늘 몸이 시리잖아.

엄마는 아기를 낳은 후 자주 체증에 걸리고 늘 등이 시려 했다. 심지어 비 내리는 날은 자리에서 일어나지도 못하고 전기요에 등을 지져야 할 때도 있었다. 등이 시린 것은 어떤 느낌일까…… 삶의 냉기가 늘 한겨울처럼 등줄기를 파고들겠지…….

나는 물끄러미 편지를 쳐다보았다. 그리고 펜의 뚜껑을 닫아버렸다.

엄마가 신혼여행을 떠났던 날이 떠올랐다. 엄마는 결혼식을 올린 날, 의붓오빠들이 노려보는 양부의 집에 나를 데려다 놓았다. 미장원에서 세팅해 온 머리와 진홍빛 투피스를 입고 진홍빛 구두를 신고 진홍빛 백을 손에 들고 있었던 엄마. 코트 단추같이 커다란 진홍빛 귀걸이를 한 엄마는 환하게 이를 다 드러내고 웃어대서 눈에 거슬렸다. 엄마 나이 서른세 살이었다. 양부는 차에 오르는 그 순간에도 엄마의 등과 허리를 조물락거려서 친척들의 눈살을 찌푸리게 했다. 엄마가 돌아오기까지 2박 3일 동안 나는 2층 계단 옆 방 안에서 꼼짝도 하지 않았다. 양부의 먼 친척 여자가 와 있었지만 아무도 밥을 먹으라고 권하지도 않았다.

고3과 고1이던 의붓오빠들은 그때로부터 내내 나에게 냉담하게 굴었다. 엄마는 양부에게는 괜찮은 여자였지만 의붓오빠들에게 좋은 계모가 되는 데는 관심이 없었다. 양부의 특별한 요구가 없었는지도 모른다. 양부 역시 엄마에게는 경박하도록 다정한 남편이었지만 나에게는 관심이 없었다. 그리고 두 사람은 미리 양해라도 구해놓은 것처럼 그런 일로 서운해하지도 문제 삼아 다투지도 않았다. 양부는 엄마가 앞트임으로 된 비로드 홈 웨어만 입고 있으면 만사 오케이였다. 그리고 엄마는 양부가 생활비만 제때 넣어주면 언제라도 그에게 추파를 던졌다.

내가 늦된 아이가 된 데는 보통 아이들과 다른 환경 탓도 컸다는 생각이 든다. 아버지가 돌아가셨다는 것은, 나에겐 아버지가 어디에 있는지 알 수 없는 일로 여겨졌다. 아버지가 어디에 있는지 모르기 때문에, 자기가 살고 있는 집을 못 찾아가는 아이처럼 늘 방황했다. 그리고 갑작스러운 엄마의 재혼과 나이 차이가 너무 많이 나는 의붓오빠들과 불편했던 양부와 마지막까지 익숙해지지 않았던 양부의 2층집······. 내 성장기는 친구들과 너무 달라서 친구들은 물론이고 나 자신에 대해서조차 수긍할 능력이 없었다.

나는 엄마에게 편지를 보내지 않았고 전화도 걸지 않았다. 서로의 인생이 달라진 사람들처럼 굳이 전해야 할 말이 없다는 생각이 들었다. 어쩌면 내 마음속에 엄마에 대한 오래된 원망이 있었는지 모른다.

엄마를 생각하면 내 엄마라기보다는 어린 아기와 늙은 남편이 있는 젖비린내 나는 어떤 중년 여자가 떠오른다. 아홉 살 이후 엄마는 증발해 버린 것이다. 미궁에 빠진 모종의 실종 사건처럼.

센티멘털 왈츠가 끝났을 때

난 이번 생이 꽝이라는 걸 알아요.
우리같이, 이 세계뿐 아니라 자기 자신까지도
마음에 들지 않는 사람들은
자기 얼굴도 잊을 지경으로 무심하게 살아요.
자신을 의식하기 시작하면
매사에 욕망을 가져야 하고 의미를 묻게 되니까요.

"나 장염이 걸렸어. 당분간은 보리차밖에는 먹을 수 없어. 어제 낮부터 계속 굶었더니 움직일 힘도 없어."

"갑자기 장염이라니?"

"실은 늘 이래. 봄꽃들이 하나둘 피어날 때면 해마다 급성 장염이 와. 장염을 앓고 일어나서 밖으로 나가보면 진달래와 목련은 지고 벚꽃이 피기 시작하지. 참 어지럽고 슬픈 일이야."

"많이 힘들어?"

"장염은 아프진 않아. 힘을 빼앗아 가는 통증이지. 보이지 않는 괴물이 복부에 달라붙어 나를 빨아들이는 기분. 단식한다고 생각하면 그만이야. 장을 비워서 쉬게 해주는 거지. 앓고 나면 몸이 개는 듯 맑고 가벼워서 좋아. 네가 우리 집으로 오지 않을래?"

"그럴게."

전화를 끊고 돌아서니 이진이 내 가방을 들고 서 있었다.

"저에게도 한번 저녁 살 기회를 주시지요."

"저 유경에게 가봐야 해요. 장염이라네요."

"알고 있습니다. 우수와 경칩 지나 춘분도 지나고 곡우가 다가올 무렵이면 어김없이 장염을 앓지요. 뭐 특별한 일은 아니에요. 그러니 그 경미한 환자에겐 저녁부터 먹고 들르도록 하시지요."

그는 내 가방을 든 채 앞장서서 플루토의 검은 유리 계단을 내려갔다. 곧 비가 올 것처럼 잔뜩 흐리고 안개가 포근하게 가라앉은 따뜻한 저녁이었다. 이진의 차에는 일전에 맡았던 깊고 차가운 가죽 냄새가 희미하게 고여 있었다. 그 냄새를 맡자 일말의 감동과 같은 편안함이 밀려왔다. 그는 시내를 벗어나 국도를 달렸다. 이내 서글서글한 어둠이 내려 창밖은 어두워졌다. 해가 지는 시간에 그와 단둘이 시내를 벗어나는 기분이 어색했다.

"어디로 가나요?"

"제가 아는 데가 있어서요. 저수지 가인데, 중국 레스토랑이지요."

"중국집?"

"하하, 중국집은 아니고, 차이니즈 레스토랑이라고 간판이 붙어 있어요. 음식이 작고 예쁘게 풀코스로 나오는데 중국식 음식치고는 담백한 편이고 꽤 맛있습니다."

빗방울이 떨어지기 시작했다. 물방울이 빈틈없이 맺힐 때까지 이진은 와이퍼를 작동하지 않았다. 차가운 습기의 냄새가 혀끝에 느껴지는 듯했다. 마치 날씨를 야금야금 먹는 것 같은 기분.

"영국의 한 과학 연구소에서 조사한 결과, 자살한 사람들의 뇌에서는 뇌세포들을 연결하는 세로토닌이라는 성분이 보통 사람보다 적게 검출되었다고 하더군요. 세로토닌이 감소되면 문제해결 능력이 떨어지고 의욕이 감소되어서 터널 비전에 빠져든다는 거예요. 터널 비전이란 죽음으로만 뚫려 있는 비관적인 사고지요. 말하자면 출구가 없는 거예요. 오직 통로는 죽음을 향해서만 열려 있지요. 전에 나도 자살을 시도한 적이 있습니다. 그래서 영국의 과학 연구소의 연구 결과에 어느 정도 동조하는 사람이에요. 그래서 요즘은 세로토닌이 감소되는 증후를 스스로 느끼기까지 하고요. 가끔 자살을 시도했던 그 당시와 비슷한 감정의 상태가 찾아오곤 하거든요. 목을 맬 올가미와 따뜻한 바다와 다량의 수면제나 소량의 청산가리나 비산연, 면도칼과 피로 물든 욕조에서 빠져나갈 길 없는 암울하고 나른하고 무감각한 상태지요. 빛은 죽음 쪽에서만 비치고, 삶은 완전히 잠겨버립니다. 인생이 주체할 수 없게 귀찮아집니다. 술에 취해 오후 6시에 잠이 들고 정신을 차리면 오후 2시가 되어 있지요. 아무것도 할 수가 없다는 무력감에 사로잡혀서 침대에 멍하니 앉아 있기만 하는 겁니다. 그리고 또 술을 마시고 잠에서 깨면 오후 2시인 거예요."

그가 무슨 말을 하는 건지 종잡을 수 없었다.

"난 이번 생이 꽝이라는 걸 알아요. 우리같이, 이 세계뿐 아니라 자기 자신까지도 마음에 들지 않는 사람들은 자기 얼굴도 잊을 지경으로 무심하게 살아요. 자신을 의식하기 시작하면 매사에 욕망을 가져야 하고 의미를 묻게 되니까요."

그렇게 보이지는 않았다. 커프스까지 장식하는 값비싼 정장을 하고 화려한 보석 반지를 끼는 남자가 정말로 자신을 잊을 수 있을까…….

"하지만 요즘은 괜찮아요. 얼마나 갈지 모르지만 지금으로선 탄력을 회복한 것 같아요. 이유 같은 건 우스운 거예요. 매사에 이유가 있다고 믿는 자들도 있고 꼭 이유를 대라고 요구하는 자들도 있지만, 난 그렇게 논리적으로 생각하지 않아요. 차라리 힘의 방향 같은 거 아닐까요? 말초적이고 무책임한 말이지만, 이유란 건 없어. 생각보다 생은 여전히 본능적인 거거든요. 우린 참 모순된 존재이고, 그걸 인정하지 않으면 아무것도 할 수 없어요. 인생이란 성가신 놈이지요."

그는 다리 위에서 차를 세우고 차창을 내렸다. 그리고 시동을 끄고 라이터를 껐다. 눈을 가린 듯 지독한 어둠 위로 물안개가 피어올라 앞을 전혀 분간할 수가 없었다. 순간적으로 몸이 오그라들었다. 난간이 없이 물 위에 걸쳐져 있는 허술하기 짝이 없는 다리였다. 금세라도 차가 물안개 속으로 미끄러져 버릴 것 같았다. 물 흐르는 소리가 쿨렁쿨렁 커다랗게 울렸다. 주변이 너무 고요해서 어둠 속에서 물소리만 더 크게 울렸다.

"곧 저 앞으로 기차가 지나갈 거예요."

그의 말이 끝나고 다섯 번쯤 숨을 쉬었을 때, 들판 끝에서 기차가 나타났다. 아주 긴 기차였다. 소리는 전혀 들리지 않았다. 강물 소리에 묻힌 것 같았다. 비안개에 가득 찬 밤의 들판을 환하게 불을 켜고 흔들림 없이 지나가는 객차들을 보고 있으니 현실이 아닌 또 하나의 비밀스러운 질서가 어딘가에서 우리를 지배하고 있지 않을까 하는 생각이 들었다. 기차는 어둠과 안개를 버무린 듯한 몽환적인 공간을 지나 머리부터 천천히 사라졌다. 차 안에는 〈Old Man〉이 흐르고 있었다. 그 테이프는 유경이 가진 것과 같은 내용으로 편집되어 있었다.

차이니즈 레스토랑은 저수지가 내려다보이는 낮은 언덕

위에 있었다. 저수지 물속엔 불빛 몇 점이 떨어지는 유성처럼 흔들렸다. 주차장에 차를 세우자 웨이터가 달려와 활짝 편 우산 하나를 내밀었다. 이진은 우산을 들고 나에게로 와서 씌워주었다. 그의 왼 손바닥이 내 등을 가볍게 밀었다. 그에게서 예의 깊고 청결한 가죽 냄새가 났다. 어쩌면 그 냄새는 그가 사용하는 향수인지도 모르겠다는 생각이 들었다. 주차장 울타리를 따라 목련이 환하게 피어 있었다. 조그맣고 새하얀 새들이 나뭇가지 위에서 비를 맞으며 깃털 속에 얼굴을 파묻고 잠든 모양 같았다.

실내는 붉은색 주조였다. 마루도 붉고 식탁보와 커튼도 붉은 비로드였고 벽도 붉고 의자도 붉었다. 그리고 코너마다 회벽에 용 무늬가 새겨져 있고 독특한 향신료 냄새가 마치 한약을 달인 것처럼 짙게 배어 있었다.
"냄새가 역겹지나 않나요? 처음 오는 분들은 이 냄새 때문에 난처해하지요."
역겹기도 하고 식욕을 돋우기도 하는 묘한 냄새였다.
나는 그렇게 고급스럽고 낯선 레스토랑에 초대되기는 처음이었다.
"모험을 하는 기분일 거예요. 식사 한 끼 하자고 이런 모험을 해야 하는가 생각할지 모르지만 먹는다는 건 절대로 하찮은 일이 아니지요. 특히 단둘이 식사가 처음일 때에는…….."

그는 평생 잊히지 않는 식사라도 하겠다는 포부를 가진 듯했다. 그러나 불행히도 나는 미식가가 아니었다. 아니, 음식에 전혀 관심이 없는 축이었다. 줄기차게 계란말이김밥과 닭튀김과 피자로 연명하면서도 별로 지루해하지 않고 살고 있었다. 그는 거의 허벅지 끝까지 옆이 트인 치파오를 입은 종업원이 음식을 내올 때마다 설명을 하고 내가 쉽게 먹을 수 있도록 도와주었다. 종업원과 상의해 '장유'라는 포도주를 선택했다. 보르도만큼이나 유명한 중국 옌타이에서 제조한 포도주라고 했다.

야채샐러드가 나왔고 냉채와 춘권이라는 만두가 나왔으며 유산슬과 깐쇼새우가 나왔고 마파두부가 나왔다. 종업원이가 '마 포 또우 푸'라고 발음해 나는 조금 웃었다.

"유경이 녀석에게 늘 물어보고 싶은 게 있었어요."

나는 그때 비둘기 고기가 든 비둘기 모양의 만두를 망설이며 씹고 있었다. 마치 비둘기의 가슴털에 이를 박은 듯 따뜻하고 비릿하고 비둘기의 이미지가 입안에서 푸드덕거리는 듯했다. 나는 거북해서 잠시 씹기를 멈추었다가 간신히 삼키고 급히 포도주를 마셨다. 집을 떠나오기 직전에 본, 종로의 횡단보도를 걸어오던 비둘기가 생각났다. 그 비둘기는 눈이 질척하게 녹은 한겨울의 횡단보도를 추위에 언 것 같은 붉은 두 발로 사람들과 함께 건너고 있었다. 흰색 털이 매연에 찌들어 누렇게 변한 비둘기였다.

"……여자들에게 사랑받는 느낌이 어떤 건지."

"그에게 여자가 많았나 봐요?"

내가 불쑥 묻자 뭔가 부족한지 그는 실망한 표정을 지었다.

"저는 마흔세 살입니다. 여태까지 단 한 번도 여자에게서 사랑을 받아보지 못한 채 마흔세 살이 되었어요."

그는 거의 침통해했다.

"여자들은 저에게 절대로 끌리지를 않아요. 한두 번 만난 뒤에도 저를 기억조차 하지 않고요. 내 인생이 막연해진 건 여자들에 대한 행운이 없었던 탓도 있을 거예요. 여자들이야말로 남자들에겐 현실을 구성하게 만드는 명령이니까요."

여자들이 정말로 그랬다 하더라도 어쩔 수 없을 만큼 그는 인상적인 데가 없었다. 인생이 한결같이 그에게 친절해서, 그만 존재감 자체가 사라져 버린 것같이. 하지만 눈만은 달랐다. 결핍이 뿌리를 내린 슬픈 눈. 여자들이 피하는 눈이었다.

"여자들과 뭔가 잘 안된다는 건 아주 어릴 때부터 알았어요. 시작부터 잘못되었어요. 엄마와의 관계에서 실패했으니까. 엄마는 항상, 어떤 순간에도 순발력 있게 나를 경멸할 준비가 되어 있었어요. 어릴 때 나는 또래에 비해 키도 작았고 몸은 약했고 잘생기지도 않았고 공부도 그저 그랬고 내성적인 사내애였지요. 엄만 내가 세 살 되던 해에 이미 자신의 아들이 전혀 눈에 띄지 않는 애이며 누구에게도 호감을 얻지 못한다는 사실을 깨달았어요. 놀이터나 공원이나 친척집에 데리고 가도 아무도 쳐다보지 않는 아이였어요. 네 살에도 다섯 살에도 여섯 살에도."

이진은 나에게 양해를 구하고 담배를 피웠다. 나는 그가 진심으로 안됐다고 생각했다. 어린아이로선 도저히 감당할 수도 해결할 수도 없는 상처를 입은 것이다.

치파오를 입은 종업원이 꽃빵을 가져왔다. 우리는 둘 다 더 이상 먹을 수 없는 상황이었다. 식사는 중단되었고 차를 주문했다.

"어머닌 아름다운 여자였나요?"

그는 고개를 저었다.

"전혀. 얼굴도 체형도 평범 이하였어요. 그런데도 내면만은 누구도 짐작할 수 없을 정도로 도도하고 사치스러웠고요."

그의 눈에 비난이 서렸다.

"엄만 음악 교사였는데, 공무원인 아버지와 결혼했습니다. 엄마는 아버지가 중앙 요직의 고위 공직자가 될 인물이라고 상상했어요. 하지만 아버지는 제대로 승진을 하지 못했습니다. 지지부진한 공직 생활이었지요. 게다가 나중엔 비리에 얽혀 퇴직까지 당했어요. 엄마는 아버지에 대한 실망과 분노를 다분히 나에게 풀었어요. 난 네 아버지 같은 남자를 만나 겨우 너 같은 아이를 낳을 여자가 아니야, 하는 눈으로 나를 노려보곤 했습니다. 나중에 이혼을 했지요. 하지만 다행히 이혼 후에 두 분 다 일이 잘되었고, 일찍 돌아가셨어요. 두 분 다 각각 나에게 유산을 남겼어요. 재혼을 하지는 않았거든요. 그 유산으로 나는 몇 가지 사업을 했고 운이 좋게도 갑자기 부자가 되었지요. 돈이 있다는 건 좋아요. 어쩌면 사랑을 받는 것과 비슷할지도 모르겠습니다. 부드럽고 안심이 되지요. 가끔 돈으로 여자를 살 때가 있는데, 여자들은 나를 사랑하는 것처럼 대해주지요. 그리고 연극처럼. 나도 사랑받는 남자 역할을 합니다. 하지만 절대로 믿거나 속지 않아요. 사람들은 돈만 있으면 다인 줄 아는 사람을 역겨워합니다. 하지만 돈이 있는 사람들 역시 연약한 사람들입니다. 그들은 돈을 쓰지 않고는 아무것도 해결할 수 없는 사람들이지요. 돈으로 매사를 해결하다 보면 점점 더 돈에 의지해야 하고 돈을 따라가야 하지요. 그래서 삶에 대해 점점 더 건조하게 되고 의심하게 되고 결과적으로 멀어져요. 저도 그래요. 돈이 많아질수록 더 많이 가져야 할 이유들이 생기는 거예요."

나는 고개를 끄덕였다. 왠지 그럴 것 같았다.

그는 말을 하는 동안 무언가에 놀란 것 같기도 하고 감탄한 것 같기도 한 눈으로 나를 바라보곤 했다. 하지만 그 자신에 대해 많은 말을 했다. 온통 붉은색인 차이니즈 레스토랑의 실내에서는 그도 상당히 여유가 있어 보였다. 나는 그를 이해할 수 있을 것 같았다. 그리고 그의 흐린 인상, 그 자신의 생을 답답해하는 눈빛, 여자 앞에서 어쩔 줄 몰라 하는 불안정하고 자신 없는 동작들도 납득할 수 있었다. 그는 성공적인 식사를 한 셈이었다. 나를 그 정도로 설득했으니. 우리는 치파오를 입은 진짜 중국인 종업원의 권유에 따라 향이 짙은 말리화차를 마셨다. 우리가 재스민이라고 하는 차였다.

⋮

돌아오는 길에 이진은 그 다리 위에서 다시 차를 세웠다. 그리고 말했다.

"유경과 난 지난해 8월에 자살을 기도했었어요."

이제 차창엔 비가 줄줄 쏟아지고 있었다.

"우린 수면제를 잔뜩 먹고 한 시간쯤 캄캄한 해변을 서성이다가 바다로 들어갔지요. 그리고 계속 헤엄을 쳐서 먼바다로 나갔어요. 완전히 잠이 올 때까지."

카스테레오에서는 차이콥스키의 〈Valse Sentimentale〉가 흘러나왔다. 몹시 슬픈 피아노곡이었다.

"유경이 먼저 헤엄치기를 멈추더군요. 그리고 그 앤 정말로 잠이 들어버렸어요. 그러자 정신이 번쩍 들었어요. 죽음에 대해 그토록 순응적인 유경의 모습이 나에게 충격을 주었거든요. 난 유경을 붙잡고 반대편으로 헤엄치기 시작했어요. 눈물을 철철 흘리며 죽을힘을 다해 헤엄을 쳤어요. 우린 나흘 뒤에 나란히 깨어났습니다. 유경이 어떻게 된 거냐고 묻더군요. 난 거짓말을 했어요. '경비정이 파도 위에서 잠든 우릴 발견해 버렸어……' 유경은 믿지 않는 눈치였지만 더 묻지 않았어요."

나는 아무 말도 할 수가 없었다. 왜 둘이서 그런 짓을 했느냐고 물을 수도 없었다. 모든 말이 다 허약하게 느껴졌다.

〈Valse Sentimentale〉가 끝날 무렵 들판에 기차가 나타났다. 그 적요한 기차의 불빛들을 나는 멍하니 보고 있었다. 빗물 때문에 마치 내 눈에 눈물이 넘쳐흐르는 듯했다.

그때 이진이 갑자기 나를 끌고 가 키스를 했다. 무방비한 상태에서 재빠르게 입술을 열고 점막의 피부와 혀까지 깊숙이 들어온 키스였다. 그의 입에서는 이상하도록 차갑고 맑은 침이 흘렀다. 혀가 뽑혀 그의 목 안으로 삼켜질 것만 같은, 숨도 쉴 사이가 없는 무섭고 격정적인 키스였다. 그의 침이 몇 번인가 목구멍 안으로 넘어왔다.

키스가 끝나자 그를 밀어내고 그의 팔도 밀쳐냈다. 그의 팔은 물이 가득 담긴 커다란 호스처럼 무겁게 툭 떨어졌다. 차는 난간도 없는 좁은 다리 위에 세워져 있었고, 아래로 검은 물이 쿨렁쿨렁 흘렀다.

차 문을 열고 내린다는 건 생각도 할 수 없었다. 내가 디딜 곳이 어디인지 분간도 할 수 없는 어둠이었다. 발을 헛딛고 강물에 빠져 떠내려갈 수도 있는 일이었다. 그렇게도 나는 어지러웠고 속수무책이었다. 빗줄기도 검은 먹물처럼 쏟아져 내리는 듯했다.

"어떻게······."

나는 그를 노려보았다. 그의 행위를 이해할 수 없었다. 그는 전혀 위축되지 않고 나를 다시 격렬하게 끌어안았다.

나는 아직 욕망과 호기심을 구별할 수 없었다. 욕망 따윈 없는지도 모른다고 생각했다. 욕망이란 호기심보다 좀 더 전형화되어 있고 집단적이고 원형적인 것이고 반복적인 욕구 정도일 거라고. 욕망이든 호기심이든 그 정도를 이기지 못할 인간이 어디 있을까······. 그러나 그의 손가락이 머리카락 속을 쓰다듬고 그의 뺨이 내 뺨에 닿고 뜨거운 호흡이 내 눈꺼풀 위로 쏟아지자, 내 몸 안을 묶은 매듭들이 실처럼 끊어지며 풀려나갔다. 내 몸을 묶은 리본들이 천천히 풀리는 것이 느껴졌다. 두 번째 키스는 거의 내 승낙 속에 이루어졌다. 그는 여유 있게 내 입속으로 들어왔고, 내 두 손은 나 자신의 머리카락을 움켜쥐고 말았다. 끊어진 매듭들이 피를 타고 흘러내렸다. 맥박을 빠르게 하고 몸을 데우고 방어를 해제시키는 육체의 선명한 이완……

그의 손이 옷 속으로 들어왔을 때, 나는 간신히 그를 뿌리쳤다. 그리고 그의 따귀를 힘없이 때렸다. 너무나 뒤늦게…….

그는 뜻 모를 미소를 지으며 순순히 자세를 고쳐 앉았다. 내 속의 갈등을 꿰뚫어 보고 있으며, 늘 내 의사를 예민하게 존중해 왔다는 듯이.

"유경의 아파트에 갈 건가요?"

그는 차를 출발시키며 예사롭게 말했다. 나는 대답 대신 그를 쳐다보았다. 뭐 이런 사람이 다 있지, 하는 눈으로.

"가기가 싫어졌나 보군요."

나는 옷을 바로잡고 입술을 닦아냈다. 그 순간 무언가가 내 경험 속에 들어온 것이 느껴졌다. 그와 나 사이에 공유된 분명하고 열정적인 감각의 기억. 너무 선명해서 당분간 거듭 살 속에서 되살아날 것 같은 원치 않는 추억이.

⋮

　식당 앞에 도착했을 때, 이진은 내 손을 잡았다. 그리고 자신만만하게 물었다.
　"차 한잔 줄 수 있나요?"
　"안녕히 가세요."
　나는 그를 무시하며 작별 인사를 했다. 그러자 이진은 미소를 짓고 따라 내렸다. 그는 여유가 있었다. 마치 이때가 가장 재미있는 때가 아니냐는 듯이. 그는 쥐를 많이 잡아본 고양이처럼 나 같은 여자를 잘 알고 있는 것이었다. 그는 여자에 대한 콤플렉스와 동시에 여자에 대한 오만한 확신을 가지고 있었다. 적지 않은 경험을 통해 절대로 패배하지 않는 방법을 터득한 사람이었다.
　무엇보다 이상한 것은 그가 낯설지 않다는 점이었다. 그는 내가 누구보다 잘 아는, 알 만한 사람이었다. 그것은 이상한 일이었다. 나에겐 그와 비슷한 삼촌도 없었고 아버지도 없었고 양부도 없었다. 그런데 왜 그를 잘 알고 있는 걸까. 그는 나를 흥분시켰다. 곧바로, 나 자신조차 그 길을 알지 못하는 내부로부터 나를 열어버렸다. 나에 대한 언어를 알고 있는 남자같이 그는 나를 제대로 다룰 줄 알았고 내 존재를 있는 그대로 즐길 줄 아는 남자였다.

이진은 한결같은 뻔뻔스러운 미소를 지으며 나를 뒤따라 계단을 밟고 올랐다. 현관에 들어선 그는 많이 놀란 것 같았다. 함부로 재단해 덮은 값싼 비닐 장판과 베란다를 가르는 흐릿한 유리문, 문들이 어긋난 싸구려 싱크대, 옛날 미닫이 방문과 거의 황폐하게 보이는 형광등들, 고가구 장롱이 놓인 텅 빈 방과 좁은 거실과 부엌.

그는 갑자기 양복 윗도리를 벗었다. 넥타이를 끌러버리고 와이셔츠의 커프스를 풀고 단추를 풀어 소매를 걷었다. 그리고 걸레를 찾아 물에 적시더니 거실과 베란다 사이의 큰 유리를 닦기 시작했다. 밖에는 비가 줄줄 내리고 손님처럼 거실 가운데에 어쩔 줄 모르고 서 있는 건 나였다.

그는 걸레로 유리를 닦은 뒤 신문지로 다시 한번 닦았다. 그러자 유리는 거짓말처럼 맑게 개었다. 대신 새하얀 손과 보석 반지와 셔츠의 앞부분이 까맣게 더러워졌다.

그는 양말을 벗고 베란다의 수돗물을 틀어 걸레로 타일 바닥을 닦아냈다. 커다랗고 새하얀 발이 흙물투성이였다. 새하얀 셔츠에도 물방울들이 튀어 얼룩졌다. 그는 불편하기 짝이 없는 정장 바지와 새하얀 셔츠 차림으로 창문과 현관 바닥까지 닦아냈다. 나로선 엄두도 내지 못했던 일이었다. 여전히 텅 비고 남루한 집이지만 한결 쾌적해졌다. 어항을 깨끗이 씻어 새로운 물로 간 것같이. 집이 깨끗해지면 정적이 생긴다는 사실을 처음으로 알았다. 지붕에서 홈통을 타고 흐르는 빗물 소리가 한결 더 명료하게 울렸다. 이진은 화장실에서 손을 씻고 나오며 정말 이해할 수 없다는 듯 물었다.

"당신 같은 여자가 왜 이런 곳에 있는 거지?"

"……"

"어쨌든 이런 곳일수록 청소를 열심히 해야 해요. 그건, 자신에 대한 존중이지."

그는 나에게 별 변변한 차도 기대할 수 없다는 사실을 눈치채고는 그냥 돌아갔다. 그가 간 뒤에 고가구 장롱 위에서 보석 반지와 한 쌍의 커프스를 발견했다. 바지 주머니에 넣었다가 불편해지자 꺼내 올려둔 모양이었다. 그리고 욕실 수건걸이에서 마르고 있는 레이스가 퇴색한 낡은 핑크색 브래지어도 발견했다.

초록 레이스 마을 고본

상실을 아는 사람은 의지를 두지 않아요.

커다란 초록 잎사귀들 속에서 잠들어 있던 히아신스가 푸른 눈꺼풀을 열기 시작했다. 작고 붉은 꽃들이 옥수수알이 박히듯 빼곡하게 피기 시작했다. 향이 달콤하고 무거웠다.

처음 전화를 걸었던 날처럼, 유경은 수화기를 든 채 대답이 없었다.

"여보세요?"

"……"

화를 내고 있는 것일까. 그날로부터 3일이나 지난 뒤였다.

"유경, 많이 아파?"

"너 무슨 일 있어?"

그의 목소리가 쇠약했다. 무슨 일이 있었느냐는 질문에 뭐라고도 대답할 수가 없었다. 그동안 모든 것이 귀찮았다고 말할 수는 없으니까.

"계속 아팠던 거야?"

"……그런 거 묻지 말고 올 수 있으면 지금 바로 와."

그는 대답도 듣지 않고 전화를 끊어버렸다.

토요일 오전이었다. 나는 해안가에 있는 중앙시장까지 무턱대고 걸어갔다. 유경과 만나지 말아야 하는 것이 아닐까 하는 생각을 하면서. 유경을 만나는 이상 이진도 계속 보게 될 것이었다. 막연했지만 이쯤에서 돌아서야 할 것 같다는 생각이 들었다. 공장들을 지나니 복국집 골목이 이어졌는데, 그 식당들과 시장의 경계에서 선원슈퍼라는 상점을 발견하고 발길을 멈추었다. 파란 기와집을 개조한 조그만 상점의 출입문에 붉은색으로 선원 필수품 일체 구비라고 쓴 팻말이 붙어 있었다. 해안 도시의 선창 근처이니 이상한 일이 아니었다.

선원들의 필수품은 어떤 것일까? 선원들의 피부는 늘 소금에 절어 있어서 손톱이 허옇고 두껍게 켜켜이 일어나고 겨울엔 피부가 갈기갈기 찢어진다고 했다. 그리고 볕에 그을리고 추위와 더위에 시달린 얼굴의 주름살은 함부로 난자한 칼자국처럼 거칠다. 그들은 뭍에 뿌리를 내리지 못해 결혼을 하기 어렵고, 결혼했다 해도 쉽게 배반을 당하며 어느 사이 혈연들과의 인연도 멀어져 간다. 그들은 대부분 술을 많이 마시고, 속절없이 갑판 위에서 사고로 죽거나 쉰 살도 되기 전에 객지의 어느 항구에서 간이 굳어서 죽어간다. 그것이 내가 아는 선원의 일생 같은 것이었다. 나는 선원슈퍼의 닫힌 창을 들여다보았다. 동네의 슈퍼마켓과 철물점을 섞어놓은 예사로운 분위기였다.

바다를 등진 시장길엔 아낙들이 퍼져 앉아 커다랗게 불은 붉은 손으로 홍합과 새우를 까서 팔고 있었다. 검고 질척한 물로 젖어 있는 길을 걸어 건어물집과 횟집 골목들과 돼지 머리 누른 것과 선지와 내장, 족발을 파는 가게들을 지나갔다. 꼭 그로테스크한 꿈속에 들어선 것만 같은 비현실적인 기분이었다. 사람들과 물건들과 온갖 소리의 소요 속에서 나는 진공 같은 고요와 무중력을 느꼈다.

방파제로 가는 길은 갈라진 틈처럼 문득 나타났다. 방파제는 바다를 향해 뻗어 있었다. 그 짧은 길엔 햇빛만 잔잔하게 쏟아져 내릴 뿐 텅 비어 있어서 복잡한 시장을 지나온 나로서는 잠시 막막했다. 나는 방파제 끝까지 걸어갔다. 바다는 흡사 호수같이 산과 도시로 둘러싸여 있었고 먼 곳의 방파제에 서 있는 흰 등대와 붉은색 등대가 햇볕을 받아 반짝거렸다. 바닷물이 들었다가 나갔다가 하는 맞은편 하천 변의 빈민가 가로엔 아름드리 동백나무에 붉은 꽃들이 활짝 피어 그 순간에도 투둑투둑 물속에 떨어지고 있었다.

유경이 몹시 보고 싶었다. 빨리 그의 곁으로 가고 싶었다. 유경을 만나지 않는 편이 낫다는 걸 알아도 소용없었다. 나는 혼란의 중심에서 우왕좌왕했다.

전복을 사고 리어카에서 싸게 파는 프리지어를 한 다발 샀다. 그리고 좀약과 방부제, 농약 따위를 파는 가게를 지나 약국에 들러 링거를 꽂아줄 간호사를 알아보았다. 젊은 여자 약사는 어디론가 전화를 걸었다. 키가 작고 통통하게 살이 찐 동그란 얼굴의 전직 간호사는 15분 뒤에 나타났다. 나는 간호사와 택시를 타고 유경의 아파트로 갔다.

유경은 깜짝 놀랄 정도로 야위고 수척했다. 장염을 앓은 것이 아니라 음독이라도 한 사람 같았다. 수염까지 길어져서 우스꽝스럽고 불쌍했다. 주말의 한낮은 눈부시게 환한데 이중 커튼을 친 실내는 저녁 7시처럼 어둑했다. 음악조차 흐르지 않고 먼지 덮인 부연 바닥이 기분을 무겁게 만들었다. 유경은 순순히 링거를 맞았다.

나는 유경의 방문을 닫아두고 거실과 서재의 커튼을 활짝 걷은 뒤 문들을 열고 청소를 했다. 그리고 전복을 다져 죽을 끓였다. 무정한 내가 누군가를 위해 부지런히 몸을 움직인다는 사실이 신기하고 기뻤다. 마지막으로 유경이 누워 있는 방의 커튼을 걷고 창문을 활짝 열고 걸레로 먼지를 살살이 닦아낸 뒤 프리지어를 꽂은 화병을 침대 사이드 테이블에 놓아주었다. 프리지어에서는, 5월의 풀밭 냄새가 났다.

"집에 있었어?"

링거를 뽑기 위해 다가앉자 유경이 물었다. 나는 고개를 끄덕였다.

"그런데 왜 전화도 받지 않았어?"

선모 때문이었다. 어쩌면 이진 때문이었는지도 모른다. 혹은 틀림없이 유경이 전화할 줄 알면서도 피했는지도 모른다. 혼란스러워서 모든 게 귀찮았다.

"그냥, 그랬어."

손등에서 바늘을 뽑아냈다. 그가 얼굴을 찌푸렸다. 티슈로 바늘 빼낸 자리를 눌렀다.

"네가 아주 멀리 떠나버린 것 같은 느낌이었어. 시장에 가서 칼을 사 가슴에 품고 너를 잡으러 갈까 했지."

"아, 그러지는 마. 치정 살해 사건 같은 건 정말 질색이야."

"나도 좋아하지는 않아."

나는 그를 끌어안았다. 식은땀에 젖은 옷을 갈아입지 않아 달큰한 쉰내가 났다. 고단하고 외로운 냄새였다. 싫지 않고 오히려 유혹적으로 느껴졌다. 깊은 곳의 살냄새처럼. 나는 그의 이불 속으로 파고들었다. 수염이 얼굴 피부를 부드럽게 찔렀다. 유경은 내 블라우스 단추를 하나하나 풀었다. 단추가 다 풀리자 나는 속옷을 끌어 올려 벗었다. 유경이 나를 안고 브래지어 훅을 열었다. 우리는 끌어안은 채 가만히 있었다. 눈물이 날 것 같았다. 유경이 포옹을 풀고 나를 약간 밀어내며 얼굴을 살폈다.

"왜 이렇게 슬퍼 보여? 지난 3일 동안 뭐 했어? 무슨 일이 있었던 거야? 자세히 이야기해 줘."

이진의 키스가 떠올랐다. 나는 고개를 저었다.

"아무 일도 없었어……."

"그런데도 곧장 오겠다던 약속을 저버리고 그렇게도 냉담하게 굴었던 거야? 이상해. 그리고 오늘은 이렇게도 상냥하고……."

"네게 냉담했던 게 아니야. 나에게 냉담했던 거야. 가끔 나 자신에게 완전히 무관심해져 버리거든. 자기방어인지도 몰라. 오늘은 아침에 잠이 깼을 때 미칠 것같이 네가 그리웠어."

그는 내 바지를 벗기고 팬티도 벗긴 뒤 가만히 바라보았다.

"완벽하게 반으로 가른 배가 떠올라."

"배?"

"응, 아주 단단하고 속이 희고 신선한 배."

"왜 하필 배야?"

"모르겠어. 왠지 반으로 가른 배의 이미지야."

유경은 내 배에 코를 파묻었다.

"네가 준 흙 화분 속에서 히아신스가 피었어."

"……보러 가야겠네."

"향이 아주 짙고 많아."

"많아?"

"응. 방 안을 가득 채울 정도로 많아."

나는 유경의 셔츠 단추를 열었다. 야위고 밋밋한 가슴이 드러났다. 나는 손가락을 펴고 가슴을 쓰다듬었다.

"네 가슴을 사랑하고 싶은데, 가슴이 없어……."

내가 중얼거리며 편편한 가슴의 젖꼭지에 입술을 대자 유경은 쿡 웃었다.

"바보……, 너 변태구나……."

나는 정말 결핍감을 느꼈고 슬펐다.

"이 세계는 뭔가 부족해. 남자들은 왜 가슴이 없을까……."

"그러지 마."

내가 그의 바지를 벗기려 하자 유경은 저지했다.

"왜?"

"난, 괜찮아."

"넌 삽입을 싫어해? 입으로 해줄까?"

"둘 다 싫어하지 않아. 하지만 지금은 이대로 좋아."

나는 웃옷을 입으려 했다.

"그대로 있어."

유경은 나를 끌어안고 다시 누웠다. 나는 몸을 엎드려 그의 눈을 들여다보았다. 그의 두 눈 속에 내가 보였다. 이상한 기분이었다. 두 개의 상을 머릿속의 소뇌는 하나로 조합하고 편집하는 것이다. 우리는 정말 세계를 제대로 보고 있을까……. 나는 눈을 감고 유경의 이마와 코와 입술과 턱을 쓰다듬었다. 지금 너는 정말 너일까……. 나는 다시 유경의 가슴에 얼굴을 묻고 누웠다.

"은령, 네가 좋아하는 것이 무엇인지 말해봐."

그는 내 어깨와 등을 쓰다듬었다. 나는 등을 곧게 펴고 반듯하게 누웠다.

"넝쿨식물을 좋아해. 넝쿨은 굴촉성 식물이래. 무언가를 붙잡기 위해 허공을 더듬어 기어오르는 넝쿨을 생각해 봐. 꼭 교본도 없이 레이스를 뜨는 것같이 예뻐. 난 레이스뜨기를 좋아해. 내 유일한 취미야."

"그렇게 긴 손톱으로?"

유경은 의외라는 듯 되물었다. 나는 열 개의 손가락을 착 펴 보였다.

"응. 요즘은 커튼을 뜨고 있어. 초록 레이스 마을이라는 제목이야. 레이스뜨기 교본을 따라 해. 난 심각한 나르시시스

트인지도 몰라. 레이스를 뜨는 내 희고 가느다란 손가락과 긴 손톱과 텅 비어버리는 내 속의 진공에 도취되거든. 그건 내 인생의 장면 중 탑이야. 레이스란 단순해. 사슬을 뜨고 다른 사슬을 향해 걸고 그리고 메워. 그러면 뭔가가 나타나지. 길이든 당나귀든, 꽃이든 집이든……. 하지만 조심해야 해. 자칫 코를 놓치면 마구 풀려 사라져 버릴 수도 있거든. 그러면 구불구불한 실만 남게 되지. 조심해야 해. 정말 코는 잘 풀려버려. 그리고 또 내가 좋아하는 것……. 공허라는 말을 좋아해. 공허한 것들…… 삶의 본질은 공허라는 생각이 들어. 내 삶을, 내 사랑을 채울 수 없을 거라는 예감이 들어. 잡으려는 순간에 그만 흩어져 버리는 거야. 그래서 바라보기만 하는 거야. 그리고 결정적인 순간이 오면 단념하는 거지……. 단념할 때마다 공허는 더 커지고, 어쩐지 조금 더 자유로워지는 것 같아……. 하지만, 난 나를 사랑해. 세상과 관계없이 순수하게 독립적으로, 이렇게 존재하고 있는 나를. 어쩌면 기적 같지 않아? 존재한다는 거. 한번 코가 풀리면 흔적도 없이 사라져 구불거리는 실로 남게 될지도 모르는데."

"넌 꼭 플라스틱 인형같이 생겼는데도, 본능적으로 뭔가를 아는 것만 같이 말하네."

그가 입을 맞추었다.

"그리고 네 눈도 좋아. 네 눈 속의 믿어지지 않도록 새하얀 흰자위……. 사람의 눈 같지가 않아. 뜰에 핀 흰 장미에 눈이 있다면, 눈이 있어서 세상을 본다면 바로 이런 눈일 거야. 바깥의 무엇을 보는 눈이 아니라 너 자신의 안을 보는 것 같아……. 언젠가 생각하면 너를 만난 것이 꿈같을 거야."

"……"

그는 아무 말도 하지 않았다. 돌아보니, 좀 침울한 표정을 짓고 있었다.

"이제 네가 좋아하는 것들을 말해봐."

나는 그의 입술을 물며 속삭였다. 유경이 내 혀를 붙잡으려 애쓰며 띄엄띄엄 말했다.

"세계……, 바람……, 사막……, 여름……, 바다……, 어머니……, 사람들……, 대지……, 명예……, 고통……."

나는 입술을 떼어냈다.

"뭔가 이상한걸."

"실은 나와는 상관없어. 이건 카뮈가 사랑한 열 가지 단어지."

유경은 두 손으로 내 얼굴을 덮었다. 눈도 가려지고 코도 가려지고 입도 가려졌다. 아득했다. 가면을 벗은 기분……. 눈물이 날 것만 같이 순수해지는 느낌이었다.

"처음부터 그랬지만 넌 보통 남자애들과 조금 달라."

"뭐가 다른데?"

나는 두 눈이 가려진 어둠 속에서 더듬더듬 말했다.

"음, 잘 모르겠어. 넌 서두르지 않아. 플라토닉하고…… 그리고 공격하지 않고, 심지어 나를 원한다면서 동시에 방어하기까지 해. 어쩌면 넌 천성적으로 너를 사랑하는 거 같아."

"인류 최후의 진화는 모두가 나르시시스트가 되는 걸 거야. 타인이 지옥인 이유는 자기도취를 방해하고 훼손하기 때문이지. 타인을 예의 바르게 자신의 바깥에만 존재하게 하는 체제야말로 완벽하게 평화롭고 아름다워. 누구도 자신의 내부로 틈입할 수 없는 자족적인 삶의 시스템을 구축하는 것이지. 그런 인간끼리의 교류를 생각해 봐."

나는 눈을 가린 그의 손을 치웠다.

"그러면 사랑은 어떻게 성립하는데?"

"사랑은 당연히 지금보다 축소되어야 해. 사랑은 실제보다 과대평가되고 있어. 사랑 속엔 언제나 무지와 혼동이 숨어 있다구."

유경이 냉담하고 단호하게 말했다. 그는 외롭게 보였다. 나는 나란히 누웠다가 갑자기 그의 옆구리로 파고들었다.

"실은 난, 의지를 갖는 게 두려워. 아무런 의지도 갖고 싶지 않아. 살고 싶어 하지도 않은 채 살았으면 좋겠어. 그러다가 마음이 내키면 아주 가볍게 휑하니 사라지는 거야."

유경이 아주 낮게 중얼거렸다.

"네가 죽으려고 했었다는 이야기를 들었어. 수면제를 잔뜩 먹고 한 시간쯤 해안을 서성이다가 먼바다를 향해 헤엄을 쳤다고. 파도 위에서 서슴없이 잠이 들었다고."

"형이 말했구나."

"……기분이 어땠어? 바닷속에서 잠들어 갈 때?"

"〈론강의 별이 빛나는 밤〉이라는 그림 본 적 있어?"

나는 고개를 끄덕였다.

〈론강의 별이 빛나는 밤〉은 내가 스물네 살이었던 지난해 내내 나의 방에 걸려 있었다. 달력의 11월과 12월의 그림이었으나 나는 1월부터 마지막 장을 걸어놓았었다.

"〈론강의 별이 빛나는 밤〉 속으로 들어간 기분이었어. 먹청빛 바다는 갑자기 싸늘해지고, 하늘엔 별들이 곧 쏟아질 것처럼, 미치광이들처럼 소용돌이쳤어. 암울하고 이상한 흥분이 나를 덮쳐왔지. 기분이 좋지도 않고 나쁘지도 않았어."

"왜 둘이서 그런 거야?"

"……장난한 거야. 난 8월에 특히 불안정해."

그의 태도에서 더 이상의 질문을 금지하는 것을 느꼈다. 나는 엎드려서 그의 눈을 들여다보았다. 아주 조그만 두 개의 내가 비치는 눈……. 난 너를 알고 싶어. 네가 어디에서 왔는지, 무슨 꿈을 꾸는지, 어떤 것을 좋아하는지, 어디로 갈 건지……. 정말, 너를 알고 싶어. 넌 한해살이식물 같아. 다음 해엔 어디에서 피어날지 도저히 알 수 없는 거야. 네가 다시 황무지로 돌아간 뒤에도 너를 부를 수 있는 암호 같은 건 정말 없을까…….

"나 자포자기해 버릴까?"

"뭐?"

"기억 안 나?"

"……기억나. 미안해. 나를 사랑하는 일이 자포자기하는 일이라니…….'

하지만 그는 태도를 바꾸지 않았다. 내 말에 수정을 가하지도 않았다.

⋮

점심시간이 끝난 뒤의 티타임이었다. 나와 홍 아나운서 사이에 어색한 일이 생긴 뒤로 나는 애써 여자들과 어울렸다. 차 아나운서는 콜 사인을 넣고 돌아왔다. 정확히 3분이 걸렸다. 아나운서들은 꿈에서도 콜 사인을 넣고 자다가도 콜 사인을 넣기 위해 벌떡벌떡 깬다고 한다. 그녀는 오후에 공개방송이 있어서 방송용 화장을 짙게 하고 파란색 정장을 입고 은색 하이힐을 신고 있었다. 〈어린이 노래자랑〉이라는 프로그램이었다. 스물다섯 살인데도 서른두세 살로 보이는 차림이었다.

"아나운서란, 기술적인 직업이야. 특히 지방방송국의 아나운서는 도저히 창의적이라고 할 수 없어. 언제나 세팅된 커트 머리에 초록이나 파랑 따위의 정장을 입고 늘 같은 톤으로 뉴스를 읽고, 멘트가 쓰인 음악 프로그램을 진행하고, 판에 박힌 공개방송에다, 연말이면 네트워크까지 연결해서 하는 이런저런 성금 모금 방송 같은 것을 반복하면서 노회해지는 데는 좀 역겨운 데가 있어. 느글거린다고 해야 하나. 게다가 공인으로서의 사회적 신분까지 신경 써야 하니, 운신의 폭은 한없이 좁고……, 남자 아나운서들 목소리가 왜 그렇게 느끼한지 알 수 있을 거 같아. 좀처럼 정신적인 성장의 기회가 없어."

윤 작가가 목소리를 잔뜩 낮추고 두 손을 싹싹 비비며 홍 아나운서 흉내를 냈다.

"피부가 정말 좋으시네. 월급은 얼마나 받으세요?"

우리는 그만 깔깔대고 웃고 만다. 그 두 문장은 그의 트레이드마크였다. 홍 아나운서는 최근에 차를 바꾸어 틈틈이 차에 왁스 광택을 내느라 사내에서는 보기 어려웠다.

"그렇게 될까 봐 겁나. 아나운서 그만두고 인테리어 가게 같은 거 하고 싶어."

차 아나운서가 자주 하는 말이었다.

"그렇지만 한번 아나운서는 영원한 아나운서잖아. 되기가 어려워서 그렇지 얼마나 해먹기 쉬워?"

정 리포터의 말엔 부러움과 냉소가 섞여 있었다.

"내가 그런다고 너까지 빈정대지는 마."

차 아나운서가 기분 상한 내색을 했다.

"우리…… 하루살이 비정규직 리포터들 입장에선 정규직 아나운서가 엄청 부럽기도 하니까. 버텨보기야 하겠지만 나 유부녀 되면 일거리나 줄지 걱정이야. 우리야 하던 일 끊기면 그날로 집에 들어앉아야 하는 거잖아. 이딴 지방에 방송국이 여러 개 있는 것도 아니고."

윤 작가가 정 리포터에게 물었다.

"넌 기분 어때?"

정 리포터는 2주일 뒤에 결혼식이 잡혀 있었다.

"뭐…… 배우자가 사망했을 때 스트레스 지수를 100으로 보면 결혼은 스트레스 지수 50이래. 내 결혼인데도 말리드는 기분이야. 시어머니 될 분을 만나거나, 사진관 벽에 걸려 있는 신혼부부들의 가증스러운 포즈들을 보거나, 한복집에 들러 옛날 천들을 보거나, 웨딩홀에 비치된 누렇게 바랜 웨딩드레스 면을 만질 때면 기분이 이상해. 이렇게 계속 진행을 시켜야 하나 싶어진다니까. 결혼식 올리는 당일까지 이런 기분일 거 같아. 어느 땐 양가 일가친척들이 다 뒤집어지더라도 중단하고 싶어."

"왜? 둘이 사랑하면서?"

차 아나운서의 질문에 정 리포터가 고개를 저었다.

"사랑하느냐 하지 않느냐의 문제가 아니야. 사랑하는지도 모르지. 하지만 사랑의 귀결이 꼭 이것이어야 하는가 하는 회의와 의심이 들어. 결혼이란 아주 불길해. 오래되고 집단적인 어떤 계략 같다구. 둘이 만나서 좋아진 건데, 왜 두 집안 사람들이 너희들은 이제 걸렸다는 식으로, 때를 기다렸다는 듯이 병풍을 차고 나와 밀어붙이는지 모르겠어."

윤 작가가 정 리포터의 말에 동조했다.

"너희들 연애했다고? 좋아, 그러면 이제 결혼하고 애도 낳아야지. 부지런히 벌어서 처자식 먹여 살리고 국가에 세금도 꼬박꼬박 내고, 저축해서 집도 마련하고 애들 교육도 번듯하게 잘 시키고, 부모님 노후 대책도 마련하고 조상 제사도 물려받고, 형제자매가 어려움에 처하면 서로 돕고, 나중엔 장례식도 썰렁하지 않게 치르고, 또 큰소리 탕탕 치며 자식들 결혼도 시키고……, 젊은 남자와 젊은 여자 하나가 고분고분하면 집안도 국가도 만사형통이지. 하지만 그 가중한 가족 사업에 허덕이느라, 우리가 한때는 사랑이란 걸 했던 사람들인가 하겠지."

"그런 게 인생 아니야? 그게 젊은 남녀에게 해로운 것도 아니고. 그리고 너 정도로 연애했으면, 어쨌든 결혼을 할 만도 하지 않아? 어차피 나이도 들어찼고 주변에서는 치워야겠다는 눈으로 때만 노리고, 달리 될 곳이 있는 것도 아니고 별수 없잖아?"

차 아나운서의 말에 정 리포터가 짜증스럽게 대꾸했다.

"그러니까 하는 말 아니겠어? 우리나라는 민주공화국이 아니라, 가족공화국이라는 생각이 들어. 그보다 더 억압되고 통제되는 사회가 있을까. 많은 부부들이 아이 때문에 이혼 못 하는 건 두고라도 부모 돌아가시면 이혼할 거라고 한다잖아."

윤 작가와 차 아나운서와 나는 소리를 내어 웃었다. 정 리포터 자신까지도 쓰게 웃었다.

"결혼이 국가적 이데올로기 차원이라니, 그야말로 요즘 듣기 힘든 거대 담론이야. 난 그런 거 모르겠어. 요즘 내가 느끼는 공포감은 말이야, 사랑에 빠져보지도 못하고 결혼하게 될지도 모른다는 거야. 그건 아마 결혼 적령기 여자들이 공통적으로 갖는 공포일 거야. 어쨌든 결혼은 누군가 사랑하는 사람과 해야 하는 거잖아. 안 하면 몰라도. 그래서 가까이 있는 남자 중 누군가와 어지간만 하면 사랑에 빠지려고 갖은 노력을 하는 거야."

정 리포터의 말에 차 아나운서가 고개를 쳐들었다. 눈빛이 공허했다. 윤 작가가 담배를 꺼내 피웠다. 여자들은 사내에서 담배 피우는 모습을 거의 드러내지 않는다.

"그러니 독신주의자가 아닌 이상 나도 이제 주변 남자 중 누군가와 연애를 걸어야 하지 않을까 싶어. 운명적 사랑도 없이 결혼하게 되는 거야."

"결혼하기 위한 연애?"

정 리포터가 툭 내뱉었다.

"그런데 넌 누가 결혼하라고 들이밀어?"

윤 작가가 차 아나운서에게 물었다.

"그럼 선배는 아무도 안 민단 말이야?"

차 아나운서가 세상에 안 밀리는 올드미스도 있느냐는 듯 눈을 동그랗게 치떴다.

"그래. 나도 밀려……." 윤 작가가 기운 없이 수긍했다. "하긴 연애도 가지가진데 결혼하려는 연애가 왜 없겠어. 결혼을 하고 싶어서 하는 연애, 결혼은 했지만 공허하고 지루해서 하는 연애, 아슬아슬한 스릴을 즐기기 위한 연애, 아픈 만큼 성숙해지고 싶어서 하는 고통 지향형 연애, 영혼의 허기를 메우기 위해 하는 정신적 연애, 생리적 허기를 메우기 위해 하는 육체적 연애, 스무 살들의 호기심으로 하는 풋 연애, 돈을 주고 하는 연애, 돈을 받고 하는 연애, 단지 연애적 라이프스타일을 즐기기 위해 하는 연애, 여성적 혹은 남성적 자존심과 아이덴티티를 확인하기 위해 하는 연애, 운명적인 필이 걸려서 하는 연애, 그냥 심심해서 하는 연애, 남들 다 하니까 하는 연애, 허튼짓하듯이 해보는 연애, 노년기의 활력을 얻기 위해 하는 로맨스그레이들의 연애, 노추에도 다하지 못한 성욕 때문에 걸게 되는 박카스 연애……."

윤 작가가 연애의 종류를 타령처럼 길게 늘어놓았다.

"박카스 연애가 뭐야?"

차 아나운서가 물었다.

"너 한낮의 공원 숲에 출몰해 할아버지들을 유혹하는 박카스를 든 할머니족 몰라?"

차 아나운서가 어이없다는 표정을 짓더니 미간을 깊이 찌푸렸다.

"선배는 정말 결혼하지 않을 거야?"

정 리포터가 윤 작가에게 물었다.

"적어도 이 나라에서 하는 결혼은 안 해. 대신 돈 모아서 여행이나 할래. 이렇게 복지정책이 없는 나라에서 어떻게 제정신으로 결혼들을 해서 애를 낳나 몰라."

차 아나운서가 이마를 찌푸렸다.

"선배는 독신주의자니까. 선배에겐 매사에 아웃사이더적인 전제가 있어. 그리고 난 인사이더지. 이상한 건 인사이더는 아웃사이더를 존중하는데, 알고 보면 아웃사이더들은 인

사이더들을 경멸해. 그런 차이는 어차피 쌍방이 인정해야 하는 거 아냐?"

차 아나운서가 볼멘소리를 하자 윤 작가는 두 손을 들어 커다랗게 저었다.

"아, 경멸 아니야. 오히려, 연민이라구. 하지만 고분고분한 사람들이 어차피 한세상 쉽게 사는 것도 사실이야. 난 그렇게는 못 살지만."

윤 작가가 담배를 껐다.

"늘 그렇게 느끼지만 우리 세대가 과도기인 거 같아. 앞으로 이다음 애들은 좀 다른 결혼을 하지 않을까."

정 리포터가 한숨을 내쉬었다.

"나 편집실에 가야 해. 시간 초과라더니 그 시골 우체부 다큐 앞부분을 끊어내기로 했나 봐. 원고 수정 들어가게 됐어."

윤 작가가 손을 짧게 흔들고 떠났다. 차 아나운서가 휴 하고 숨을 내쉬었다.

"그런데 방랑하는 영혼의 전제 없는 연애가 뭐야? 정말 무도덕적이다. 온갖 불륜과 변태와 도착을 연상시켜. 그건 연애의 욕망을 너무 미화하고 있는 거 아니야? 그게 상처 외에 무엇을 가져다준다는 거야?"

윤 작가는 차 아나운서보다 세 살이나 위여서 예의를 지키느라 답답했던 모양이었다.

"아닐걸. 연애의 욕망을 정말로 미화하는 건 사실 결혼이야. 결혼주의자야말로 연애를 미화한다구, 그 대신 결혼으로 이어지지 않는 연애를 비하하지."

정 리포터가 대답했다.

"그러니, 연애를 위한 연애의 목적이 뭐냐고?"

차 아나운서가 짜증스럽게 되물었다.

"삶을 위한 삶과 마찬가지겠죠. 보람이나 결실에 뜻을 두지 않으면 순간순간이 어떤 것의 도구나 과정이 아니라 절대적인 가치일 수가 있으니까요. 뭔가를 잃어보지 않은 사람은 늘 목적을 갖지만. 상실을 아는 사람은 의지를 두지 않아요."

내가 말하자 차 아나운서가 뾰로통하게 쳐다보았다. 그리고 물을 조금 마신 뒤에 토론 방송의 사회자 같은 톤으로 말했다.

"그건, 그러니까……, 이런 자리에서 나오기엔 도가 지나치게 심오한 말인 거 같네요."

정 리포터가 나를 향해 싱긋 웃으며 말했다.

"그건 개체의 개체적 추구가 아닐까요?"

"한술 더 뜨네."

차 아나운서조차 활짝 웃으며 손을 저었다.

저기 노루가 있었어요

누구나 자신을 다 알 수는 없는 일이다.
자신이란 모든 것을 잃은 뒤에야 알게 되는 것이다.

마을 끝에서부터 산으로 오르는 길 양편에 꽃을 활짝 피운 해묵은 벚나무들이 늘어서 있었다. 꽃그늘 속으로 들어가자 순식간에 꽃들이 생의 상념들을 흡수해 버리는 것 같았다.
 "생의 피로와 구차한 근심과 소요를 꽃들이 다 삼키는 게 아닐까. 꽃나무 아래서는 2센티미터쯤 발이 들리는 것 같아. 다른 경지에 발을 딛은 것처럼, 지독하게 고요해져. 정말 꽃들에겐 어떤 비밀이 있을 것만 같아."
 "꽃을 경험하는 건 명상을 경험하는 것과 같은 신비한 힘이 있어요. 그래서 사람들은 무의식적으로 꽃구경을 가는 거겠지요. 꽃의 힘으로 저절로 그렇게 되겠지만, 지금 이 순간부터 현실은 잊으세요."
 이진이 마치 자신이 그 많은 꽃을 피워놓기라도 한 듯 호기롭게 말했다.

"벚나무의 가지를 부러뜨려 봐도 그 속에는 벚꽃이 없다. 그러나 보라. 봄이 되면 얼마나 많은 벚꽃이 피는가."

"음, 감동적이야."

내가 감탄하자 유경은 손을 합장하며 말했다.

"15세기 일본 선승의 하이쿠야."

벚나무는 별장을 안내라도 하듯 대문으로 이어져 소용돌이치듯 집 앞의 연못을 빙 감싸고 돌았다. 평범한 단층 전원주택 같은 모양인 데 비해 넉넉하게 뺀 목재 덱이 별장다운 분위기를 살리고 있었다. 이진이 열쇠로 문을 열고 창문들을 열어 환기를 시키는 동안 유경과 나는 집 둘레를 구경했다. 집의 측면에는 마을까지 이어지는 계단식 밭이 펼쳐졌다. 밭에는 보리가 자라고 있어 4월인데도 초원처럼 푸르렀다. 뒤편엔 작은 수영장까지 있었고 곧바로 소나무 숲과 연결되었다. 지난해 여름에 묶었을 해먹이 그대로 나무 사이에 걸려 있었다.

유경이 내 어깨를 안고 입 맞추려 할 때 갑자기 창문이 확 열렸다. 이진이었다. 우리는 놀라 떨어졌다. 이진은 바깥 유리문도 천천히 열었다. 창문에서 노래기가 한 마리 나와 벽을 타고 기어갔다.

해가 질 동안 우리 셋은 덱에 앉아 맥주를 마셨다. 그 사이에 하늘이 파란색에서 노란색과 장미색으로 바뀌며 해가 졌다. 공기가 싸늘하게 바뀔 무렵 이진이 두르고 있던 긴 머플러를 풀어 내 목에 친친 감아주었다. 그것은 몹시 다정하고 어색한 행위였다. 유경은 무슨 말을 할 듯하다가 말고 물끄러미 보았다.

이진이 만들어준 샤부샤부를 먹고 밤낚시를 하러 나갔다. 추워서 불을 피워야 했는데, 잘 마른 나무가 없어 연기가 많이 났다. 날아가는 연기 사이로 새하얀 꽃잎들이 산산이 떨어져 연못 물을 덮었다. 세 사람의 머리와 얼굴과 어깨에도 꽃잎이 날려와 앉았다. 낚싯대를 펴는 동안 두 남자가 노래를 흥얼거렸다. 나도 그들을 따라 노래를 불렀다.

……난 유리로 만든 배를 타고 낯선 바다를 떠도네…… 새까만 동전 두 개만큼의 자유를 가지고 2분 30초 동안의 구원을 바라고 있네…… 난 유리로 만든 배를 탄 채 떠도네…… 벅찬 계획도 시련도 없이 살아온 나는 가끔 떠오르는 크고 작은 상념을 가지고 더러는 우울한 날에 너를 만나 술에 취해…… 난 유리로 만든 배를 타고 낯선 바다를 떠도네…….

처음에 유경이 비릿한 어린 붕어를 한 마리 낚은 뒤에는 전혀 소식이 없었다. 하지만 두 남자는 낚시 자체에는 관심도 없는 듯했다.

다음 날은 10시경에 일어나 산책을 나갔다. 나는 2시경에 잠을 잤지만 두 남자는 5시경에야 낚싯대를 거두었다고 했다. 유경은 억지로 깬 얼굴이었다. 감기 기운이 있다고 투덜댔다. 별장 위로는 가시 철망을 친 포도원이 이어졌다. 우리는 불과 2년 전까지는 노파들이 살았지만 지금은 빈집들뿐인 옛날 마을까지 올라갔다. 산에 기댄 마을이 대숲과 밤나무숲으로 둘러싸여 있었다. 팽팽하게 물이 올라 아프게 싹을 틔우기 시작한 활엽수들의 기운과 이슬에 젖은 풋풋한 풀들의 냄새가 숨이 막히도록 싱그러웠다. 숨을 몇 번 들이키자 이내 뱃속이 가득 차는 포만감이 솟았다. 방 두 칸과 장작을 때는 부엌과 장독과 담장, 감나무 한두 그루씩과 라일락······. 그리고 흔들리지 않는 고요한 공기. 사는 데 필요한 건 그게 다였다. 참 간결하고 만만한 삶이었다. 부엌 바닥에 냉이꽃이 가득 피어 있었다.

"언젠가 이런 집에서 오래 살았던 기분이야."

"나도 그 생각을 하고 있었어."

내 말에 유경이 대답했다. 이진은 앞장서서 걸어가고 있었다. 유경은 나에게 손을 내밀었다. 희고 가느다란 손이었다. 나는 그 손을 꼭 잡았다. 그리고 이진의 뒤를 살금살금 걸어갔다. 이진이 마지막 집에 이르러 뒤를 돌아볼 때까지…….

유경은 라면을 맵게 끓여 먹고 싶다고 했고, 다들 동조했다. 라면을 먹은 뒤 유경은 조금만 더 자겠다며 비몽사몽간인 얼굴로 방으로 들어가 쓰러져 누워버렸다. 이진과 나는 거실에 앉아 커피를 마시며 볼륨을 완전히 죽인 고요한 텔레비전에 시선을 주고 있었다. 텔레비전에는 신인 탤런트가 한껏 명랑한 얼굴로 여행안내를 하고 있었다. 강변의 시장 풍경이었다. 강을 따라 좁다란 가판대를 펼친 노점이 이어졌다. 예쁜 이국의 꽃들과 먹음직스럽고 다채로운 빵과 치즈와 소시지, 신선한 야채가 쌓인 판매대가 이어졌다. 카메라는 커다란 가지와 피망, 호박과 셀러리와 붉은 양배추와 버섯들을 천천히 비추었다. 그리고 강물 위의 백조를 비추고 지붕이 있는 긴 목조 다리를 비추었다.

"카펠 다리예요. 루체른이군요……. 유럽 최초의 목조 다리입니다. 가장 긴 다리이기도 하고. 그런데 1993년에 화재가 나 내가 갔을 땐, 새로 만든 튼튼한 다리였어요. 등반 열차를 타고 리기 산장에도 갔었는데, 한창 스키 시즌이더군요. 2월이었어요. 산 중턱까지는 따뜻해서 사람들이 눈 속에서 반팔 차림으로 스키를 타고 있었어요. 등반 열차는 꼭 놀이공원의 기차처럼 작고 예쁘고 허술하게 생겼어요. 너무 급경사라 지그재그로 산꼭대기까지 올라가는데, 그게 또

중간중간에 역이 있어서 철컥하고 서는 거예요. 다시 출발할 때마다 아래로 밀릴 것 같아 마음이 조마조마했습니다. 그 기차 안에서 스위스에서 산 지 30여 년이나 됐다는 우리나라 남자를 만났어요. 고향이 대구 근처의 시골이라고 했는데, 예순 살이 다 되어 보였어요. 선원이었는데, 스위스 여자와 결혼하고 루체른 근처의 시골 마을에 정착했는데, 4년 전에 상처를 하고 아들과 단둘이 산다고 하더군요. 검은 코트를 입고 있었는데 무척 창백하고 추위에 떠는 듯하고 고독해 보였습니다. 고독한 사람들은 어디에서나 곧바로 알아볼 수 있어요. 그들은 주변과 너무나 뚜렷한 경계를 갖고 있어서 알아보지 않을 수가 없어요. 말하자면 자신과 타인 사이의 침묵, 자신과 세계의 침묵의 경계. 그들은 절대로 뒤섞이거나 묻히지 않아요. 그 사람 말이 호수는 여자와 노인들에게 나쁘다고 하더군요. 겨울 호수를 지나오는 얼어붙은 바람이 여자들의 뼛속까지 병들게 한다고, 사랑하는 여자와 루체른에서 살지는 말라고……. 루체른은 호수의 도시지요."

그가 말을 멈추자 정적이 흘렀다. 텔레비전 화면에는 융프라우가 비쳤다.

"여행한 곳 중에서 가장 인상적인 나라는 어디였어요?"

나는 침묵에 불편을 느끼면서 그다지 의미 없는 질문을 했다.

"……노르웨이였어요. 그 나라의 자연은, 뭐랄까…… 에드바르 뭉크의 〈절규〉, 그런 거였어요. 그 그림을 생각해 봐요. 나에게 그런 발작할 것 같은 무엇이 왔어요. 충격이 지나가면 이게 아니다, 여태까진 다 틀렸다, 내가 졌다, 하는 승복의 심정이 엄습하면서 무릎을 꿇고 울고 싶어지고요. 그리고 일어설 때는 정말로 회복할 수 없는 절망에 빠집니다. 늘 잘못 살 수밖에 없다는 사실을 깨닫는 거예요. 그런 뒤에는 삶이 공허한 걸 알게 되지요."

나는 잠시 그를 쳐다보고 있었다.

"난해한 말이네요."

"노르웨이에 가보지 않은 스물다섯 살에겐 난해하겠지요. 간단히 말하면, 뭉크의 〈절규〉는 내겐 공허의 절규예요. 공허에 대한 불안, 공허에 대한 공포."

"노르웨이엔 혼자 갔나요? 아니면 유경과 함께?"

"아닙니다."

"……"

"여자와 함께 갔습니다."

"……"

"……난 여자에게 정말로 사랑받아 본 적이 없습니다. 그 여자는 내가 준 돈만큼 나를 사랑하는 척해준 여자예요. 그 여잔 나중에 밀라노의 패션 거리에서 소매치기를 당했어요.

이탈리아는 그런 나라지요. 일단 거리로 나가면 가방 안의 돈을 써버리기 전까지는 자기 돈이 아닙니다. 그 여자가 얼마나 낙심하던지, 돈을 얼마간 더 주었던 기억이 납니다."

"여자를 자주 사나요?"

"더러."

그는 부엌으로 가서 커피를 한 잔 더 부어왔다. 진하게 내린 커피였다. 그는 설탕을 두 스푼 넣었다. 나는 우두커니 화면에 비치는 열차 안의 풍경을 보고 있었다. 반소매 차림과 파카 차림, 털목도리를 두른 사람과 반바지 차림의 사람들이 혼재해 있었다.

"나와 함께 여행 가지 않겠어요?"

나는 영문을 모르겠다는 얼굴로 마주 보다가 좀 늦게 말뜻을 알아챘다.

"내 머리를 신뢰하지 않나봐요. 난 일을 꽤 잘 하는 편인데……."

거짓말을 하는 기분이었다. 프로그램을 함께하는 홍 아나운서와는 여전히 불편하고, 송은 자기 업무를 내게 시켰다. 나는 이곳에서 3년쯤 버티며 윤 작가처럼 경력을 쌓을 자신이 없었다.

"은령은 일을 잘할 수 있는 타입은 아니에요. 그런대로 인생에 성실하지만요."

이진은 담배를 물고 불을 붙였다. 그리고 연기를 천천히 내뱉었다.

"모르는 모양인데, 당신은 분명 그 단어와 관련이 있습니다. 퇴폐가 무슨 뜻이라고 생각해요?"

"……자포자기적으로 쾌락에 침윤하는 태도?"

나는 고개를 갸웃했다.

"퇴폐는 그 모든 것 이후입니다. 어떤 이유로든, 의지가 깨끗하게 사라진 경지지요. 의지가 없는 삶, 관능적이지 않습니까?"

그는 자신만만하게 말했다.

"이런 말을 해서 화났나요?"

"조금요."

"그냥 심술부리는 거라고 여기세요. 사실 모든 생은 가망 없지요. 누구나 몸을 팔다가 퇴폐적으로 죽어요. 다들 망해서 죽는 거예요."

나는 이진의 빈손을 바라보다가 갑자기 생각이 나 내가 잤던 방으로 가 백을 뒤졌다. 반지와 커프스. 이진은 내가 돌려준 반지와 커프스를 손바닥에 쥐고 쓸쓸하게 웃었다.

"그날 욕실에서 마르고 있는 당신 브래지어를 봤어요. 75 B컵 사이즈, 낡아버린 핑크색 레이스, 늘어지기 시작한 밴드……. 잊히지 않더군요."

나는 얼굴이 붉어졌다. 그는 망설이듯 손을 뻗어 손등으로 내 뺨을 만졌다. 내 감각은 그의 손을 알아보았다. 얼굴 없는 육체의 그 야릇한 정다움……. 내가 얼굴을 돌리려 하자 그의 손이 내 턱을 힘껏 쥐었다. 반지와 커프스가 바닥으로 떨어졌다. 그리고 와락 달려들어 입을 맞추었다. 턱이 잡혀 쉽게 열려진 입안으로 혀가 밀려들어 오고 그의 한 손이 목을 만지며 가슴 안으로 들어왔다. 나는 그의 대담성에 놀라 어쩔 줄을 모르다가 소파에 앉은 채 몸을 돌려 벽 쪽으로 넘어졌다. 방문 바로 앞에서 소요가 일어났는데도 유경은 깊은잠에 빠졌는지 기척이 없었다.

그는 몸을 떼낸 뒤 얼굴도 들지 않은 채 밖으로 나갔다. 문밖으로 나간 그는 덱에 서서 연못을 내려다보고 우두커니 있었다. 바람이 불어서 벚꽃이 아깝게도 허공에 마구 날렸다. 그의 뒷모습은 커다랗고 펑퍼짐했다. 그는 왜 나를 원하게 되었을까……. 하필 유경과 가까워진 나를……. 유경이 지켜보고 있는 가운데 아주 느리게 내 목에 머플러를 감아주던 순간이 떠올랐다. 그의 셔츠에 밴 체취와 내 코에 닿았던 그의 손 냄새도. 욕망에도 진실이 있다면 그건 어떤 의미의 진실일까……. 그런 것은 정말 영원히 알 수 없을 것 같았다. 입안과 입술과 얼굴에서 이진의 타액 냄새가 났다. 손가락 끝에서 그 특유의 가죽 냄새가 났다.

나는 흥분이 가라앉을 동안 소파에 누워 있었다. 가벼운 피로와 교전이 끝난 뒤의 만족감이 밀려왔다. 누구나 자신을 다 알 수는 없는 일이다. 자신이란 모든 것을 잃은 뒤에야 알게 되는 것이다. 그의 반지와 커프스는 거실 바닥에 흩어져 빛나고 있었다.

⋮

나는 양치질을 하고 얼굴과 손을 씻은 뒤 유경의 방으로 갔다. 유경은 정말 깊이 잠든 것 같았다. 벽면을 반가량이나 차지한 커다란 서향 창 너머로 계단식 보리밭이 펼쳐져 있었다. 상냥한 고양이의 잔털처럼 부드러운 보리가 바람에 일제히 한쪽으로 드러누웠다. 마치 녹색 물결이 아래로 아래로 넘쳐 흘러가는 듯했다. 보리밭을 망연히 보고 있던 나는 갑자기 두 개의 검은 눈동자와 마주쳤다. 잠시 아무 생각도 할 수 없었다. 야생 노루였다. 누구의 손길에도 닿은 적 없는 담황색 털이 보리밭 사이로 보였다. 나와 눈이 마주친 노루는 유리창 안의 내 존재도 모르는지 답삭답삭 어린 보리를 먹고 있었다. 마치 늘 어긋나기만 하던 생과 정면으로 마주친 느낌. 나는 손을 더듬어 유경의 손 위에 얹었다. 유경은 반쯤 주먹을 쥐고 있었다. 나는 그의 손가락을 하나하나

폈다. 어쩐지 아직 식지 않은 죽은 짐승의 손처럼 느껴졌다.

유경의 손바닥에 내 손을 겹쳤다. 나는 유경과 함께 있었다. 그런 일은 평생 잊을 수 없을 것만 같았다. 야생 노루와 눈이 마주친 순간과 그 순간에 함께 있었던 사람 같은 것은……. 아주 추상적이지만 그 기분은 사실이었다. 노루는 무언가 걱정이 되는지 나에게 시선을 준 채 천천히 일어서서 몸을 돌리고 집 뒤편으로 천천히 사라졌다. 나는 멍하게 빈자리를 보고 있다가 유경의 옆구리에 얼굴을 묻고 몸을 오그려 누웠다. 아주 오래된 슬픔이 몰려왔다. 젊은 엄마와 양부의 웃음소리를 들으며 2층 방에 파묻혀 있었던 어린 소녀의 슬픔 같은.

깊고 고른 숨을 쉬던 유경은 천천히 몸을 돌렸다. 그리고 팔을 올리더니 마치 쓰다듬으려는 듯 사뿐히 내 얼굴에 놓았다. 얼굴에 놓인 손이 무겁게 느껴질 무렵 유경은 거짓말처럼 눈을 떴다. 그는 잠이 덜 깬 얼굴로 내 눈을 가만히 보고 있었다. 그의 눈을 그렇게도 가까이서 정면으로 마주 보니 심장이 조여드는 듯했다.

"아……, 꿈을 꾸었어. 꿈에서 너를 보고 있었거든. 아직 너와 알기 전이었어. 아직 모르는 여자인 너를 멀리서 안타깝게 보고 있었어. 이목구비도 희미한데, 일거수일투족을 노려보느라 눈이 아플 지경이었어. 그런데 깨어보니, 이렇게 가까이 네가 있는 거야. 정말 다행이다. 네가 내 곁에 누워 있다니……."

유경은 덮고 있던 담요를 내 몸에 둘러주었다. 나는 검지 손가락으로 그의 눈썹을 따라 선을 그렸다.

"지금 막 노루를 봤어."

나는 아직도 노루가 그곳에 있는 것처럼 속삭였다.

"뭐?"

"노루를 봤다고."

나는 그의 귀밑을 쓰다듬었다.

"어디서?"

"이 방에서."

"……노루가 방에 왔다고?"

그는 자신이 잠이 덜 깨어 헛소리를 듣는가, 하는 의아한 얼굴로 물었다.

"창밖 보리밭에 노루가 왔었어."

"그랬구나."

"노루를 보았을 때 어떤 생각이 들었는지 알아?"

"모르지."

"너를 못 잊겠구나, 하는 생각."

"왜?"

"야생 노루의 눈과 마주쳤기 때문일 거야. 그래서 문득 내 마음의 깊은 바닥을 알게 되는 거야."

"……은령, 그날 왜 내가 안 했는지 알아?"

"왜?"

"자신이 없었어, 네가 나를 사랑하는지. 그리고 또 내가 너를 정말 사랑하는지."

"언젠가 우리가 알 수 있게 될까? 서로를 사랑하는지 아닌지?"

유경은 대답하지 않았다. 나는 그의 허리를 끌어안고 눈을 감았다. 사랑하는지 아닌지도 모르는 우리는 근친상간을 두려워하는 남매 같았다. 눈을 꼭 감고 누워 있으니 우리의 머리와 얼굴 위에 떨어진 꽃잎들이 어둠 속에서 흩날렸다. 나는 이곳에 온 것을 잊지 못하리라는 것을 알고 있었다. 이젠 그런 것을 느낄 수 있었다. 스물다섯 살에는 생이 변하는 순간과 떠나가는 순간, 그리고 영원히 머무르는 순간을 알 수 있다.

나는 뒤집힌 연못처럼

빌어먹을…… 이게 다라니, 이게 전부라니.
사랑이 하수구에 떠도는 거품처럼 더럽고 가볍구나.

별장에서 돌아온 시간은 오후 4시였다. 우리는 얼큰한 국물로 몸을 풀고 싶어 해서 선창 근처의 유명한 생선국 식당에서 생선국을 먹었다. 유경은 잔뜩 지친 표정으로 일을 해야 한다면서 조금 서둘렀다. 신작 시 세 편을 마무리해 다음 날까지 문예지에 보내야 했다. 이진도 저녁에 친구들과 모임 약속이 있다고 했다. 나는 사우나에 가겠다고 혼잣말을 했다. 정말 뜨거운 물이 그리웠다. 이진은 유경을 아파트에 먼저 내려주었다. 유경은 두 팔을 휘청휘청 흔들고 들어갔다.

이진은 아파트 근처 편의점 앞에서 차를 세우더니 물었다.
"아이스크림 사 줄까요?"

나는 그 초콜릿 아이스크림바를 기억해 냈다. 여행에서 돌아와 다시 권태가 시작되려 할 때, 거절하기란 쉬운 일이 아니었다. 얼마 후에 이진은 그게 없다며 스위스산 아이스크림바와 벨기에산 초콜릿과 버지니아 슈퍼 슬림이 담긴 비닐봉지를 건넸다. 그와 나는 초콜릿 아이스크림바를 하나씩 물었다.

"어디 가세요?"

차는 내 3층 방을 지나가고 있었다. 피로가 몰려왔다. 그는 대답하지 않았고 나는 다 먹은 아이스크림바의 스틱을 입에 물고 눈을 감았다. 걱정이 되지는 않았다.

"……생각보다 일찍 도착했으니까, 내가 사는 집 구경시켜 주고 싶어서요."

그는 그의 빌라 근처에 와서야 말했다. 제멋대로였다.

"나에게 묻지도 않고 마음대로 하시네요. 오늘은 피곤해요. 그리고 약속도 있다고 하지 않았나요?"

나는 스틱을 똑 분질렀다.

"거짓말이에요."

"왜 그런 거짓말을?"

그는 대답하지 않았다.

"내 빌라에서도 샤워를 하고 편히 쉴 수 있을 겁니다."

이진은 그 말과 함께 늘 그래왔던 사이인 것처럼 자연스럽게 내 손을 쥐고 갔다. 그리고 긴 손톱 아래 피부와 손톱을 머뭇머뭇 핥기 시작했다. 내가 손을 빼내려 하자 그는 손목이 끊어질 지경으로 꽉 쥐었다. 차가 차선을 넘어서며 비틀거렸다. 뒤에서 오던 차가 클랙슨을 눌렀다. 그는 함부로 반대 차선으로 들어갔고, 달려오던 관광버스와 충돌할 뻔했다. 관광버스는 옆으로 휘어지며 비켜 갔다. 버스 안엔 통로에 선 여자들이 건전지를 넣은 조형물들처럼 그 와중에도 팔과 몸을 흔들며 춤을 추고 있었다.

그도 여전히 내 손목을 쥐고 있었다. 내가 저항할 때마다 차는 몇 번이나 차선의 경계를 넘나들었다. 내가 포기하고 힘을 놓아버린 뒤에야 그도 손목을 풀었다. 그리고 이번에는 내 머리와 뒷목을 쓰다듬었다. 나는 저항하지 않았다. 내 목이 그의 어깨로 당겨졌다. 나는 그가 하는 대로 그의 어깨에 머리를 놓았다. 예상외로 편안했다. 마비감 같은 졸음이 몰려왔다.

"나를 허락할 수 있을까?"

그의 목소리는 긴 비단을 끌며 지하의 계단을 밟고 내려가는 듯했다.

"……다치게는 하지 말아요."

"좋아, 아주 간결하네."

그가 고개를 돌려 입을 맞추었다. 그의 손가락과 입술과 혀가 닿을 때마다 내 몸속엔 벌들이 날아다니는 것처럼 윙윙거렸다.

빌라에 도착했을 때, 그는 내가 얼마나 아름다운가를 설명했다. 말로서가 아니라 호흡과 입술과 혀와 손가락과 살찐 비둘기처럼 커다랗게 부풀어 오른 성기로. 리본처럼 풀리는 내 얼굴……. 내가 모를, 바닥까지 열려버리는 얼굴을 이진은 뚫어지게 바라보았다. 그것은 무언가를 요구하는 얼굴이었을 것이다. 바로 그를, 그가 가진 욕망을 요구하는 얼굴. 그렇게도 마음에 들지 않는 외모를 가진 남자가 아직 나 자신조차 그 정체를 본 적이 없는 순수한 욕망을 불러일으킬 수 있는 것이다.

나는 존재의 밑바닥까지 출렁이면서, 뒤집히면서, 마구 넘치면서, 어디로도 갈 수 없는 연못처럼 누워 있었다. 그러나 그럼에도 불구하고, 이진은 마지막 순간에 나를 충족시켜 주지 못했다. 그는 나에게 끝까지 닿지 않았고 마지막까지 함께하지 않았다. 그는 나를 언제까지나 결핍되게 할 남자였다. 그를 생각하면 내 몸은 해소할 수 없는 뜨거운 열로 가득 차고 뒤집힌 채 가라앉을 수 없는 연못처럼 혼탁할 것이었다. 언제까지나 마지막 그 순간에서 멈추어 있어서 도달할 수 없는 갈망 때문에 초조할 것이었다. 그러므로 나는 그에게 사로잡히게 될 것이었다.

놀랍게도 그는 실제로 나에게 돈을 주었다.

"남편이 아내에게 주는 생활비라고 생각해."

나는 거절하지 않았다. 내가 돈을 받지 않았다면 우리의 관계는 그것으로 끝났을 것이다. 우리 사이에 명분이 없으니까. 그러나 나는 돈을 받았다. 빈둥거리면서도 5개월은 생활할 수 있는 액수였다. 어쩌면 나는 좀 색다르게 무방비한 여자일지도 모르고 도가 지나치도록 경박한 여자인지도 모른다. 또 어쩌면 극도로 평범한 여자의 표본과도 같은 스물다섯 살의 여자였는지도 모른다.

집에 왔을 때, 곧바로 전화벨이 울렸다. 선모였다. 견디기 어려운 피로가 몰려왔다.

"일요일인데, 너는 하루 종일 집을 비우네. 그렇게도 재미있어?"

"……"

"나 결혼할 거 같다."

선모는 술에 취해 있었다.

"선을 봤어. 중학교 교사인데, 엄마가 좋아하셔."

"……잘됐네."

나는 수화기를 든 채 물끄러미 집 안을 둘러보았다. 히아신스가 완전히 자라 꽃이 탑처럼 쌓아 올려져 있었다. 꽃이 무거워 줄기가 약간 휘어졌다. 숨을 쉴 때마다 히아신스 향을 마셔 배가 부풀어 오르는 듯했다.

"너 정말 그러고 있을 거야? 안 올라올 거야?"

"네가 결혼해서 행복하기를 바라."

나는 아득한 강 저편에서 불빛 몇 점을 향해 막연히 말하고 있는 기분이었다. 선모로부터 나는 멀리멀리 흘러가 버렸다.

"마지막 기회를 줄게. 올라와."

"내 인생은 이미 달라졌어. 너도, 이제 다시는 전화하지 마. 또 전화하면 너를 완전히 무시할 거야. 나를 귀찮게 하지 마."

나는 약이 올라 발끈했다.

"빌어먹을…… 이게 다라니, 이게 전부라니. 사랑이 하수구에 떠도는 거품처럼 더럽고 가볍구나."

선모는 전화를 끊었다. 나는 이제 정말로 돌아가 기댈 곳이 없었다. 세수를 하기 위해 거울을 보니 두 뺨과 입술이 타오르는 듯 붉었다. 옷을 벗어보니 가슴 사이와 목에도 자주색으로 변한 입술 자국이 선명했다. 나는 벌거벗은 채 담배를 피웠다. 처음은 아니었다. 열아홉 살의 한때에 나는 맹렬한 흡연자였다. 세 개비를 연이어 피웠다. 방 안을 메우는 연기는 나를 위로하는 바가 있었다.

⋮

  스포츠 중계 방송이 편성되어 한 주 내내 일이 없었다. 나는 가만히 누워 시간이 지나가는 것을 등뼈로 느꼈다. 세상으로부터 멀리 유리되어 가는 기분…… 위태롭게 흔들리던 직립의 불꽃이 납작하게 드러눕는 듯 평화로운 기분…….

  유리창으로 비쳐 드는 한낮의 햇살에 먼지 입자들이 아른아른 떠올라 창 바깥으로 날아가는 것을 바라보다가 담배를 피웠다. 담배 연기는 먼지 입자를 싣고 방 안을 빙 돌다가 창 쪽으로 방향을 잡더니 빠르게 바깥으로 빠져나갔다. 나른한 만족감 사이로 불안과 자책감이 함께 스쳐 갔다.

  정오에 일어나 청소를 했다. 방바닥과 화장품들과 전화기와 방문 손잡이와 거실과 부엌 싱크대와 현관 타일과 유리창들, 모든 것이 반짝반짝 빛날 때까지 닦았다. 그리고 또 오랫동안 한자리에 앉아 담배를 잇달아 피웠다. 한낮의 햇살, 먼지 입자 몇 점, 담배 연기, 무료한 나, 너무나 고요한 공기, 취하게 만드는 봄꽃 향기……. 오랜만에 순수한 생이 돌아온 것 같았다.

  샤워를 하기 위해 옷을 다 벗은 뒤에 거울을 들여다보았다. 쇄골이 움푹 파인, 깜짝 놀랄 정도로 우울해 보이는 여자가 거울 속에 비쳤다. 밤과 낮 사이에 늘 울었을 것 같은, 어딘가 눈물의 얼룩 자국이 남아 있는 것 같은 얼굴, 어디에 두어도 알아볼 수 있는 마음이 가난한 사람의 모습.

자아와 타인 사이, 자아와 세계 사이의 침묵의 경계가 너무나 뚜렷해서 절대로 섞이지 않는 외로운 사람의 모습이었다. 그래서일 것이다. 남자들이 그래서 나를 알아본 것이었다. 그래서 나를 뒤따른 것이었다. 왜 그렇게 굳어 있지? 허튼사람처럼 이유도 없이 그냥 웃어봐……. 나는 거울 속의 나를 향해 웃어보았다. 그러나 웃음의 뒤끝이 참혹하게 구겨졌다. 넌 다시 가망 없는 실업자야. 오갈 데 없는 양부의 딸인 주제에. 대책 없는 게으름뱅이. 나는 어깨를 으쓱했다. 될 대로 되라지……. 어쨌든 웃어봐, 제대로 웃어보라구. 나는 혀를 내밀고 돌아섰다.

샤워를 한 후 시간이 너무 많이 남아 유경을 위해 저녁 준비를 하기로 했다. 먼저 서점에 가서 요리책을 사고 전자제품 가게에 들러 소형 냉장고와 가스레인지를 주문했다. 요리는 가지와 햄구이로 정해 근처의 백화점으로 가서 질 좋은 버터와 프라이팬과 가지와 피망과 고급 햄과 밑반찬을 샀다. 그리고 포도주를 샀고 식탁과 침대를 골랐으며 접시들을 샀고 타오르듯 붉은 원피스를 충동적으로 샀고 가방과 구두를 샀으며 유경의 속옷과 셔츠를 샀다. 나는 마치 돈에 원한이라도 맺힌 사람처럼 쓰려고 들었다.

⋮

유경은 내가 펼쳐 보인 셔츠에서 눈길을 떼어 냉장고와 가스레인지와 식탁과 식탁 위의 음식과 거실에 가득한 쇼핑백들을 둘러보며 냉소적으로 말했다.
"너도 사들이기 시작하는구나."
"적금을 탔어."
나는 농담을 했다.
"그랬겠지. 여자들은 어느 날 느닷없이 적금을 타서는 펑펑 쓰지."

유경은 내 얼굴을 가만히 보았다. 왠지 유경의 눈이 슬프고 싸늘했다. 죄책감이 스쳐 갔다. 그러나 유경 앞에서 웅크리면 끝이라는 생각이 들었다. 나는 즐거운 척했다.
"봐, 히아신스가 피었어. 저 흙 속에 히아신스가 있다는 것을 믿기는 어려웠지만 잘 보살핀 결과야."
"……"

그는 별로 관심 없는 것 같았다. 히아신스는 이제 급속히 시들고 있었다.
"식사하자."

그는 성난 얼굴로 식탁에 앉았다. 우리는 말없이 가지와 햄 볶음을 천천히 먹었다. 버터와 피망의 향과 가지의 질감과 신선한 햄이 좋은 조화를 이루었다. 유경은 나와 말을 할 의사가 전혀 없다는 태도로 묵묵히 식사를 했다. 나는 포도주를 좀 많이 마셨다.

"너 나를 사랑하니?"

나는 마지막 포도주를 마시고 포크를 소리 나게 탁 놓으며 유경에게 공격적으로 물었다.

유경은 고개를 돌렸다. 그리고 내 말에 대답하지 않고 마치 취조하듯 물었다.

"……말해봐. 돈이 어디서 생겼어?"

"나를 사랑하느냐고 물었어."

"아마도."

"무슨 대답이 그래?"

"정직한 거야. 그리고 사랑에 대해 약속할 수는 없다는 뜻이기도 하고."

나는 약간 토라진 채 고개를 끄덕였다.

"너에겐 내가 부족하다는 거야?"

그는 고개를 저었다.

"전혀, 그런 말이 아니야. 내 상태에 관한 말이야."

"넌 이기주의자야."

"그런 말은 전체주의자나 하는 말이야. 네 입장에서 나를 규정짓지 마."

유경도 화를 냈다.

"뭐가 그렇게 겁이 나니? 사랑하는 게 뭐가 그렇게 무섭냐고! 네가 그런 태도로 나오는 이상 난 네게 성실할 수가 없어져. 넌 내가 성실하기를 원하지 않는 거야?"

나는 극도로 평범한 결혼 적령기의 여자처럼 굴고 있었다. 그가 나를 붙잡아 주기를. 더 이상 방황할 필요는 없다고 말해주기를 바라고 있었을까……. 하지만 유경은 냉담하게 말했다.

"그건 네 마음대로 하는 거야. 나에게 따지지 마, 아무것도. 내가 마음에 안 든다면 어쩔 수 없어."

"……"

누군가가 그렇게 말하면 아무 할 말도 없어진다.

"화내서 미안해. 너와 싸우고 싶지 않아."

얼마 후 유경이 내 등을 토닥이며 달랬다. 나는 그의 어깨에 얼굴을 댔다. 나 역시 그를 잃고 싶지 않았다. 우리는 한동안 끌어안고 있었다. 서글픈 혼란과 달콤한 아픔이 몰려왔다. 유경은 다시 물었다.

"대답해 봐. 새 속옷과 향수와 이렇게도 많은 물건을 한꺼번에 사들일 돈이 어디서 생기는지." 유경은 의외로 집요했다. "우리가 서로 사랑하려 한다면, 네 마음이 지금보다 가난해져야 해. 여자들이 물건을 사들이기 시작하면 난 불안해."

"엄마가 보냈어. 집이 팔려서 이사를 했대. 내 몫이 있었나 봐. 조금 보냈어."

나는 온 힘을 다해 거짓말을 하고 태연하게 그를 마주 보았다. 그의 눈은 전혀 누그러지지 않았다.

"고아나 마찬가진 줄 알았는데, 부자 엄마가 보살펴 주고 있었구나."

"그냥, 결혼 비용 같은 것일 뿐이야."

내친김에 나는 더 실감 나게 거짓말을 했다.

"결혼 날짜라도 잡아놓은 것처럼 말하네. 난 결혼 같은 거 하지 않을 거야. 난 삶에 대해 애착이 없이 타고났어. 돈도 거의 벌지 못하지만, 소비도 거의 하지 않아. 나에게 결혼이란 단지 엥겔지수를 높이는 행위지."

유경이 결혼하지 않을 거라는 말을 했을 때, 마음이 공허해졌다. 정말로 사랑하면서 자포자기적일 수 있을까.

"하지만 안심이 될 거야, 결혼을 하면. 어딘가로 떠나려고도 하지 않을 거고 자신이 무엇인지 묻지도 않게 될 거야."

"바보구나. 그건 결혼의 이상일 뿐이야. 넌 네가 이상적인 삶을 살 수 있다고 생각해? 그건 양부의 집에서 나오지 않는 모범생들이나 가능한 거야."

"넌 똑똑해서 꾐에 빠지지 않겠지. 난 어쩐지 인생에 속을 것만 같아. 아무리 눈을 부릅떠도 소용 없이. 나에겐 무언가 부족한 데가 있는 거 같아."

"아주 간단하게 말하자면, 산다는 건 자기 만족이야. 자기를 만족시킬 만큼의 합리성과 노하우만 가지면 돼. 누구나 그 정도 능력은 생기는 법이고."

희미한 어둠 속에서 유경이 옷을 벗었다. 한밤에도 허공을 떠도는 도시의 빛이 새하얀 벨벳 피부에 섬세한 명암을 드리웠다. 깊게 파인 두 눈이 반짝이고 꼭 다문 입술의 선은 소녀처럼 단정했다. 가늘고 단단한 목과 어깨, 길고 곧은 팔과 다리, 납작하고 허약한 가슴…….

유경에게 가슴이 없는 것은 당연한 일이었다. 그런데도 나는 여전히 희미한 상실감을 느꼈다. 나는 혼란스러웠고 근본적인 결핍감에 빠졌다. 이렇게 아름다운데 가슴이 없다니……. 나도 옷을 하나씩 벗었다. 내 가슴이 드러나고 팬티와 양말만 남았을 때 유경이 나를 안았다.

유경의 입술이 내 눈썹과 콧등을 따라 내려와 인중과 입술에 닿았다. 그의 코가 내 코와 닿자 뭉클한 친밀감이 온몸으로 번져나갔다. 우리는 입술이 닿은 채 조금 웃었다. 열려진 이빨이 서로에게 부딪치는 기분이 상쾌했다. 그건 뼈까지 마주치는 어떤 의식처럼 느껴졌다.

⋮

사랑이 끝난 후 따뜻한 물로 적신 타월로 그의 몸을 닦아 주었다. 그리고 그의 가슴에 얼굴을 바짝 붙인 채 누워 유경의 담배를 나누어 피웠다. 테이프에서는 〈Stairway to Heaven〉이 피아노 연주로 흘러나왔다. 마지막 곡조가 눈 내린 겨울의 맑은 유리창처럼 너무나 투명하고 아슬아슬하고 슬펐다.

"미화는 어떤 여자였어? 어떻게 섹스했어?"

내 목소리는 잠에서 깬 것처럼 나른했다. 그가 담배를 비벼 껐다.

"그건 왜 물어?"

"질투하는 건 아니야. 그냥 너에 대해 알고 싶어."

"무례한 호기심이야."

"그래서 말 안 할 거야?"

"그런 건 말로 옮길 수 없는 거야."

그는 나무라듯 엄하게 말했다. 나는 그의 겨드랑이에 얼굴을 묻으며 그를 간지럽혔다. 그가 몸을 뒤틀었다.

"그 여자 손은 컸어?"

"응."

"얼마나?"

"네 손보다 35퍼센트는 더 컸어."

"발도 컸어?"

"응."

"얼마나?"

나는 내 발을 그의 눈앞까지 들어 올렸다.

"네 발보다 45퍼센트는 컸어. 마치 인디언 여자 같은 야생적인 발이었어."

"가슴도 컸어?"

"응."

"얼마나?"

나는 팔을 짚고 한 손으로 얼굴을 감싼 채 귀를 기울였다.

"……네 가슴보다, 100퍼센트는 더 컸어."

"오……."

나는 짚고 있던 팔을 푹 쓰러뜨리고 침대 바깥으로 굴러떨어졌다. 그는 웃었다.

"좌절하지 마. 거짓말이야, 전부 거짓말이라구……."

"아니, 가슴은 아프지만 진짜였으면 좋겠어. 난 언제나 가슴과 손과 발이 큰 여자가 좋았거든. 만약 내가 여자와 자게 된다면 그런 여자랑 자고 싶어."

"여자랑 자고 싶어?"

"언젠가는."

"왜?"

"가슴이 있잖아."

"하긴, 내가 여자와 자는 이유와 같네……. 뭐, 괜찮지."

우리는 둘 다 누군가가 곁에 있으면 잠들지 못하는 외로운 습관을 갖고 있었다. 어둠이 보랏빛으로 변할 무렵 유경은 돌아갔다.

유경이 가버린 뒤에 방 안의 공기는 점점 파랗게 변해갔다. 마치 물속에 가라앉은 것 같은 느낌이었다. 깜박 잠이 들었다가 벼랑에서 떨어지는 꿈을 꾸고 일어나 냉장고에서 초콜릿 상자를 꺼냈다. 그리고 냉장고에 등을 기대고 앉은 채 한 상자를 전부 먹어버렸다. 1만 896칼로리를. 그리고 줄기가 더 많이 휘어지고 거뭇하게 변색되어 가는 히아신스 화분에 물을 흠뻑 주고 침대 곁 테이블에 놓고 쓰러져 내처 잠이 들었다.

지혈 작용

사랑이란 오히려 육체를 포장하는
하나의 의상일지도 모른다.

전화를 받고 이진의 빌라에 갔다. 택시 기사는 창을 열어 두었다. 처음으로 가슴골에 땀이 배는 초여름 날씨였다. 새하얀 반소매 원피스의 겨드랑이도 살짝 젖었다. 이진의 빌라는 에어컨을 작동시켜 서늘했다. 내가 들어섰을 때, 이제 막 이진은 욕실에서 샤워를 하고 나왔다. 젖은 머리카락과 더 창백하게 보이는 축축한 피부, 그가 다가오자 스킨 냄새가 났다.

이진은 나에게 얼음을 넣은 붉은 체리주스를 마시게 했다. 그리고 서재에 가서 책상의 서랍을 열어보라고 했다. 서랍 속에는 포장된 작은 상자가 들어 있었다. 나는 그의 앞으로 돌아가 상자를 열었다. 빗금무늬가 들어간 짧은 은 체인에 붉은 보석 메달이 장식되어 있었다.

"몹시, 정말 몹시 붉네요."

"비둘기 피만큼 붉은 보석이지. 미얀마산 스타루비야."

"스타루비……, 난 보석을 몰라요."

"어떤 식으로든 남자가 있는 여자는 몸이 이렇게 허전해서는 안 돼."

이진은 나를 안고 목뒤로 팔을 돌려 목걸이를 끼워주었다. 그리고 몇 걸음 물러서서 흡족하게 바라보았다.

"거울을 봐."

나는 거울 앞에 섰다. 새하얀 원피스에 피처럼 붉은 보석이 잘 어울렸다. 내 두 눈 속에도 붉은빛이 어렸다. 드디어 여름이 시작된 것 같았다.

"루비는 주인이 상처를 입지 않도록 보호해 주는 보석이지. 실제로 상처를 입고 피를 흘리면 지혈 작용을 하는 보석으로 알려져 있어. 마음에 들어?"

나는 고개를 끄덕였다. 하지만 나는 아직 보석에는 관심이 없었다.

"내겐 너무 사치스러워요. 왜 이런 선물을 하죠?"

"뒤늦은 거지. 앞으론 이 정도 선물조차 하지 않는 자와는 자지 마. 어떤 관계든 말이야."

그는 무어든 가르치려고 했다. 나는 조금 어리둥절한 표정을 짓고 있었다.

"그건 왜죠?"

"……이다음에, 못 보게 되어도 덜 아플 거야. 자, 이제 옷을 벗어봐. 내가 준 선물만 남기고 다 벗어."

나는 이마를 찌푸렸다. 누구의 마음이 덜 아프다는 것일까. 이다음……. 이진이 지나가 버린 다음의 시간들……. 아프리카 초원이 떠올랐다. 맹수가 사냥을 끝내고 지나간 자리. 옆구리가 베어 먹힌 사슴의 눈, 심장에서 새어 나오는 피가 마른 풀뿌리를 적시고, 냄새를 맡고 달려드는 작은 짐승들, 짐승들이 지나간 뒤에 날아들어 사슴의 눈을 파먹는 육식성 새 떼들, 비어버리는 사슴의 눈, 여전히 아름다운 사슴의 뿔, 풀뿌리 위에 천천히 엉기는 검붉은 피……. 그러나 그런 영상은 나를 회의하게 하지 못하고 순식간에 지나갔다. 그 아픔과 처참과 파멸의 암시를 좀 더 신중하게 받아들였다면 나는 그날 중단했을까. 중단했다면 유경을 그런 식으로 잃지 않았을까……. 역시 자신할 수 없다. 셋은 이미 맞물려 있었으니까. 유경은 그 모든 것을 몰고 내 앞에 나타났으니까.

"진정해."

이진은 내가 그의 목을 끌어안고 품 안으로 파고들면 커다란 팔로 밀어냈다.

"은령, 인생의 정결함을 망치는 게 뭔지 알아?"

"……."

"성급함이야. 인생에서 서둘러서 좋을 건 한 가지도 없어. 난 흐트러지는 게 싫어. 잘못하면 다치잖아. 자, 돌아앉아……."

 육체가 이성화되어 있는 사람도 있을까……, 있을 것이다. 그 사람은 이렇게 묻겠지. 육체가 이성화되어 있지 않은 사람도 있을까. 순수하게 정말로 통제할 수 없는 야성적인 육체라는 것이 존재할까. 그렇게 완전하게, 자의식 없이 욕망으로만 가득한 몸이…….

 하지만 순수한 육체의 조건은 의외로 간단하다. 사랑도 없고 두려움도 없고 기억도 없으면 욕망만이 남게 되는 것이다. 사랑이란 오히려 육체를 포장하는 하나의 의상일지도 모른다. 사랑하는 육체는 아름답지만 진실하지도 생생하지도 않다. 사실적이지 않다. 사랑하는 사람들은 단지 스타일리스트일지도 모른다. 진정한 욕망은 장식이 없는 것이다.

 이진의 몸. 무어라고 묘사하기 어려운 흐릿한 얼굴과 내성적인 눈. 커다랗고 살찐 팔과 다리와 허리와 성기……. 두려운 일이다. 외계의 섹스처럼 그렇게도 멀게, 낯설게, 그렇게도 비정상적으로 느껴지는 격정과 환멸이 낙차를 거듭하며 밤새도록 반복되다니…….

 내가 사랑하지 않는 몸이 나를 만질 때, 온갖 불행한 일들이 떠올랐다. 나는 마음 깊이 내 인생에서 너무 일찍 사라진 아버지를 원망하고, 감상적이고 허약한 엄마를 경멸하고 양부를 불결하게 생각하고 양부의 아들들을 질투하고 저주했으며, 평범하고 착한 아들인 선모를 경멸했는지도 모른다. 불행한 생각들이 오히려 내 몸을 타오르게 했다. 그 무렵 나와 내 몸 사이에 어떤 해리 현상이 있었는지 모른다. 아니면 그렇게도 급작스럽게 탐닉에 빠져들었을까.

 하룻밤이 지나가고, 다시 아침부터 낮 내내 저녁에도 집으로 돌아가지 못하고 그의 사치스러운 빌라의 욕조에 몸을 담그고 있거나 거대한 소파들만이 놓여 있는 거실과 오래된 책들이 꽂혀 있는 서재의 책장과 대형화면의 비디오 데크 앞에서 서성댔고 밤이 아주 깊도록 한 번 더 그가 나를 원하기를 구름 속 같은 침대 위에서 뒹굴며 기다렸다. 마침내 그가 약간 지겨운 얼굴이 되어 집으로 데려다줄 때까지…….

 이유를 알 수 없는 격정이 잠시 소강상태로 접어들고 그에게서 돈을 받을 때면 왜 내가 그토록 채워지지 않는지 어렴풋이 알 수 있었다. 그즈음 나는 비참하고 늘 뜨거웠다. 뒤집힌 연못처럼…….

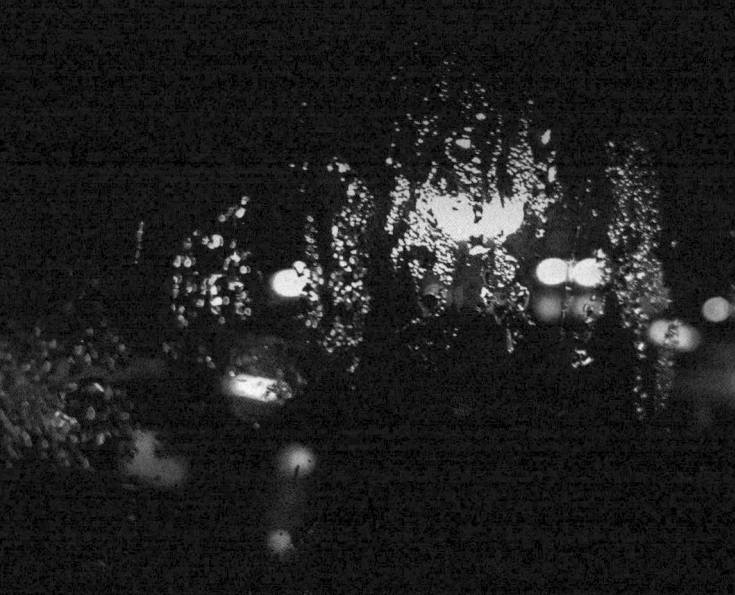

조심하세요

우리가 오래 마주 볼 때면 길을 잃은 기분이 들었다.
우리는 아직 인생에 초대받지 않은 손님 같았다.

6월의 마지막 주 금요일 밤이었다. 그즈음엔 늘 비가 내렸고 나무마다 잎사귀가 탐욕스럽도록 무성하게 자랐다. 그날 우리는 술을 많이 마셨다. 술자리엔 유경과 나, 이진과 이진의 친구라는 사람, 그리고 시인인 여자가 한 사람 있었다. 아름다웠지만 균형을 상실한 우울하고 히스테릭한 미인이었다. 그녀는 베이지색 여름 투피스를 입었고 특별히 이진과 친한 것 같았다. 이상한 것은 이진에게 자신의 실패한 연애담을 줄줄 늘어놓는 것이었다. 가장 최근에는 장교와 연애를 한 모양이었다. 장교와 모텔의 동그랗게 생긴 침대에서 잔 일과 장교의 집에 따라가 무서운 부모를 만났던 일, 그리고 최근에 헤어진 일……. 이진은 듣고만 있는 쪽이었다. 유경은 카운터에서 헤드폰을 끼고 음악을 듣고 있었다.

"항만청이란 데선 어떤 일을 하나요?"

나는 이진의 친구에게 물었다. 그는 항만청에 다닌다고 했다.

그는 걱정과 동경과 의심을 뒤섞은 억눌린 얼굴로 나를 쳐다보고 있었다. 나에 대해 이미 단정 지어버린 듯 환멸 섞인 눈빛이었다. 그는 손가락들을 깍지 끼고 어색한 자세를 고쳐 앉으며 말했다.

"배로 들어오고 나가는 물품들 일체를 검사하고 관리하고 하역하거나 싣는 작업을 관리하고요."

성은 주라고 했다. 피부가 검고 얼굴에 비해 체구는 컸다.

"여기 항만엔 주로 어떤 물건이 들어오나요?"

나는 복잡한 눈빛으로 나를 보는 남자에게 다시 물었다.

"각 항구마다 조금씩 달라요. 우리 쪽엔 원목도 들어오고, 바나나와 오렌지 같은 과일도 들어오고, 수출자유지역에 참치 공장이 있으니까 냉동 참치도 들어오고, 또 맥주 원료로 쓰는 보리와 석면 같은 것도 들어오고요."

나는 그런 타입의 남자를 좋아하지 않았다. 절대로 그 속을 알 수가 없는 채로 영영 멀어져 가는 타입의 남자들이었다. 그도 그런 타입의 여자로서 나를 보는 것인지도 몰랐다.

"항구에 있는 배를 볼 때마다 무엇이 실려 있는지 궁금했어요. 이젠 바나나와 참치와 맥주보리와 석면 같은 것을 떠올리게 되겠네요. 전 해안 도시엔 처음 살아보거든요."

그의 눈에 갑작스럽게 애수가 드리워졌다.

"처음이란 무척 혼란스러운 거죠……. 어쨌거나 조심하세요."

조심하세요, 라는 말이 어색하고도 간곡하게 느껴졌다. 나는 문득 고개를 돌려 유경을 바라보았다. 그 순간 유경도 나를 마주 보았다. 우리는 마주 보고 방긋 웃었다.

"바다를요?"

"글쎄요, 모든 것을요. 이곳 바다가 좋은가요?"

그는 느릿느릿 얼버무렸다.

"모르겠어요. 가끔 선착장에 나가봐도 바다는 온통 기름에 덮여 있거나 붉은 녹빛을 띠고 있어서, 동물원에 갇힌 더러운 곰을 보는 것 같아요. 비스킷이 불어서 물에 둥둥 떠 있는 더러운 우리 안에서 추위에 떠는 것 같은 갈색곰 있잖아요."

"재미있는 표현이군요. 뭐, 여기 바다는 공장들에 에워싸여 있어서 무슨 공업 원료 같죠. 오염도 많이 되었구요. 여기서 좀 나가면, 바다다운 바다를 볼 수 있을 텐데요. 언제 이 사람들 배 빌려서 낚시 갈 때 한번 따라가 보세요. 겨울에 날씨 따뜻한 날을 골라 배를 타고 소주 몇 잔 마신 뒤에 출렁출렁 흔들리는 뱃전에 반듯하게 누워 햇볕을 쬐면 그만

입니다. 살아 있다는 게 아무 이유도 없이 흐뭇하죠."

그와 나는 잠시 마주 보았다. 그는 쇼윈도 안의 물건에 감탄하면서 동시에 경멸하는 듯한 눈으로 나를 보고 있었다. 그런데도 어느 순간 뜻하지 않게 친밀감이 생겨났.

"참치는 늘 캔으로만 먹어서 몰랐는데, 아주 크다면서요?"

"크죠. 보통 한 마리로 쉰 명은 나누어 먹을 수 있을 정도니까요."

"아, 그렇게 큰 줄은 몰랐어요."

"알 기회가 잘 없죠. 부위마다 맛도 아주 다르고 색깔도 다르죠. 그리고 값도 아주 달라요."

그때 시인인 여자가 갑자기 자리에서 벌떡 일어서서 소리를 질렀다.

"왜 날 우습게 봐? 비겁한 인간. 넌 그렇게 살면서 뭐가 우습니? 내가 우스워?"

이진은 태연한 얼굴로 앉아 있었다. 무슨 일이 있었는지 전혀 알 수가 없었다.

"내가 이렇게 망가져 가는데 너는 재미있어? 더러운 마술사 같은 놈……."

이진이 여자를 끌어 앉히려 하며 겸연쩍게 웃었다. 여자는 많이 취한 것 같았다.

"내가 이러니까, 같잖게 보이지? 내가 아직도 너에게 목매니까, 우스워?"

여자는 다시 의자에 앉더니 테이블에 엎드려 울기 시작했다.

"너무 놀라지 마세요. 이진이 일 년에 서너 번씩은 당하는 일이니까."

"옛날 여자예요?"

"혼자 이진일 좋아하는 거 같아요. 오래됐어요. 저 여자는 7년 전쯤에 다른 도시로 떠났다가 2년 전에 돌아왔죠. 이 동네에선 모르는 사람이 없는 이야기예요. 저 아가씨도 끈질기지만, 이진이 저 자식 인내심도 대단해요. 원래 저런 여자는 아니었어요. 참 조용하고 고운 결을 가진 여자였는데, 시도 잘 썼고……. 이제 우는 여자를 달래서 데려다주러 나갈 겁니다. 처음엔 이진이 녀석이 질색을 했는데, 자주 반복되다 보니 둘 사이에 이상한 우정이 생긴 거 같기도 해요."

"저 남자를 잘 아나요?"

내가 이진을 가리켰다.

"좀, 알죠."

주는 의미심장하게 대답했다.

"그는, 자기를 사랑한 여자는 없다고 했어요. 단 한 명도."

"자기가 사랑하지 않으면, 여자의 사랑이란 아무 소용도 없으니까요."

"저 여자는 저 남자를 더러운 마술사라고 했어요."

"기억해 둘 만한 표현이에요."

"왜요?"

"글쎄요……."

"그런데 왜 처음부터 그런 눈으로 저를 보나요?"

"어떤 눈인데요?"

"걱정하는 눈? 가엾어하는 눈? 환멸스러워하는 눈? 잘은 모르지만 석연치 않아요."

"그럴 리가요."

주는 내 말을 무시했다. 하지만 나는 신경이 점점 곤두섰다. 이진의 옛날 여자 때문인지도 몰랐다.

과연 두 사람은 먼저 떠났다. 유경과 나, 주도 잔을 비우고 일어섰다. 주가 일어설 때, 그의 허리가 너무 길어 조금 놀랐다. 길고 쓸쓸해 보이는 허리였다. 왠지 그가 정직한 남자일 거라는 근거 없는 느낌이 들었다.

"조심해요."

계단을 내려설 때 주는 다시 한번 나에게 말했다. 그 경고 때문에 나는 오히려 휘청 흔들렸다. 신경에 거슬리는 말이었다. 나는 농담처럼 시비를 걸었다.

"두 번이나 나에게 조심하라고 말하는군요. 늘 그런가요? 그런 말을 자주 하나요?"

"아닙니다."

"뭘 조심해요? 이 계단을요?"

"……모든 것을. 계단도."

우리는 플루토 앞에서 택시를 기다렸고 주는 거리를 횡단해 걸어갔다. 그의 여름 정장에 가게 간판들의 불빛들이 떨어졌다. 허리가 인상적일 만큼 긴 남자였다. 남자는 밤의 거리에서 빠르게 지워져 갔다. 12시 15분이었다.

유경이 문득 걸음을 내딛기 시작했다. 그는 조금 더 야위었고, 술에 쉽게 취했고, 말이 없어졌다. 그의 존재를 줄여가기라도 하는 듯이…….

"미화와 이곳에서 아파트까지 걸어갔었어. 멀지. 아주 무더운 7월의 밤이었어. 이 플라타너스 가로수가 무성했고 바람은 불지 않았어. 그녀는 내내 울고 있었는데, 난 이유를 몰랐어. 미화가 말하지 않았으니까. 아무리 물어도 대답하지 않아서 아파트 앞에 도착했을 때, 난 그녀의 뺨을 때렸어. 뺨을 때리고 그녀의 핸드백을 빼앗아 등을 때리고 걷어찼어. 그녀는 여전히 울기만 하더군. 너 나한테 무엇을 잘못한 거야? 나는 그렇게 외치면서 미화를 때렸지. 그다음 날 미화는 없어졌어."

나는 아무 말도 없이 또각또각 걸었다.

"미화는 시청 공무원이었어. 9급이었지. 작년엔 나도 시청에 다녔어. 시장의 연설문을 만들기도 했고, 시정신문이나 홍보물도 만들었지. 내가 처음 만났을 때, 미화는 친척 집에 얹혀사는 검소한 아가씨였어."

나는 높은 굽의 화려한 검은색 슬리퍼를 신었고, 샤넬의 체인 백을 들고 가슴 선이 달라붙는 검은색 슬리브리스 원피스를 입고 있었다. 그리고 루비 목걸이와 은팔찌……. 나는 이제 결코 검소하지 않았다. 그리고 살이 찌기 시작해서 가슴과 엉덩이가 잔뜩 부풀어 올랐다.

"하지만 나중에 미화는 사치스러워졌어. 살도 마구 쪘지. 시청 사람들이 놀랄 정도로. 소문들 때문에 나는 시청을 그만두었어. 시청 사람들은 내가 이 지역 유수의 사업체를 경영하는 회장 첩의 아들로 오해했어. 내가 돈을 마구 쓰며 그녀를 무책임하게 건드린다고 소문이 났지. 그들은 지금도 그렇게 알고 있을 거야. 공교롭게도 그 회장과 성이 같거든."

유경은 팔을 뻗어 내 어깨에 걸쳤다. 그리고 손으로 내 뺨을 쓰다듬었다. 금세라도 목을 움켜쥘 것 같은 폭력의 기운이 느껴지는 손이었다.

"다리 아프겠다. 그렇게 높은 구두를 신었으니."

"괜찮아……."

"은령, 나를 사랑해?"

그가 물을 때면 늘 그랬듯이 나는 자포자기적으로, 숨도 쉬지 않고 대답했다.

"사랑해."

"그런데 너 나한테 잘못하는 거 없어?"

마음이 서늘해졌다. 나는 아무런 감정도 실리지 않은 공허한 눈빛으로 고개를 저었다.

"왜 그런 말을 해?"

"넌, 어떤 시기의 미화와 너무 닮았어. 넌 미안해하고 있어. 그러다가 조금 더 시간이 지나가면 우는 거야. 처음엔 기도할 때만 울다가 나중엔 밤낮없이 아무 곳에서나 우는 거지……"

아무런 느낌도 없었다. 하지만 내 눈에 차가운 눈물이 고였다. 유경이 내 손을 잡았다.

⋮

아기가 숨이 넘어갈 듯 울어대고 있었다. 계단을 올라가니 2층 여자가 부엌에 서 있었다. 아기 우유를 타는 중이었다. 여자는 우리의 기척을 모르는 척 분유를 한 숟가락씩 떠서 우유병에 넣었다. 아기가 자지러지게 우는데도 절대로 가장자리로 흘리지 않겠다는 듯 아주 무겁고 천천히 가루를 떠 넣었다. 조명등이 켜진 방 안은 불타는 듯 붉었고 잠옷을 입긴 했지만 얇은 여름 천으로 인해 무겁게 늘어진 커다란 젖가슴이 선명하게 비쳤다. 어쩐지 여자가 울고 있는 거라는 느낌이 들었다. 나는 여자의 남편을 한 번도 보지 못했다. 남편은 주야간 교대로 들어간다고 했던 것 같은데 말이다.

3층에 들어선 그는 그사이 사들인 물건들을 둘러보았다. 거실에 놓인 카펫과 청소기. 방 안의 싱글용 장롱과 퀸 사이즈의 침대……. 할머니가 남기고 간 케케묵은 장롱 따윈 들어내 버렸다.

"샤워해."

"나날이 형편이 달라지는구나."

유경은 걱정 섞인 불쾌한 얼굴로 말했다.

"……사실은 엄마는 보내준 돈을 통장에 넣어두었다가 결혼할 때 쓰랬는데, 미리 사두는 거야. 마찬가지니까. 게다가 언제 결혼할지도 모르겠고. 어쩌면 영영 결혼을 안 할지도 모르는데 불편하게 살 필요는 없잖아. 정말이야."

나는 이보다 더 쉬운 일은 없다는 듯 거짓말을 했다. 그는 세수를 했다. 그는 스물일곱 살이었다. 나는 스물다섯 살이었다. 우리가 오래 마주 볼 때면 길을 잃은 기분이 들었다. 우리는 아직 인생에 초대받지 않은 손님 같았다. 긴긴 담장 바깥을 돌고 있는 느낌. 영영 안으로 들어갈 수 없을 것만 같은 느낌. 우리가 아무리 사랑한다 해도 절대로 보통 사람들처럼 가족을 이루고 안전하게 살 수 없을 거라는 결락의 예감……

유경이 씻을 동안 나는 식탁을 방 안으로 옮기고 스무 자루의 초에 불을 붙였다. 열린 창으로 들어온 바닷바람이 식탁 위의 불꽃들을 너울거리게 했다.

유경의 사랑은 부드럽고 서정적인 것이었다. 그는 젊은 남자다운 결벽증과 지치지 않는 일정한 힘과 순진성이라고 해야 할 약간의 무지를 가지고 있었다. 그는 섹스에서 그다지 변화를 원하지 않았고 감각의 자극보다 더 중요한 것은 정서적인 결합이라고 생각했다. 유경은 내가 모르는 것을 알지도 않았고 나를 놀라게 하지도 않았다. 하지만 그의 일거수일투족을 바라보는 일은 아름다웠고 그가 아름다웠기 때문에 매번 나는 완전하게 항복했다.

그런데도 이상한 것은 그와 사랑할 때면 내가 늘 눈을 감는다는 사실이었다. 그와 키스를 할 때면 저절로 눈이 감겼다. 순식간에 현실과는 성질도 감각도 다른 어떤 곳으로 가 버리는 것이다. 나를 밀며 들어오는 모습, 허리를 움직이는 긴장된 얼굴, 사랑이 끝난 뒤에 티슈를 뽑아 드는 이완된 모습, 그의 벗은 등과 허리, 허리에서 다리로 이어지는 조금은 어색한 선, 나는 그런 것을 보지 않았다. 나는 그를 사랑했다. 그의 겨드랑이에 얼굴을 묻고 오래 이야기하는 것을 나는 좋아했다.

그러나 다음 날 아침이 되면 이진이 그리워졌다. 내 눈에서 눈물이 흐를 때까지 나를 자극하는 잔인한 이진의 손과 입, 살찐 비둘기 같은 커다란 성기, 허리를 휘젓는 그의 얼굴, 서슴없이 가랑이 사이로 코를 파묻는 철면피함, 다리를 더 높이 들라거나 엉덩이를 더 낮추라거나 돌아서라고 하는 단호한 명령들, 멈추라고 하는 애원들과 한 번 더 하기를 원하는 갈망들……. 이진과 섹스할 때면 나는 대낮에조차 눈을 뜨고 있었다. 그리고 섹스가 끝난 뒤에 유경과는 점점 정신이 드는 데 비해 이진과는 벌거벗은 채 방만한 자세로 짧고 깊은 잠에 빠져버렸다.

⋮

"넌 사랑이 언제부터 시작된다고 생각해?"

어느 날 밤 침대에서 유경이 물었다.

"다 다르지 않을까. 상대를 만나는 순간, 혹은 만난 지 일주일 만에, 혹은 일 년이나 지난 뒤, 심지어 헤어진 뒤에. 어쨌든 상대를 만난 뒤겠지."

나는 손가락으로 유경의 머리카락을 만졌다.

"내가 언제부터 너를 사랑하게 되었는지 알아?"

"처음 본 날이겠지?"

나는 자신 있게 말했다.

"사랑은 말이야. 처음부터 시작돼, 탄생과 함께. 그러니까, 사람은 저마다 자신이 만날 사랑을 키우면서 성장하는 거야. 그런 느낌, 그런 손의 촉감, 그런 냄새, 그런 눈빛, 그런 손의 형태, 사랑에 관한 이미지들……. 그래서 어느 날 사랑에 빠지면 그 모든 것이 옛날에 일어났던 어떤 기억을 일깨우는 것 같은 거야. 그래서 사랑에 빠지면 사람들은 아이 때 일을 이야기하게 되는 거 같아."

"사랑 지상주의자같이 말하네."

"이건 분석일 뿐이야. 그래서 사람은 일생 동안 사랑을 발견하려고 해. 자기 속에 묻혀 있는 사랑을 현실에서 구현하려고 하는 거야. 그러니까, 사랑은 합리적인 갈망이 아니라 비합리적인 본능이지."

"왜 그런 생각을 했어?"

"……오래전에 너를 본 적이 있는 것 같아. 내가 뱃속에 과일 씨눈처럼 박혀 있었을 때도, 다섯 살에도, 열두 살에도. 사랑은 그렇게 모여들어서 어느 날 딱 마주치는 거야."

유경은 나를 안았다.

"그런 걸 확신할 수 있어?"

"아니, 그냥 흐릿한 느낌이야. 아주 먼 곳에서 감지되는, 심장의 아픔같이. 그러니 이렇게 안는 거야."
 유경은 나를 더 꽉 끌어안았다.

나의 사랑은 당신보다 깊다

당신은 사랑을 알면서 사랑하지는 않네요.

초콜릿과 아이스크림을 덜 먹기 위해 담배를 더 많이 피웠다. 기호품에 대한 그 이상한 식욕은 나 자신조차 의식하지 못했던 근본적인 죄책감 때문이었을까?

  늦게 일어나고, 선풍기를 틀어놓고 혼자 술을 마시고 초콜릿과 아이스크림을 폭식하고 담배를 피우고, 영화관과 백화점과 미장원과 사우나의 마사지실에서 시간을 보내고 유경의 아파트에 가거나 이진의 빌라에서 지냈다. 일주일에 세 번쯤은 이진과 점심을 먹었다. 그리고 일주일에 다섯 번쯤은 유경과 저녁을 먹었다. 뭔가 더러운 것이 차오르는 느낌이 들 때면 유경을 찾아가고 공허해질 때면 이진을 찾아갔다.

  유경이 이제 막 완성한 시를 읽어줄 때, 유경이 음악을 들려줄 때, 유경이 만들어주는 음식을 먹을 때, 유경이 〈유리로 만든 배〉 같은 노래를 불러줄 때, 그리고 유경과 차가운 물로 샤워를 하고 섹스할 때…… 나는 정화되었다. 이진에게 만나지 못하는 핑계를 대면서 버틴 적도 있었다. 그러나 5일쯤이 지나면 이진의 고급 가죽 냄새가 그리워졌다. 그의 아름다운 차와 화려한 빌라, 태생적으로 타고난 섬세하고 부드러운 피부의 감촉, 그와 함께 가는 일급 레스토랑들의 사치스러운 음식들, 어디를 가나 받을 수 있는 상냥하고 정교한 서비스, 나이 많은 남자의 권력적이고 관대하고 단호한 목소리, 심지어 언제나 잘 닦인 그의 검은색 가죽 구두와 눈부시게 새하얀 와이셔츠, 유난히 깨끗한 손에 낀 보석 반지, 그 손으로 남몰래 나를 만지는 희롱, 모든 것이 갈급하게 그리워졌다. 그가 나에게 주는 수표의 베일 듯이 날카로운 감촉과 내 뜨거운 몸에 들어오는 그의 서늘함까지도.

아주 무료할 때면 무턱대고 거리를 걸었다. 홀연히 방을 빠져나가 완전히 지칠 때까지 걸어 다니는 것이었다. 욕실 인테리어 가게에 들어가 새로 나온 타일을 구경하기도 하고 양변기와 욕조들을 살펴보기도 했다. 사진관 진열장의 아기 돌 사진과 가족사진을 볼 때면, 성이와 엄마가 떠올라 마음이 뭉클했다. 그럴 때면 내 얼굴 안쪽에서 눈물이 떠돌았다. 비디오 가게에 들어가 홍콩 영화의 이상한 제목들을 오래 읽다가 나오기도 했다. 그리고 걷다가 더우면 은행에 들어가 자동판매기에서 커피를 뽑아 마시며 잡지를 넘겼다.

거리에서 사람들을 보면 확연히 알 수 있는 것이 누구나 어떤 역할들을 상기시키는 모습을 하고 있다는 사실이다. 그리고 그 모습들은 놀라울 정도로 반복적이었다. 헛것들처럼, 유령들처럼, 언제나 거리에서 대기 중인 대규모 엑스트라단처럼. 꽃무늬 천으로 만든 윗도리와 단화를 신고 현란한 무늬의 양산을 쓰고 친목계에라도 가는 듯한 나이 많은 아주머니들, 서로 심술스럽게 어깨를 부딪치며 인도를 점령한 듯 걷는 남자 고교생들, 김밥 냄새를 피우며 종종걸음을 쳐가는 제복 차림의 농협 여직원, 더위에 지쳐 가로수 그늘에서 멈추어버린 중년 남자, 빚에 쫓기는 듯한 얼굴로 바깥을 내다보는 상점 주인들, 양복 윗도리를 벗어서 한쪽 팔에 걸치고 한사코 당당하게 걷는 땀에 젖은 세일즈맨들, 배꼽을 드러내고 7부 팬츠에 통굽 슬리퍼를 끌고 가는 노랑머리의 어린 처녀들……, 어디서나 볼 수 있는 흔한 사람들……. 거리를 걸으면, 그런 식으로 어디에나 있지만 절대로 알게 될 리 없는, 절대로 기억할 수 없는 사람들이 빠르게 다가와서는 스쳐 갔다. 더러는 눈이 마주치고 서로의 어떤 점 때문에 조금 놀라기도 하면서. 그런 사람들 속을 걸으면서 나는 이상할 만큼 위안을 받았다.

도시가 갑갑해지면 택시를 타고 바다에도 갔다. 시간은 아주 많아서 그렇게 하고 싶으면 온종일 바닷가에 있었다. 7월의 이른 아침은 해안도로를 산책하기에 좋은 계절이었다. 나뭇잎의 초록이 짙어갈수록 바다의 푸른빛도 짙어졌다. 폐교를 고친 미술관 겸 카페는 내 단골집이 되었다.

그곳에서 온종일 다섯 잔쯤 차를 마셨고 점심과 저녁을 먹었고 잔디밭에 놓인 테이블 가에 앉아 엄마에게 안부 편지를 썼고, 영어 회화가 흘러나오는 이어폰을 귀에 꽂고 손을 부지런히 움직여 초록 레이스 마을을 떴다. 그리고 운동이 필요할 때면 미술관에 들어가 19세기 인상파 계열 화가들과 초현실주의 화가들의 섬세한 복제화를 감상하고 노파와 아이들이 둘러앉아 그물을 손질하는 해안 길을 걷곤 했다.

가끔은 말할 수 없이 행복했다. 소음이라곤 없이 순수한 행복감이 차올랐다. 나는 내 안에도 있었고 내 바깥에도 있었다. 어디에도 소속되지 않고 아무것에도 집중하지 않았기에 나는 어디에나 존재했던 것이다. 바다 밑바닥까지 햇살이 비치고 모래색 새우들과 조개들과 작은 물고기들이 모래 거품을 일으키며 헤엄치는 것을 조용히, 오래 들여다보고 있을 때, 책과 화집을 무거워서 들어 올릴 수가 없을 정도로 많이 한꺼번에 사서 택시 기사가 도와주어야 할 때, 구두를 한꺼번에 세 켤레를 사 방 안에 늘어놓을 때, 세탁소에서 원피스들을 찾아올 때, 예쁘고 냄새가 좋은 독특한 음식들을 처음 먹을 때, 신문 하단의 여행 광고를 읽으며 유경과 떠나는 상상을 할 때, 오후 3시에 모두가 잠든 듯 조용한 어촌 마을의 바닷가 길을 혼자서 지나갈 때, 그리고 언제까지나 아무 일도 일어나지 않을 것 같은 소도시의 거리들을 혼자 걸어 다닐 때에도……

나와 세상이 서로 아무것도 요구하지 않고 만족하는 것 같았다. 그러므로 나는 선량한 미소를 자주 짓곤 했다. 내 머리카락을 만져준 미용사에게도, 옷을 권하는 백화점 점원에게도, 마트의 계산원 아주머니에게도, 2층의 여자와 아기에게도. 이진과 유경에게도.

하지만 그만큼 자주 눈물이 흐르기도 했다. 거리에서든, 물가에서든, 차 안에서든 나 혼자 잠드는 침대 속에서든 가끔 울었지만 너무 깊이 생각하지는 않았다. 한편으로는 내가 얼마나 나로부터 멀리 떨어져 있었는지 내 눈물이 잔뜩 흐린 날씨의 끝에 툭툭 떨어지는 빗방울같이 느껴질 뿐이었다.

⋮

거리에서나 백화점에서 혹은 모르는 사람들 앞이나 이진이 아는 사람들 앞에서 나는 이진의 먼 친척 조카나 플루토의 종업원이나 혹은 비즈니스적으로 만난 사이인 것처럼 굴었다. 누군가가 그와 내 관계를 알아챘다면 수치스러웠을 것이다. 나이로나, 생김새로나 체격으로나 외견상으로 볼 때 우리 둘 사이의 육체적 열정은 소름이 끼치도록 어울리지 않는 것이었다. 정신적으로도 마찬가지였다.

그러나 그와 단둘이 있을 때면 나는 이진이 바라는 바대로 정말 그를 사랑하는 것처럼 행동했다. 그러자 그가 점점 더 절실해졌다. 때론 진정으로 그에게 더 잘 보이기 위해 노력했고 그를 더 매혹시키기 위해 나를 꾸몄고 한 번 더 사랑을 나누기 위해 그를 도발했다.

이진이 부르면 어김없이 달려갔다. 그러나 이진은 내가 부르는 것을 불쾌해했다. 나의 부름은 거절되었다. 그만이 나를 부를 수 있었다. 그는 어느 시점에서부터 그런 지배관계를 노골적으로 드러냈다.

그는 지배에 익숙했다. 그는 여자의 사랑을 받지 못하는 남자가 아니었다. 절대로 아니었다. 그는 여자의 사랑을 경멸하는 남자였다. 그러나 유경은 달랐다. 유경은 내가 부르면 어김없이 나타났다. 간혹 유경이 부를 때 내가 갈 수 없는 때가 있었다. 이진과 함께 있는 시간이었다. 나는 유경을 그리워하면서 동시에 이진과 더 깊은 쾌락에 빠져들었다. 부도덕하기 때문에 유경에 대한 거리감이 강폭처럼 점점 넓어지고 그렇기 때문에 더욱 그리워지지만 결코 마음껏 사랑할 수는 없는 그런 구도였다. 아무도 모르게, 나 자신조차 의식하지 못하는 사이에 우리의 관계는 변해가고 있었다. 나도 아니고 유경도 아닌 이진이 우리 관계를 지배했다.

⋮

 밤 11시경, 플루토의 별실에서였다. 이진은 조금 전까지 그의 손님과 있었다. 월세를 받을 수 있는 상가를 구입하기 위해 그가 거래하는 부동산 중개인과 이야기를 주고받았다. 이진은 경매 물건을 기다려온 모양이었다. 부동산 중개인은 그가 원하는 물건을 확보했지만, 이진은 물건이 3차까지 유찰된 뒤 시작해 보겠다고 말했다. 중개인은 그러면 놓칠 수도 있다고 우려했다. 이진은 냉담하게 3차에 가서 가격을 적어 넣겠다고 마무리 지었다. 그 뒤에는 이진이 팔아야 할 아파트에 대한 이야기가 오갔다. 중개업자가 가격 때문에 계속 결렬되고 있다고 말하자 이진은 급한 건은 아니라고 잘라 대답했다.
 돈에 관해 이야기하고 있는 이진의 얼굴은 몹시 낯설었다. 수전노처럼 냉정하고 인색해 보였다. 나는 곁에서 독한 마르가리타를 어느새 세 잔이나 마셨다. 중개업자가 나간 뒤에 이진은 양복을 벗어버리고 넥타이를 느슨하게 당겨 와이셔츠 주머니에 집어넣고 와이셔츠 단추를 풀어 소매를 걷어 올렸다. 그리고 문득 물었다.

"유경을 사랑해?"

우리는 창을 향해 테이블을 돌리고 에어컨이 켜져 있는데도 창문을 활짝 열었다. 창문으로 후텁지근한 여름의 바닷바람이 불어와 양쪽으로 걷어서 묶은 푸른 시폰 커튼을 부풀리곤 했다. 가만히 시간이 흐르는 사이 그의 얼굴이 차차 내가 아는 그 얼굴로 돌아왔다.

"당신이 비웃지 않는다면……, 난 유경을 사랑해요. 하지만, 이런 지경이니 사랑이 무엇인지 모르겠어요. 당신은 사랑이 무어라고 생각해요?"

"머물게 하는 것……."

그 말을 듣자 가슴이 아파왔다. 나는 일어서서 창가로 다가섰다. 바람이 머리카락을 날렸다. 비가 올 것 같았다. 창밖으로 플루토의 뒷문으로 난 철제 계단과 낡은 호텔과 한적한 법원 뒷길과 바람에 뒤집히는 플라타너스 가로수들이 내려다보였다. 나는 조금 망설이다가 대답했다.

"당신은 사랑을 알면서 사랑하지는 않네요."

그는 관심 없다는 얼굴로 되물었다.

"너는 어때?"

그의 옆얼굴은 앞모습과 달리 균형이 잘 잡혀 있었다. 특히 코에서 내려오는 입술 사이의 선은 냉담하게 느껴질 정도로 단정했다.

"유경과 난, 사랑하면서 사랑을 몰라요. 그는 한사코 나를 스쳐 가려고 해요."

나는 어린아이처럼 고백했다.

"가엾은 것. 이리로 와."

이진이 손짓했다. 그는 와이셔츠의 단추를 두 개쯤 풀었다. 소매 아래로 드러난 둥글고 커다란 팔이 튼튼하고 아름다웠다. 결국 그에게조차 한두 군데쯤은 아름다운 곳이 있는 것이다. 팔과 인중……. 나는 그에게로 다가섰다. 희미한 가죽 냄새가 났다. 그가 내 두 손을 잡고 말했다.

"이렇게 젊고 아름다울 때는 사랑 같은 건 몰라도 돼. 이대로도 충분하잖아. 사랑이란 좀 더 구차해질 때에야 필요한 거지. 그러니, 유경을 많이 사랑하진 마."

그 말은 마치 경고같이 단단했다. 질투도 아니고 공연히 하는 헛소리도 아니었다. 그는 나를 그의 무릎 위에 앉히고 손을 뒤집어 내 손톱을 만지작거렸다.

"유경과 섹스는 어때?"

나는 쿡 웃었다.

"왜 웃지?"

"……옷을 벗고 유경과 마주 설 때면, 뭐라 말할 수 없는 상실감을 느끼게 돼요."

"왜?"

"……밋밋한 가슴 때문에요. 그렇게 완벽하게 아름다운데 그에게 가슴이 없다는 것이, 슬픈 거예요. 이상하죠?"

그가 내 손을 잡았다.

"나도 그래. 너를 벗길 때마다, 이렇게 완벽하게 아름다운데 네게 페니스가 없는 것이 정말 슬퍼."

아, 나는 비명을 지르고 웃었다.

"그 결핍감이 이해가 안 되는 거야?"

"아뇨. 이해가 돼요. 정말 이해해요. 당신 심정. 세계는 정말 불완전하죠."

"그래. 이 세계는 가슴이 없는 남자와 페니스가 없는 여자로 이루어져 있지. 우리의 결핍감은 운명적인 것이야. 근본적이고 치유 불가능해. 우린 완전한 것을 획득할 수 없어. 내가 냉소적이고 퇴폐적인 건 그 근본적인 불완전함 때문이야."

"당신과 유경은 이상해요."

나는 그의 반지를 뽑아서 내 검지손가락에 끼었다. 링이 커서 달랑달랑 흔들렸다. 나는 반지를 꼭 쥐었다.

"넌 이상한 게 많아."

이진은 내 목뒤에 코를 대고 냄새를 맡았다. 그는 내가 홍

분하기 시작했다는 것을 알고 있었다. 블라우스 자락을 꺼내고 허리로 들어온 그의 손은 가슴으로 올라왔다.

"그런 관계는 무어라고 규정할 수 없으니까요. 당신이 유경에게 느끼는 형제 같은 심정, 아버지 같은 심정, 쌍둥이 같은 심정, 연인 같은 심정……."

그는 때론 기억에도 희미한 내 아버지 같기도 했다.

"세상엔 규정할 수 없는 것들이 많아. 언어나 관념은 현실을 못 따라가지. 그래서 자기만의 감수성이 필요한 거야. 말로 할 수 없는 것은 그냥 느끼는 거지."

"유경에 대해 말해봐요."

그는 고개를 저었다.

"말할 게 없어. 이제 그 애와 나를 구별할 수 없어. 그 애가 잘못되면 나도 몹시 괴로울 거야. 그리고 그 애의 일이 너무 잘되어 가면 잃어버릴까 봐 두려워지지."

그러자 가슴이 섬뜩해졌다.

"그래서 유경에게 개입하나요? 사랑까지도?"

"……."

"당신들은 정말 이상해요."

나는 그에게 반지를 도로 끼워주고 몸을 일으켰다.

"그런 것 같아."

그가 다리를 활짝 벌리며 수긍했다. 그리고 내 손을 잡은 뒤 주머니에서 뭔가를 꺼내 내 손바닥에 놓았다. 날렵하게 생긴 은색의 키였다.

"오피스텔 키야."

"네 이름으로 계약했어. 18평이니 넓지도 좁지도 않아. 해안도로에 새로 지은 거야. 확 트인 통유리 앞에 펼쳐진 바다가 너무 가까워서 정말 유리로 만든 배를 탄 기분이 들지. 금방이라도 파도의 물방울들이 날려올 것같이."

"왜 이런 걸 내게 줘요?"

"난 네가 더 쾌적하게 살면 좋겠어. 그런 거지 같은 셋집은 네게 어울리지 않아."

"……."

"거절하지 마. 나에겐 전혀 어려운 일이 아니야."

그때 누군가 별실 문을 노크했다. 그리고 웨이터의 작은 외침이 들렸다.

"사장님, 유경 씨입니다."

나는 이진으로부터 두 걸음 뒤로 물러섰다. 그리고 스커트 주머니 속에 오피스텔 키를 넣었다. 그와 동시에 문이 열리고 유경이 들어섰다. 유경은 몹시 놀라고 굳은 얼굴로 엉거주춤 서 있는 나와 다리를 활짝 벌리고 앉아 있는 이진을 번갈아 쳐다보았다.

"뭐 해?"

유경이 나에게 물었다. 얼굴에 의심과 고통이 어려 있었다. 내 새하얀 블라우스가 스커트 위로 빠져나와 있었다. 그러자 이진이 유경에게 느슨하게 손짓했다.

"앉아. 조금 전에 우연히 길에서 만났어. 그렇지 않아도 너에게 전화 걸려던 참이었는데 잘됐네."

유경은 자리에 앉았다. 반신반의하는 표정이었다. 이진은 자신의 잔을 유경에게 주고 위스키를 따랐다. 곧 잔이 한 세트 더 들어왔다. 이진은 내 잔에도 술을 따르고 잔을 들어 올렸다.

"건배, 앞으로 우리가 저지를 모든 잘못을 위하여."

우리는 잔을 부딪쳤다. 이진은 늘 그런 식으로 건배를 했다. 그는 나를 향해 빙긋 미소 지었다.

유경은 이마를 찌푸리고 단번에 잔을 비웠다. 나는 술잔을 내리고 유경에게 얼음물이 든 글라스를 권했지만 그는 빈 잔을 내밀었다. 이진이 술을 따랐다. 늘 그랬다. 함께 마실 때면 스트레이트로 마신 유경이 혼자 빠르게 취했다.

"그런데 여긴 왜 플루토예요? 왜 그렇게 지었어요?"

나는 긴장을 풀고 싶었다. 나는 그 자리가 불안했다. 이진이 조금 생각하더니 말했다.

"그건 그냥 패션이야."

"열정?"

"아니, 내가 말한 건 디자인. 하긴 어쩌면 냉담한 열정이라고 해도 무방하겠군. 죽음과 같은 차갑고 우울하고 무책임한 열정. 플루토는 태양으로부터 아홉 번째 행성, 말 그대로 죽음의 행성이지. 난 플루토의 이미지를 인테리어했을 뿐이야. 아마 앞으론 섹스가 그렇듯이 죽음이 상업적으로 이용될걸. 시한부 환자의 죽음을 도와주는 사업이라든가, 자살을 돕는 사업, 안락사 프로그램, 혹은 사후 여행 프로그램 같은 것들……."

두 번째 술잔을 비운 유경이 이진에게 물었다.

"형은 언제부터 은령과 이렇게 편한 사이가 됐지?"

유경은 이진의 흐트러진 옷차림과 활짝 벌린 다리를 노려보았다. 잠시 침묵이 흘렀다. 무마할 수 없는 침묵이었다. 몇 번인가 미지근한 바람이 펄럭이며 들어와 작은 공간을 돌다가 나갔다.

유경은 내 손을 잡고 일어섰다. 이진은 태연하게 우리를 바라보았다.

손목을 잡고 빠르게 걷던 유경은 세무서 앞에서 나를 세웠다. 빗방울이 한두 방울씩 떨어지기 시작했다.

"9시부터 네 집 앞에서 기다렸어. 내가 너를 만날 수 없을 때, 너는 대체 어디에 있었던 건데?"

"서점에 갔었어. 옷 가게에도."

"그래서 뭘 샀는데?"

나는 백 하나만 달랑 어깨에 메고 있었다.

"그건 산책 같은 거야. 살 수도 있고 못 살 수도 있는 거라구."

유경은 내 어깨를 앞뒤로 사납게 밀쳤다. 내 이마 위로 빗방울이 소금처럼 아프게 툭툭 떨어졌다.

"내 말은, 내가 너를 만날 수 없을 때, 네가 어디에 있는지 알고 싶은 거야."

"……." 나는 대답하지 못했다. 대신 나는 물었다. "나를 사랑하니?"

유경은 대답하지 않았다.

"내가 너에게 성실하기를 원해?"

유경은 역시 대답하지 않았다.

"넌 내 성실을 원하지 않아. 그게 우리 관계지."

유경은 그런 말을 하는 나를 용서할 수 없는지, 대답을 하지 못한 자신을 용서할 수 없는지 성난 얼굴로 집 앞에서 돌아갔다. 빗방울이 점점 굵어지고 있었다.

현관문 앞에는 화분 두 개가 놓여 있었다. 임파첸스였다. 화분엔 꽃말이 쓰인 작은 푯말이 꽂혀 있었다. '나의 사랑은 당신보다 깊다.' 나는 블라우스 자락을 스커트 속으로 밀어 넣었다. 그리고 양손에 화분을 들고 화려한 장식이 달린 검은색 슬리퍼를 끌며 층계를 올랐다. 〈Stairway to Heaven〉을 흥얼거리면서. 나의 사랑은 당신보다 깊다…… 믿어지지 않는 꽃말을 중얼거리면서.

화분은 베란다의 히아신스 화분 곁에 놓았다. 히아신스 꽃이 피어 있던 자리는 텅 비고 이제 흙 위로 조금 솟은 말라버린 뿌리만이 도드라져 있었다. 히아신스는 깊은 잠에 들었고 그사이에는 물도 필요하지 않았다. 나는 흙만 담긴 화분을 반 바퀴쯤 돌렸다. 내년 봄에 또 히아신스가 핀다는 것을 의심하지 않기란 어려운 일이었다. 오랫동안 청소하지 않아 베란다는 어질러져 있었고 흙먼지에 덮여 있었다.

세수를 한 뒤에 유경에게 전화를 걸었다. 그가 괴로워하며 밤을 보낼 걸 생각하면 견디기 어려웠다. 그는 전화를 받지 않았다. 어쩌면 어디선가 술을 마시고 있는지도 모를 일이었다. 혼자서 생맥주를 마시고 포장마차에서 소주를 마시고, 또 다음 포장마차에서 소주를 마시며 비가 내리는 밤거리를 헤맬지도. 구두가 젖고 양말이 젖고, 발이 젖은 채로…….

샤워를 하고 담배를 피우고 있을 때 전화가 왔다. 유경이 아닌 이진이었다. 바로 아래라고 했다. 나는 원피스 호주머니에 오피스텔 키를 찾아 넣고 계단을 달려 내려갔다. 차 지붕에 빗방울 떨어지는 소리가 콩 튀는 소리처럼 투닥거렸다. 차 안에 부옇게 김이 서렸다.

그는 빌라로 가는 도중 검은 해안로에서 차를 세웠다. 그리고 차에서 내려 차 앞쪽으로 돌았다. 그는 빗물에 젖은 윈도를 손으로 닦더니 내 얼굴에 맞추어 빗물이 흐르는 차창에 입술을 눌렀다. 그리고 내가 앉은 쪽의 차 문을 열고 의자를 뒤로 힘껏 민 뒤에 내 몸을 덮쳤다. 그의 어깨와 등이 이미 젖어 있었다. 나는 다리를 활짝 벌리고 그의 등을 빈틈없이 끌어안았다. 그의 피부는 너무 부드러워져서 온몸이 생크림 덩어리에 파묻히는 듯했다.

집 앞에서 이진에게 물었다.

"대답해 줘요. 당신은 나를 사랑하나요?"

그러자 그의 눈에 화가 어렸다. 그는 성가시다는 듯 나를 외면하고 담배를 물었다. 라이터를 켜 담배에 불을 붙이고 연기를 빨아들이고 내뱉었다. 그리고 말했다.

"나에게 질문은 하지 마."

싸늘한 모멸감이 들었다.

"질문 같은 건 하지 말고 주는 대로 받으라구요?"

나는 주머니 속의 키를 꼭 쥐고 있다가 그가 그랬던 것처럼 그의 손을 벌리고 놓아주었다.

"난 이대로 견딜 만해요."

"어린애 같구나."

나는 차 문을 열고 내리려고 했다. 이진이 내 팔을 잡아채 도로 앉혔다.

"넌 나에게서 사랑을 원해?"

내 눈이 커다랗게 흔들렸다.

"내가 사랑한다고 말하면, 우린 어떻게 될 것 같아? 너 유경과 헤어질 거야?"

나는 고개를 저었다.

"헤어져서 나와 살기라도 할 거야?"

"아뇨, 절대로요."

"다행이네. 나도 그건 원치 않으니까. 그러면 됐잖아?"

"싫어요."

나는 무엇이 싫은지 구체적으로 모르는 채 싫다고 말했다. 그의 전부가 다 싫었고 이 이상한 삼각관계도 피곤했고 내 현실도 갑자기 진절머리가 났다.

"뭐가 싫어? 대체 뭐가 문젠지 말을 해봐."

"모든 게 다요. 다시는 당신과 자지 않을 거예요. 정말이에요."

이진의 얼굴이 굳어졌다.

"네가 원하는 게 뭐야? 유경과 결혼이라도 할려고? 유경이 하자고 해?"

"……."

나는 놀라서 그를 쳐다보았다. 그리고 고개를 저었다.

"빌어먹을, 어린애로군……. 어쨌든 이건 가져가."

이진은 키를 돌려주려 했다.

"싫어요."

나는 히스테릭하게 소리쳤다. 그가 노려보았다. 그가 무섭게 노려보자 나는 정말 어린애가 되어버린 기분이었다. 나는 차에서 내렸다. 이진은 화가 단단히 난 듯 망설이지 않고 떠나버렸다.

⋮

집으로 돌아와 청소를 했다. 속옷 서랍을 뒤집어엎어 다시 정돈하고 화장품과 문틈과 책 사이의 먼지까지도 닦아냈고 방과 거실과 싱크대 바닥들이 반짝반짝해질 때까지 닦았다. 베란다 바닥도 닦고 임파첸스 화분에 물을 덤뿍 주었고 넘친 흙들을 다시 씻어냈다. 청소하는 내내 나는 이진을 생각했다. 그가 갑자기 넥타이를 풀고 와이셔츠 소매를 걷어

올리고 걸레를 물에 적시던 모습, 목을 치켜세우고 유리창에 매달리던 모습, 천천히 셔츠의 앞면이 더러워져 가던 모습, 양말을 벗고 베란다의 수돗물을 틀고 바닥을 닦던, 정장 바지 차림의 불편한 모습들……. 그가 두고 간 커다란 보석 반지와 커프스, 나를 부끄럽게 만들었던 분홍색 레이스 브래지어……. 나는 반지를 끼워보았었다. 커다란 반지는 내 손가락에 걸린 채 달랑거렸다. 그날 그가 조금 좋아졌다. 그리고 두려웠다.

그는 주변을 깨끗하게 하는 것은 자신에 대한 존중이라고 말했다. 그는 나에게 꽤 많은 것을 가르쳤고 많은 것을 주려고 했다. 하지만 사랑은 아니었다. 절대로. 그것은 무엇이었을까. 그에게도 나에게도 규정되지 않는, 단지 느끼기만 해야 하는 그것은…….

해변 소풍

아무리 먼 곳으로 가도 너 자신을 벗어날 수는 없어.
날카로운 칼로 자신을 쫘악 찢어버리기 전에는.
그것이 좌절이지.

이틀이 지난 뒤에 이진과 유경과 나, 셋은 정오에 갑자기 만나 바닷가로 드라이브를 떠났다. 며칠 전부터 내내 오가던 비가 개어 햇볕이 뜨겁고 찬란했다. 유경은 불려 나오긴 했지만 기분이 좋아 보이지는 않았다.

그는 반소매 셔츠와 반바지를 입고 슬리퍼를 함부로 끌고 나왔다. 늘 그렇듯이 선글라스를 쓰고. 우리 둘은 뒷좌석에 앉았다. 그는 입을 꼭 다물고 워크맨을 끼고 있었다. 나는 한쪽 이어폰을 빼앗아 귀에 대어보았다. 온몸을 진동시키는 듯한 헤비메탈 사운드였다. 이어폰을 다시 그의 귀에 넣어주었다. 천둥소리 같은 음악이 고막을 때리는데 그의 표정엔 미동도 없었다.

나는 얼굴을 앞으로 내밀고 테이프를 골라 카세트에 넣었다. 〈Valse Sentimentale〉가 흘러나왔다. 이진과 눈이 마주쳤다. 나는 핸드백에서 담배를 꺼내 피웠다. 아무도 말을 하지 않았다.

산과 바다를 지나 횟집 마을을 지나면 다시 산과 바다가 나오고 횟집 마을이 나오는 풍경이 몇 번 반복되었다. 우리는 포도밭이 이어지는 한적한 산그늘에 차를 세우고 내렸다. 이진은 이따금 폴라로이드 카메라로 나를 찍었다. 담배를 피우는 모습, 설익은 포도를 훔쳐 먹는 모습, 산길을 걷는 모습……. 나는 어깨끈이 달린 파란 원피스를 입고 아주 붉은 립스틱을 발랐는데, 얼굴이 너무 밝게 나와 붉은 입술이 더욱 도드라졌다.

사진 속의 나는 몹시 즐거워 보였다. 유경은 여전히 입을 꼭 다물고 있었고 이진 역시 무슨 고민이 있는 듯 심각하게 나왔다. 이진이 유경과 나를 찍어주었고, 유경은 이진과 나를 찍어주었다. 나는 함께 찍은 사진들을 가졌고 내 사진을 유경과 이진에게 한 장씩 나누어 주었다. 유경에게 사진을 주며 물었다.

"나한테 아직 화났어?"

유경은 대답하지 않고 사진을 함부로 반바지 주머니 속에 찔러 넣었다.

우리는 작은 해수욕장의 방파제에 파라솔과 자리를 펴고 뒤늦은 점심을 먹었다. 플루토의 주방장이 만든 샌드위치와 보온시킨 커피와 이진이 일식집에서 사 온 생선초밥과 백포도주와 위스키였다. 비가 내린 탓인지 해수욕장은 낚시꾼 몇과 해변을 산책하는 양산을 든 연인 한 쌍이 전부였다. 횟집들도 고요하고 슈퍼마켓과 민박집과 카페와 보트 대여점과 모텔도 인적이 없었다.

우리는 7월 오후의 불타는 담요 같은 햇볕과 시골 해수욕장의 적막과 흐뭇한 포만감 속에서 포도주와 위스키에 취해 한 시간쯤을 멍하게 보냈고 심심할 때면 늘 그렇듯이 카드 게임을 했다. 우리 셋은 무료하게 시간을 보내는 데는 이력이 나 있는 사람들이었다.

늦은 오후가 되었을 때 노파가 여섯 살쯤 된 사내아이의 손을 잡고 해변에 나타났다. 아이는 할머니의 손에서 갑자기 벗어나 해변의 전망대 쪽으로 달려갔다. 할머니는 아이를 말렸다. 전망대는 높은 시멘트 단 위에 세워져 있었다. 아이는 칭얼거리며 전망대의 단 아래를 맴돌더니 급기야는 울기 시작했다. 할머니는 전망대의 높이를 절망적으로 올려다보았다. 그때 유경이 카드를 놓고 일어서더니 방파제의 계단을 딛고 해변으로 천천히 걸어갔다. 유경의 발자국이 무른 해변에 일정하게 찍혔다.

유경은 아이를 전망대의 시멘트 단에 번쩍 들어 올렸다. 그리고 전망대의 계단을 아이와 함께 올라갔다. 그것은 위험해 보였다. 그러나 그들은 이내 전망대의 의자에 나란히 앉았다. 노파는 아래에서 손을 흔들었다. 아이도 깨어지는 듯 맑은 웃음소리로 응답했다. 아이도 유경도 좀체 내려올 생각이 없는 듯했다.

"은령, 이리 와봐."
나는 웃었다. 이진은 많이 취한 듯했다.
"그러니까, 당신 노인 같아. 주접떠는 늙은 주정뱅이."
"너에 비하면 난 늙은이지."
그가 이내 우울해졌다.
"아니야, 당신은 아직 아주 젊어. 안녕하세요? 이진, 당신의 꿈은 뭔가요?"
나는 인터뷰하는 리포터가 마이크를 들이대듯 장난스럽게 주먹을 내밀었다. 그는 내 주먹에 입을 갖다 대고 정말로 꽉 물었다.
"악!"
나는 놀라 주먹을 빼냈다. 손등에 깊은 잇자국들이 나 있었다.
"인생을 이해하게 되면 꿈 같은 건 꾸지 않아. 넌 무슨 꿈이 있어?"

"당신 정말 나를 물었어요."

나는 손을 쫙 펴 손등을 살폈다. 독한 잇자국이었다.

"난 나와 자지 않겠다고 결심한 여자를 미워해."

"……."

"네 꿈이 무엇인지 말해봐."

그는 권위적이고 귀찮은 표정을 지었다.

"먼 곳으로 가는 거."

"아무리 먼 곳으로 가도 너 자신을 벗어날 수는 없어. 날카로운 칼로 자신을 쫘악 찢어버리기 전에는. 그것이 좌절이지. 아무리 높은 꿈을 이루어도 생은 누추한 거야. 꿈을 이루어도 누군가 백 번이고 천 번이고 덮은 이불을 끌어다 덮은 것같이 진부하고 불결한 기분일 뿐이야. 그 모든 것을 이해한 뒤에는 최소한의 삶을 살고 싶을 뿐이지. 난 그걸 원해. 최소한의 삶을."

"사랑조차도 없는?"

"이런, 그런 건 애초에 없는 거야."

"이런, 그런 건 애초에 없는 거야."

나는 빈정대며 따라 했다. 그러자 급격히 침울해졌다.

"넌 이런 순간에 늘 상처 입은 표정을 짓는구나. 어린 것 같으니, 이리 와."

"싫어요."

"정말 나를 박대하기야?"

"……."

"이리 와. 자지는 않는다 해도 가까이 앉을 수는 있잖아. 우리가 쌓은 우정이 얼만데."

내가 다가앉자 이진은 내 헝클어진 머리카락을 손가락으로 빗질해 주었다. 그리고 내 얼굴을 그의 턱 아래로 당겨서는 입을 맞추었다. 목구멍 안으로 맑은 침이 넘어왔다. 이상한 맑음이었다. 언제라도 그의 타액은 이슬만큼이나 맑았다. 이진의 손이 가슴으로 들어오자 나는 전망대를 바라보았다. 유경은 바다 건너편을 손짓하며 아이에게 무어라고 말하고 있었다. 나는 이진을 뿌리치고 일어섰다.

"난 당신을 알 수가 없어요. 당신을 정말 모르겠어요."

그는 담배에 불을 붙였다.

"하지만 당신은 나쁜 사람이에요. 당신의 인생관이나 가치관이 아무리 논리정연하다 해도 당신은 역시 나쁜 사람이에요."

"모른다면서 왜 그렇게 단정하지?"

그는 머리 나쁜 아이를 나무라듯 심술궂게 물었다.

"왜냐면……, 그건 간단해요. 당신을 안 뒤로 나에겐 나쁜 일만 생긴 셈이니까. 생각해 보면 완전히 나빠졌어."

"하하, 산다는 건 원래 나쁜 거야. 우리들 영혼은 보람도 없이 헛된 궤도를 돌고 있는 거야. 아무도 빠져나갈 수 없어. 이건 궤변이 아니라구. 네가 괴롭다면, 넌 이제 제대로 인생에 참여한 거야."

그는 웃어댔다. 정말 늙은 주정뱅이처럼. 그는 결국 나에게 또 한 사람의 양부였다. 나는 방파제를 내려가 해변을 걸었다. 유경의 발자국이 난 곳을 따라 똑같이 발을 포개며……. 고개를 숙인 눈 속에 눈물이 빠르게 고였다. 나는 나 자신의 연약함을 경멸한다. 하지만 어떻게 처리해도 연약하다는 사실에는 변함이 없다.

전망대 아래에 노파가 여전히 고개를 치켜들고 손자를 올려다보고 있었다. 아이는 노래를 부르고 있었다. 별이 반짝반짝 올라가는 별 내려오는 별 가까운 별 먼 별 별이 빙글빙글 올라가는 별 내려오는 별 가까운 별 먼 별 별이 반짝반짝……. 나도 전망대의 시멘트 단에 올라앉았다. 그러자 먼 방파제에 앉아 있는 이진과 마주 앉게 되었다.

이제 막 내가 밟고 온 해변에 물이 들고 있었다. 물은 놀라울 정도로 갑작스럽게 넘실넘실 몰려왔다. 모래 위에 패인 우리의 발자국도 물에 잠기고 있었다. 전망대의 단 앞까지 물이 들어왔을 때 유경이 아이를 안고 계단을 내려왔다. 아이는 여전히 노래하고 있었다. 별이 반짝반짝 올라가는 별 내려오는 별 가까운 별 먼 별 별이 빙글빙글……. 바다에 석양이 물들기 시작했다. 넘어지는 붉은 곰처럼 하루해가 저물고 있었다.

아이와 노파와 헤어진 유경은 내 곁에 멈추지 않고 그대로 지나갔다. 나는 유경의 팔을 잡았다. 유경은 내 팔을 풀어버렸다. 그리고 지나가는 말처럼 물었다.

"그저께, 그날 새벽에, 너 어디에 있었어?"

나는 걸음을 멈추고 말았다.

"넌 어디에 있었는데?"

나는 당황하며 되물었다.

"난 네 집 앞에 있었어. 술에 잔뜩 취해 비를 맞으며 네 집 앞에 서 있었어. 넌, 이진의 차에서 내렸지."

그는 그대로 물이 차오르는 해변에 발목을 적시며 가로질러 갔다. 그를 뒤따라갈 수가 없었다. 바닷물이 무릎까지 차오르도록 그 자리에 서 있었다.

⋮

다음 날 택배로 오피스텔 키와 계약서가 왔다. 내 이름으로 계약되어 있었다. 나는 마음이 지쳐 그것들을 싱크대 서랍 속에 넣어버렸다.

무참한 얼룩

"넌 즐거워?"
"뭐가?"
"이 모든 것이."

8월의 두 번째 토요일이었다. 나는 유경과 둘이 바닷가 카페의 비치파라솔 아래 앉아 있었다. 우리는 둘 다 선글라스를 쓰고 얼음이 가득 든 콜라를 마시고 있었다. 아주 커다란 잔이었다. 유경은 말이 없었다. 나는 커튼을 완성하느라 흥분해 있었다. 잔디 위에, 내 새하얀 원피스 위에 초록 레이스 마을을 활짝 펼쳐놓았다. 마을의 집들과 삼나무, 당나귀와 마을로 가는 오르막길이 형체를 온전히 드러냈다. 나는 이제 구름과 새가 떠 있는 하늘을 짜고 있었다.

유경은 빠르게 움직이는 내 손가락들과 은색 바늘에 걸려 올라오는 레이스 코와 내 긴 손톱에 시선을 맞추고 있었다. 유경이 말도 없이 그렇게 오래 내 손가락들을 보고 있자 신경이 쓰였다. 내 손가락은 부풀어 오른 듯 살이 찐 것이다.

바늘을 쥔 손이 움직일 때마다 손가락 관절이 연결된 손등 부분이 보조개가 파이듯 속속 들어갔다.

누구라도 내가 살이 쪘다는 것은 알 수 있었다. 처음 이곳에 올 때에 비해 7킬로그램이나 체중이 불었으니까. 살은 가슴과 엉덩이와 허벅지와 손과 발등에 차올랐다. 무거운 가슴은 아래로 늘어지기 시작했고 엉덩이는 하나가 더 붙었다고 느껴질 만큼 커진 채 의자 속에 퍼져 있었고 구두 위로 발등의 살이 볼록하게 솟았고 발목의 뼈도 물렁한 살에 묻혔다.

나는 레이스 뜨개질을 멈추고 웨이터를 불러 담배를 부탁했다. 웨이터가 버지니아 슈퍼 슬림을 가져왔다. 유경은 해변에서의 일 이후 만나기는 해도 거의 말이 없었다. 나 역시 할 말이 없었다. 얼굴이 커다랗게 부어오르는 느낌이었다.

내가 담배에 불을 붙였을 때 내내 입을 다물고 있던 유경이 말했다.

"내가 아는 여자들은 모두 버지니아 슈퍼 슬림을 피워."

이진이 버지니아 슈퍼 슬림을 사 주었던 처음의 밤이 떠올랐다. 벨기에산 초콜릿 두 상자와 초콜릿 아이스크림바 다섯 개와 함께. 그는 이후 늘 군것질거리를 사 주었고, 이제 나는 그것들이 떨어질까 봐 노심초사하며 스스로 사다 날랐다. 그러자 내가 살이 찐 건 이진의 계략같이 느껴졌다.

"너 나 사랑하니?"

유경이 불쑥 물었다. 그가 물을 때면 늘 그랬듯이 나는 재빨리 대답했다.

"사랑해."

그런 때면 늘 내 눈에 포기의 빛이 어릴 것이었다.

"넌 즐거워?"

나는 선글라스를 벗었다. 그리고 진지한 얼굴로 물었다.

"뭐가?"

"이 모든 것이."

나는 무슨 말을 하는지 모르겠다는 얼굴로 그를 마주 보았다. 유경은 선글라스를 바로 쓰고는 자리에서 일어섰다. 그리고 다음 순간 커다란 콜라 잔을 들어 새하얀 원피스를 입은 내 무릎에 쏟았다. 콜라는 칙칙한 갈색 얼룩을 남기며 흥건하게 레이스 마을 커튼과 원피스와 속옷 속으로 스며들고 무릎 위엔 각 얼음만 남았다. 원피스 속 가랑이 사이에 콜라가 차갑게 고이는 것이 느껴졌다. 내 손에서 바늘이 떨어지고 콜라에 젖은 레이스 마을 커튼이 툭 떨어져 잔디밭을 덮었다.

"왜 이래?"

수치심으로 숨이 막혀가며 간신히 외쳤다. 유경은 선글라스로 얼굴을 가린 채 희미하게 웃었다. 웃음 속에 심술과 슬픔이 동시에 어렸다. 나는 이 모든 것이 좀 심한 장난이기를, 아니 이 모든 것이 거짓말이기를, 꿈이기를 순간적으로 빌었다.

"네가 잘 알잖아."

그는 경기가 끝난 텅 빈 관람석에 혼자 너무 오래 앉아 있었던 사람처럼 담담하고 공허했다.

"넌 왜 괴로워하지 않아? 어떻게 이 상황을 그렇게도 천연덕스럽게 즐기지?"

내 얼굴이 참혹하게 일그러졌다.

"내 곁엔 늘 이진이 있었어. 이진은 이미 내가 어쩔 수 없는 상대야. 하지만 난……."

그는 무언가 결정적인 말을 하려는 듯하다가 고개를 돌렸다. 유경은 나를 그대로 두고 걸어 나갔다. 나는 안간힘을 다해 일어섰다. 고여 있던 콜라가 다리를 타고 주르르 흘러내렸다. 마치 싸늘한 하혈을 하는 느낌이었다. 허벅지 안쪽의 연한 살이 벌써 쓰라렸다. 나는 그를 뒤따라가 붙들어 세웠다.

"나한테 이러지 마."

"……."

"혼자 가지 마."

"왜 안 돼?"

"내가 너를 사랑하니까. 정말 사랑하니까."

나는 그의 목을 끌어안았다. 그리고 다급하게 선글라스를 벗겨냈다. 그의 눈 속이 붉었다. 유경은 얼굴을 돌리고 나를 뿌리쳤다. 내 얼굴이 일그러지고 눈물이 즙을 쥐어짜듯 고통스럽게 흘러나왔다. 아래로도 눈물을 흘리는 듯 살찐 허벅지가 젖어서 원피스가 척척 달라붙었다.

"내가 얼마나 너를 사랑하는지 넌 모를 거야. 너를 사랑해. 너와 함께 이곳을 떠나고 싶어. 떠나면 뭐든지 잘할 수 있을 거야. 정말이야."

나는 있는 힘을 다해 외쳤다. 그는 싸늘하게 나를 노려보았다. 그는 걷기 시작했다. 뒤돌아보지 않고 해안 길을 따라 계속 걸어 나갔다. 나는 꼼짝할 수도 없었다. 나는 더러운 얼룩이 진 채 버려진 옷더미처럼 그곳에 못 박혀 있을 뿐이었다.

바로 앞엔 늙은 남자가 혼자 낚싯대를 드리우고 앉아 있었다. 이른 아침 바다로 오는 첫 버스를 타고 와 온종일 그렇게 앉아 있다가 마지막 버스를 타고 어딘가로 돌아가는 늙은 남자들 중 하나였다. 늙은 남자는 도와줄 일이라도 있느냐는 듯이 자신 없는 얼굴로 힐긋힐긋 돌아보았다. 내 손엔 유경의 선글라스가 쥐어져 있었다. 나는 그것이 유경의 육체의 한 부분이기라도 한 것처럼 꼭 쥐었다.

내 방의 다른 주인

잠과 나 사이에 미농지 같은 종이 한 장이
가로놓여 있는 것 같았다.
미농지 저편으로 현실의 그림자들이
자꾸만 흘러오고 흘러갔다.

그 후 일주일 동안 이진의 전화를 두 번 받았다. 이진은 월요일과 금요일에 전화를 했다. 나는 아프다고 했다. 유경은 전화를 하지 않았다. 커튼을 닫고 선풍기를 틀어놓고 유경의 선글라스를 쓰고 유경에게 선물받았던 테이프를 계속 들으며 온종일 누워 있었다. 〈Old Man〉, 〈Wish You Were Here〉, 〈Streets of Philadelphia〉, 〈Simple Man〉, 〈Carry On〉……. 그렇게 캄캄하게 꼼짝 않고 누워 있으면 유경이 나를 찾아와 준다고 믿는 것처럼 고집스럽게 누워 있었다.

그런데 금요일 저녁에 이상한 일이 일어났다. 한 노파가 계단을 밟고 올라와 내 현관문을 두드린 것이었다.

나는 선글라스를 쓰고 누운 채 눈을 동그랗게 뜨고 계단을 오르는 기척을 느끼고 있었다. 마침내 현관문에 방문객의 손이 닿았을 때, 벌떡 일어나서 현관문을 왈칵 당겼다. 유경이 아닐 수 있다고는 의심하지 않았다. 이진은 연락도 없이 내 방에 올라오는 타입이 아니었다. 그러나 이진도 유경도 아닌 아주 작은 노파가 서 있었다. 꿈을 꾸는 것 같았다. 며칠 동안 제대로 먹지도 못하고 잠들지도 못했던 것이다.

레이스로 짠 동그랗고 알록달록한 여름 모자를 쓰고 긴 점퍼스커트를 입고 한 손에 손수건을 든 노파는 나를 아랑곳하지 않고 안으로 들어섰다. 그리고 여행용 비닐 가방을 거실에 놓고 실내를 둘러보았다. 동화 속에 나올 것 같은 명랑한 얼굴이었다. 나는 선글라스를 천천히 벗었다.

"새댁, 내 장롱은 어쨌수?"

방 안에 들어선 노파가 그렇게 물었을 때야 갑자기 자초지종을 알아챘다. 나는 난처한 얼굴로 주저앉을 뻔했다.

"어쨌수? 주인한테 좀 맡아달라고 했는데."

노파는 눈을 동그랗게 뜨고 다시 물었다.

"팔아먹은 거야?"

팔아먹은 건 아니지만 나는 고개를 끄덕였다.

"세상에……, 이걸 어째. 그게 어떤 물건인데. 아이구, 이런 낭패가 있나. 찾아야 돼. 찾아야 돼."

장롱을 내놓지 않으면 한바탕 난리라도 일으킬 태세였다.

"어떤 물건인데요?"

"우리 영감이 직접 만들어준 장롱이야. 집만 지었지, 장롱 같은 건 생전 만들어본 적도 없는 영감이 직접 만든 거라고. 아이구, 내가 그렇게 신신당부를 했는데. 이 여편네를 그냥……."

노파는 아래층으로 구를 듯이 마구 내려갔다. 나는 거의 일주일 만에 잠옷을 벗고 옷을 갈아입었다. 곧 땀에 푹 젖은 식당 여자가 노파와 함께 올라왔다. 그 여자는 분명 장롱을 내가던 날 지켜보았는데도 불구하고 모르는 척했다.

"몰랐어요. 난 아직 이 방에 있는 줄 알았어. 이 아가씨가 장롱을 내보내는 걸 나는 까맣게 몰랐다니까. 아가씨를 이 방에 들일 때도 내가 그랬잖아. 장롱을 여기 둬야 한다고. 그 조건으로 세도 좀 싸게 주었는데, 나랑 의논도 없이 장롱을 내버렸나 보네."

그건 사실이었다. 주인 여자와 사전에 상의를 한 적은 없었다. 주인 여자는 장롱이 식당 앞에 내려졌을 때에야 알게 되었다.

이 건물은 원래 할머니 소유였다고 했다. 할머니는 이 동네에서 30년 이상을 살았는데, 아들과 딸들에게 재산을 정리해 나누어 주느라 건물을 팔고 이 집에 세를 얻어 살았다고 했다. 그렇게 몇 년이 흘러 쇠약해지자 자식들의 성화를 못 이겨 대구에 사는 큰아들 집으로 들어갔다고 했다. 그러나 수술을 받자 이내 쾌유가 되었고 낯설고 막힌 아파트에 갇혀 사는 생활만 해도 숨이 막히는데, 뭐가 그렇게 바쁜지 가족들이 하루 종일 말을 걸지 않는 날들이 이어지자 할머니는 친구도 많고 길도 잘 아는 이 동네로 다시 내려와 독립적으로 살기로 한 것이었다.

할머니는 장롱을 내놓으라고 주장하면서 은근히 이 방이 여전히 자기에게 우선권이 있다는 점을 강조했다. 알고 보니 주인 여자에게 아직 다 찾아가지 않은 보증금도 남아 있었다. 다른 방에 비해 세가 쌌던 이유가 거기에 있었다. 장롱도 찾아주고 이사도 나가야 할 지경이었다.

"새댁, 같이 가봐요."

"어디를요?"

나는 잔뜩 기어드는 목소리로 되물었다.

"장롱 판 데지. 어디야?"

장롱은 중고 가구점에서 싣고 갔었다. 돈은 받지 않았다. 3층에서 내리고 운반하는 인부 비용이 더 든다고 했었다.

"제가 알아볼게요. 좀 기다리세요."

나는 간신히 중고 가구점의 이름을 기억에서 되살려 내어 안내 서비스를 통해 전화번호를 알아냈다. 그까짓 구식 장롱 같은 건 아직 팔려 나가지 않았을 수도 있다는 일말의 기대를 하며……. 그러나 장롱은 팔렸다고 했다. 전화를 하는 내 표정을 살피더니 할머니가 말했다.

"그래도 찾아야 돼."

나는 마침내 주저앉아 버렸다. 그러자 눈물이 마구 쏟아졌다.

내내 참아온 눈물이 홍수가 난 듯 흘러넘쳤다. 할머니는 울고 있는 나에게서 시선을 떼더니 새삼 실내를 찬찬히 살펴보았다. 그리고 손을 내 이마에 올렸다.

"어디 아프우?"

나는 몸을 웅크리고 윽윽 소리를 내며 울었다.

"열이 있네. 감긴가? 어디가 아프우? 응? 어디가 아파?"

"……."

아무 생각도 나지 않았다. 천장으로부터 검은 휘장이 천천히 내려오더니 까마득해졌다.

"들어가서 좀 누워 있게. 내 나가서 약 지어 올게."

그날 밤엔 몹시 앓았다. 노파가 준 약을 먹은 후 간헐적으로 깨었다가 잠들었다가를 반복했다. 오한과 발열이 교대로 나를 덮쳤다. 잠시 정신이 들면 불경 소리가 들렸다. 노파가 오디오에 불경 카세트테이프를 넣은 것 같았다. 노파는 틈틈이 내게 물을 먹이고 이마에 찬 수건을 갈아 얹었다.

⋮

　실내엔 깨죽 냄새와 비 냄새가 가득했다. 방 안이 어쩐지 바뀐 것 같았다. 먼지를 몰아낸 맑고 어둑한 공기와 아무것도 널려 있지 않고 반들반들거리는 방바닥과 비 내리는 소리 때문에 한결 고요하게 느껴졌다. 저녁인 줄로 알았는데, 다음 날 한낮이었다. 노파는 태평스럽게 죽을 쑤고 있었다.
　"가만히 보니 자는 것 같아 그대로 두었어. 이 죽을 먹고 나면 기운도 다시 날 거유. 젊은 아가씨가 뭘 했길래, 그 지경이래."
　살림 꼴을 보고 나무라는 것 같았다. 노파는 한여름에도 추위를 타는지 유리문을 닫고 죽을 끓여 창에는 김이 가득 서려 있었다. 마룻바닥과 부엌과 화분의 넝쿨 잎은 반짝반짝 윤이 나고 내용물이 비워진 노파의 여행 가방이 벽에 당당히 걸려 있었다. 나는 창문을 열었다. 베란다 바깥에는 빗줄기가 국수 가락처럼 줄줄 내렸다.
　"장마전선이 또 왔대요. 올여름엔 장마가 두 번이나 지는 거라구."
　노파가 혼잣말처럼 중얼거렸다. 락스 냄새가 희미하게 나는 화장실도 고요하게 마르고 있었다. 거울 앞 선반에는 못 보던 빗이 하나 놓여 있었다. 빗살 사이가 촘촘한 작은 갈색

빗이었다. 그리고 로션병과 낯선 수건……, 노파는 어느덧 살림을 편 것 같았다.

"남자가 하나 다녀갔수."

내가 묻는 눈으로 보자 노파가 식탁 위의 케이크 상자를 가리키며 설명했다.

"얼굴이 희고 체구가 좋고 한 마흔쯤 돼 보이는 점잖은 신사던데……. 아가씨 아프다고 했더니 내일 전화하겠다던데."

나는 희미하게 오피스텔 키를 떠올렸다. 이진이 온 줄 알았더라면 오피스텔 키를 돌려주었을 것이다. 노파는 나에게 죽을 먹이고 약을 주었다. 약을 먹은 뒤 다시 침대에 들어가 누웠다. 잠이 들려고 하면 빗소리가 의식을 깨웠다. 비의 숲 속에 갇힌 기분이었다.

노파가 무어라고 중얼거리며 내 이마 위의 머리카락을 넘기는 것이 느껴졌다. 싸늘하고 건조한 손이었다. 나는 노파의 장롱을 버리고 새 장롱을 샀던 것을 후회했다. 식탁을 산 것도, 카펫을 산 것도, 침대와 소파를 산 것도, 그 많은 구두를 산 것도……. 반야심경이 나뭇잎이 쓸려가듯 낮게 흘러나왔다. 심무가애心無罣礙 무가애고無罣礙故 무유공포無有恐怖 원리전도몽상遠離顚倒夢想…….

아무리 먼 곳으로 가도 자신을 벗어날 수 없을 거라던 이진의 말이 떠올랐다. 칼로 쫘악 찢어버리기 전에는 벗어날 수 없다고. 그것을 좌절이라고 했었다. 잠과 나 사이에 미농지 같은 종이 한 장이 가로놓여 있는 것 같았다. 미농지 저편으로 현실의 그림자들이 흘러오고 흘러갔다.

이렇게 불쾌한 사랑

난 아무런 약속도 할 수 없는 가망 없는 인간이야.
하지만……, 나와 함께 갈래?

다음 날도 어두웠다. 마치 저녁으로만 가득한 날 같았다. 오후 4시에 이진에게 전화를 했다. 집으로 와달라고 하자 그는 데리러 갈 테니 준비하라고 했다.

나는 대답하지 않았다. 외출할 생각도, 저녁을 함께 먹을 생각도 없었다. 하지만 오피스텔 키를 돌려주겠다고 하면 이진이 올 리가 없었다. 밖에는 한결같이 굵은 장대비가 내리고 있었다. 그는 약간 짜증스러운 목소리로 집에 함께 있는 노파가 누구냐고 물었다. 나도 모른다고 간단히 대답했다.

전화를 끊은 후 조금 더 누워 있다가 샤워를 했다. 샤워를 하고 있을 때, 누군가가 온 기척이 들렸다. 문이 열렸다가 닫히고 할머니의 소리가 들렸다. 내가 샤워를 한다는 말, 차를 마시겠느냐는 질문 그런 것이었다. 샤워기를 꺼보았지만 화장실 창문에 부딪히는 굵은 빗소리만 들릴 뿐 그 외의 말소리 같은 건 전혀 들리지 않았다. 이진이 생각보다 이르게 온 것이라고 생각했다. 불을 켜놓고 샤워를 해서인지 벌써 밤 같았다.

옷을 입고 거실로 나갔을 때, 나는 깜짝 놀랐다. 방문객은 유경이었다. 할머니는 없었다. 그래야 한다고 생각했는지 자리를 비운 것 같았다. 실내는 너무 어둑했다. 유경은 몸 어딘가에 칼을 숨긴 것 같은 얼굴로 나를 담담하게 보았다. 낡은 흑백영화에 등장한 자객 같았다. 나는 찬물에 샤워를 했는데도 열이 올라 냉장고 문을 열고 냉수를 한 잔 가득 마셨다. 손이 바르르 떨렸다.

"미안해. 네 원피스에 콜라를 부은 것 정말 미안해. 은령, 나를 용서해 줘."

그 말을 듣자 눈물이 울컥 쏟아졌다.

"난 형편없는 인간이야. 네 탓이 아니야. 난 내가 여자들에게 원하는 것이 무엇인지 모르겠어. 전에도 그랬고 앞으로도 그래. 모르겠어."

나는 고개를 돌려 베란다 바깥의 빗줄기를 내다보았다.

"난 아무런 약속도 할 수 없는 가망 없는 인간이야. 하지만……, 나와 함께 갈래?"

나는 고개를 끄덕였다. 빗물이 흘러내리는 유리창처럼 눈에서 눈물이 흘러내렸다. 눈물 때문에 가식적인 살림살이로 비좁도록 가득 찬 실내에 서 있는 유경의 얼굴이 흐릿하기만 했다.

"트렁크를 꾸릴까? 지금 떠나는 거야?"

유경은 내 얼굴의 눈물을 손으로 닦았다. 그리고 등을 당겨 안았다.

"그렇게 서두르지 않아도 돼. 먼저 이곳을 정리하고 비행기 티켓을 사야지."

그때 현관문이 천천히 열렸다. 그리고 머리카락이 조금 젖은 이진의 무심한 얼굴이 나타났다. 나는 두 손으로 눈물을 닦아냈다. 유경과 마주친 이진은 오히려 별로 놀라지 않았다. 그러나 유경은 눈이 튀어나올 듯 놀라고 긴장한 표정이었다.

"다음에 들르지……."

이진은 그렇게 말하고 돌아서려 했다. 그러자 유경은 구두도 벗지 않은 이진을 붙잡아 거실로 끌어 올렸다. 그리고 이진의 턱에 주먹을 날렸다. 이진은 두 번의 주먹을 그대로 맞았다.

이진은 한 손으로 벽을 붙잡았다. 갑자기 주먹을 맞았는데도 이진은 이 상황에 대해 무관심한 얼굴이었다. 세 번째 주먹이 이진의 배에 꽂혔다. 이진은 유경을 끌어안고 넘어졌다. 둘은 바닥에서 서로를 제압하기 위해 사납게 엎치락뒤치락거렸다. 유경은 여전히 주먹질을 해댔다. 작은 테이블 위에 있던 유리 화병이 깨어지고 식탁이 뒤로 밀리고 의자가 넘어졌다.

나는 비명을 지르며 실내화를 벗어 들고 유리 조각들을 가장자리로 밀어냈다. 손가락 어딘가가 찔렸는지 이내 피가 새어 나왔다. 이제 막 유리 조각을 밀어낸 자리에 이진의 얼굴이 떨어졌다. 유경이 이진의 얼굴을 눌렀다.

"안 돼!"

나는 비명을 질렀다. 이진이 유경을 뿌리치고 일어났다. 그의 얼굴에 이내 이슬 같은 핏방울이 점점이 맺혔다. 마침내 이진이 유경을 제압했다. 이진은 유리 조각을 피해 유경의 몸을 거실 가운데로 밀었다. 유경은 엎어져 누운 자세로 팔을 뒤로 꺾인 채 거친 숨을 쉬며 꼼짝하지 않았다. 이진은 유경의 팔을 꺾어 쥔 채 옆얼굴을 넋 잃은 표정으로 쳐다보고 있었다. 유경은 바닥에 한쪽 얼굴을 댄 채 눈을 부라렸다.

이진은 일어서서 유경을 일으키려 했다. 유경은 반쯤 일어나 그대로 주저앉아 버렸다. 더 많이 펀치를 날린 사람도 유경이었고 더 많이 지친 사람도 유경이었다. 유경은 울 것

같이 눈 아래가 붉었다.

이진은 좁은 거실에 구둣발로 서 있어서 몸집이 더 커 보였다. 미세한 유리 조각이 박힌 왼쪽 뺨의 상처에서 바늘로 딴 것 같은 가느다란 피가 흘러나왔다. 새하얀 와이셔츠 칼라 부분에 핏방울 하나가 떨어졌다. 이진은 유경에 대해 무심한 데 비해 나를 싸늘한 시선으로 노려보았다. 유경과 나를 고의적으로 마주치게 하기 위해 그에게 전화를 해서 불렀다고 오해하는 것 같았다. 나를 추궁하는 두 눈은 차갑고 서글펐다.

나는 그렇지 않다고 해명하고 이진의 다친 얼굴을 감싸 안고 싶었다. 커다랗고 살찐 몸을 가진 퇴폐적이고 속물적이고 수상쩍은 그 남자의 일거수일투족은 이미 나에게 엄청난 지배력을 행사하고 있었다. 그가 냉담해질수록 그의 커다란 몸이 나에게 쏟아주었던 감동들이 더 깊이 몸 안에서 회오리치는 듯했다.

내가 티슈를 뽑아 들고 다가서자 이진은 손바닥을 들어올려 나를 쳐내듯 거절했다. 의심은 쉽게 경멸로 변해버린다. 그는 인생을 손아귀에 넣고 주무르는 단호하고 노회한 중년의 남자였다. 그는 화장실에 들어가 손과 얼굴을 대강 닦고 머리카락을 정돈한 뒤에 활짝 열린 문을 통해 계단을 내려갔다.

"이진, 그게 아니야……."

나는 그의 이름을 부르며 따라갔다. 그리고 이진의 등에 올라타듯이 그의 뒷목을 양팔로 끌어안고 그를 죽일 듯이 목을 조였다.

"내가 유경을 부른 게 아니야……."

이진은 조금의 망설임도 없이 내 손을 비틀어 풀고 내려가 버렸다. 내 몸은 앞으로 휘청했다. 나는 벽을 잡고 계단에 주저앉았다.

"이진, 이진……."

나는 그의 이름을 큰 소리로 불렀다. 어두운 2층 층계참에 주저앉은 채 뒤돌아보니 계단의 끝에 유경이 서서 내려다보고 있었다. 천천히 계단을 올라갔다.

유경의 얼굴과 손에도 피가 묻어 있었다. 나는 유경의 얼굴을 닦아주기 위해 마른 수건을 물에 적셨다. 그러나 유경은 사납게 뿌리쳤다.

"유경……."

나는 다시 그에게로 다가섰다.

"너는 이 순간조차도 이진과 나 사이에서 태연하구나. 넌 아무렇지도 않니? 정말 아무렇지도 않아? 나에게 어쩌라는 거야?"

나는 혼란에 빠져버린 것이 사실이었다. 나로선, 이진과 유경을 동시에 사랑하는 것이 왜 그 순간에 와서 문제가 되는지 실감할 수 없었다. 그들을 사랑하는 일이 왜 분별되어야 하는지, 왜 나누어져야 하는지 납득할 수 없었다. 어쩌면 그들을 동시에 만났던 그날로부터 지금까지 내내 도덕적 마비 상태에 있었는지도 모른다.

유경은 내 어깨를 밀치고 나가버렸다. 베란다에서 내려다보니 이진의 차가 아직 세워져 있었다. 이진은 차창을 아래로 내려놓은 채 얼마든지 기다리겠다는 듯 몸을 한껏 뒤로 젖히고 담배를 피우고 있었다. 차창 안으로 빗방울이 튀어 들어가 이진의 어깨를 적시고 있었다.

잠시 후에 유경이 나타났다. 유경은 천천히 그에게로 다가갔다. 이진은 피우던 담배를 차창으로 내던지고 차에서 내렸다. 두 남자는 비를 그대로 맞으며 잠시 대치해 있었다. 그러다가 문득 이진이 손을 들어 올려 유경의 얼굴을 쓰다듬었다. 흐르는 빗물을 닦아주듯 애처로운 동작이었다. 유경은 그대로 서 있었다. 이진이 차 문을 열었다. 유경은 고개를 저었다. 차 문을 열어둔 채 이진은 유경의 편편한 가슴에 두 손바닥을 올리고 무어라고 길게 말을 했다. 유경은 그대로 서 있기만 했다. 이진은 유경의 등을 두드렸다. 그리고 차를 탔다. 자동차는 빗속을 미끄러지듯 떠나갔다. 유경은 얼마간 빗속에 그대로 서 있었다. 그는 내가 서 있는 창을 올려다보지 않았다. 그는 돌아오지 않았다.

 돌아와서 얼굴을 씻지도 않고 젖은 몸을 말리지도 않고 나를 안고 여행 계획을 세우지도 않았다. 모래를 딛고 선 것처럼 발가락 사이로 무언가가 뭉텅뭉텅 무너져 내렸다.

 피우고 있던 담배를 끄고 우산을 들고 뒤쫓아 나갔지만 어디에도 유경은 없었다. 거리의 상점들과 집들과 차들은 불을 켰지만 비 내리는 거리는 너무 어두웠다. 나는 허둥지둥 택시를 잡아탔다. 그리고 유경의 아파트로 가 현관 벨을 눌러댔다. 아파트는 빈 상자 속처럼 전혀 반응이 없었다.

 어쩐지 유경이 안에 있을 것만 같아 주먹을 꼭 쥐고 두드렸다. 유경, 유경……. 얼마 후에 옆집의 현관문이 열리고 한 여자가 분노한 얼굴로 나를 노려보았다.

 "아기가 깼어요."

 여자는 짧지만 격하게 나무랐다.

 그녀가 들어간 후에도 나는 오랫동안 유경의 현관문 앞에 서 있었다.

⋮

 다음 날도 마찬가지였다. 다음 날도 그다음 날도……. 이진과도 전혀 연락이 닿지 않았다. 그 후의 2주일간은 폭염과 잠도 잘 수 없는 열대야가 계속되었다. 폭염과 내 안의 열기가 합쳐져 온몸이 붉게 달아오르고, 불면으로 두 눈도 충혈된 채 유경의 아파트와 플루토와 이진의 빌라를 오갔다. 어느 곳에서도 유경과 이진을 만날 수 없었다. 플루토의 종업원은 이진이 여행을 떠났다고 했다. 그들을 찾아다닌 시간은 여름이 지나가도록 계속되었다.

나는 이진의 오랜 친구라는 항만청 남자를 찾아갔다. 항만청 남자는 자리에 있었다. 그러나 시간이 없다는 핑계를 대며 나를 만나기를 거절했다.

신문 스크랩

슬픔은 노역을 치르고 말라비틀어진 걸레 같았다.
슬픔은 곰팡내 나고 텅 비고
아무 데도 쓰일 데 없이 뻣뻣했다.

숨이 차고…… 기침을 계속했고 가래가 끓어오르고 현기증이 났다. 간호사가 엑스레이사진을 집게로 고정시키자 의사는 가느다란 봉으로 염증이 있는 부위를 가리켰다. 하얗게 드러난 갈비뼈의 왼쪽 검은 폐 부분에 연기 같기도 하고 거품 같기도 하고 지혈 솜 같기도 한 것으로 희부옇게 채워진 부분이 문제였다. 폐렴은 지나친 흡연과 영양실조와 관계가 있다고 했다. 나는 슬픔과도 관계가 있을지 모른다는 생각을 했다.
 사람들은 누구나 내가 슬픔에 빠진 것을 알아보았다. 식당 여자와 2층집 여자, 노파와 가겟집 여자들, 택시 기사들과 백화점 점원, 버스 안의 남자들……. 모두들 일제히 약속이라도 한 것처럼 아무도 말을 걸지 않았다. 잠시 뒤에 내가 울기 시작할 것이라는 사실을 알기라도 한 것처럼, 내 주머니마다 초콜릿이 가득 들어 있다는 것을 아는 듯이, 내가 속옷조차 제대로 차려입지 않았다는 것을 알아본 듯 의심스럽게 쳐다볼 뿐이었다.

노파는 나를 일으켜 자주 산으로 데리고 갔다. 슬플 때는 높은 곳을 올라야 한다는 것이었다. 나는 노파에게 떠밀려 헉헉대며 산을 올랐다.

어느 날은 한밤중에 자궁이 깨어지는 듯한 아픔과 함께 하혈이 시작되었다. 나는 고통과 하혈에 일말의 만족감을 느끼며 다음 날 산부인과로 갔다. 의사는 나에게 신경정신과로 가라고 권했다. 임신은 아니었다. 극심한 스트레스 때문이라고 했다. 나는 신경과 치료를 받지 않았다. 하혈은 보름 정도 계속되었다. 나는 신경정신과 대신 치통으로 시작하게 된 치과 치료에 전력을 기울였다. 치과 치료는 마음을 진정시키는 효과가 있었다.

충치를 치료하고 난 후에는 양쪽의 사랑니 하나씩을 뽑아냈다. 마취로 인해 무감각한 잇몸으로부터 턱까지 뿌리를 내린 듯한 깊은 뼈가 우두둑 소리를 내며 뽑혀 올라왔다.

고문대 같은 그 의자에 눕혀지면 간호사가 차가운 스테인리스 기구로 한쪽 입술을 잔뜩 당겨 고정시킨다. 입술이 뒤집어져 잇몸과 치아가 드러난다. 철사처럼 가느다랗고 긴 마취주사가 꽂히면 입과 턱은 시멘트로 땜질해 놓은 듯 뻑뻑하고 무거워진다……. 뼈를 갈아내는 드릴의 진동, 입안을 들락거리는, 신경이 쭈뼛 서도록 자극하는 끝이 날카롭게 휘어진 차가운 스테인리스 기구들……. 가느다란 호스에서 뿜어져 나오는 물과 흡입 호스의 바람…….

스물다섯 살의 한 해가 거의 다 지나가고 있었다. 11월이 왔다.

⋮

그날도 노파와 산을 오르다가 나는 산길에서 비껴나 무덤가에 주저앉아 버렸다. 노파는 멀거니 나를 보더니 곧내 곁으로 와 앉았다. 나는 숨이 차서 폐에 통증까지 느끼는데 노파는 호흡이 전혀 엉기지 않았다. 호흡이 가라앉는 동안 노파가 꺼칠한 손으로 등을 쓸어주었다. 내가 모르는 사이 가을이 절정이었다.

나무들은 단풍이 들고 까치밥나무 열매는 바늘에 찔려 맺힌 피처럼 붉었고, 매화나무 과수원을 둘러싼 가시나무는 노란 탱자를 툭툭 떨어뜨리고 새들은 단답식 문답을 주고받는 것처럼 짧게 울고 그 울음을 다른 새가 받아서 또 짧게 울기를 반복했다. 그리고 가을인데도 주저앉은 무덤가의 풀밭은 이상하도록 파랬다.

"내 나이 열일곱 살 때……."

노파가 풀을 쓰다듬으며 이야기를 시작했다.

"한 남자를 알게 되었어. 육촌 오빠의 친구였는데, 인근 마을에 살았지. 우리 동네는 박가 집성촌이어서 십촌 내에 내 또래의 남자아이들이 많았어. 그런데 이상하지. 같은 나이인데, 유독 그 애만 남자로 보이는 거야. 봉선화 꽃물을 들인 날이나 새 옷을 입은 날은 혹시나 육촌 집에 그 남자애가 오지 않을까 하고 집을 기웃댔지. 어느 날은 15리 길을 걸어 처음 본 그 아이의 마을 어귀까지 가기도 했었어. 내가 봉선화 꽃물 들인 손톱을 그 아이에게 보여줄 수 있었던 건 그로부터 석 달이나 지나 들판에 서리가 내릴 무렵이었지. 꽃물이 초승달처럼 손톱 끝에 간신히 걸려 있는 때였어. 그 날 우린 육촌 덕분에 읍내에서 단둘이 만나 장터 구경을 하고 들길을 걸었거든. 그 남자애가 내 육촌에게 청을 넣었던 거야. 그도 나를 생각해 왔던 거지. 들판 한가운데 이르니까, 그 남자애가 손을 내밀었어. 나는 망설이지도 않고 손을 주었어. 그 남자애가 내 손을 꼭 잡고서는 열 손가락의 손톱에 하나하나 눈도장을 찍는 거야. 그리고 손깍지를 끼고 걸어갔지……. 이상한 일이야. 내가 남편하고 스물에 결혼해서

35년 동안 합방하여 살을 섞고 살았지만, 남편의 살에 대한 기억은 없는데 지금도 그날 그 남자의 손바닥 감촉만은 참 생생하거든."

노파는 노랗고 쪼그라든 작은 손으로 보랏빛 구절초를 한 잎 한 잎 떼어내었다.

"한 3년 가뭄에 콩 나듯이 그 남자를 만나다가 스무 살 겨울에 아버지가 정해주는 사람과 결혼을 했어. 그 남자 이야기는 꺼내보지도 못했지. 그 남자 아버지가 행랑아범으로 남의 집에 매인 몸이었거든. 그땐 아직 그런 게 있었어. 쌍놈도 있었고 종도 있었지. 나는 대를 이어 목수 일을 하는 남자에게 시집을 갔어. 시아버지가 기술이 좋아서 집도 있고 논도 있었지. 세월이 흐르고 흘러서 아이를 셋이나 낳고 이곳까지 흘러왔지만 사는 동안 내내 그 남자가 안 잊혔어. 마음속에 딴 남자가 있으니, 남편과는 정이 알뜰하지는 않았지. 무슨 맘으로 그랬는지 남편에게 마음을 안 주려고 일부러 모질게도 굴었어. 사랑을 못 받아서인지 남편은 예순 살이 되던 해에 저세상으로 갔고……. 내 나이 쉰다섯 살이었어. 장례식을 치른 지 석 달 뒤부터 그 남자 행방을 수소문해 보았는데, 부끄러움을 무릅쓰고 고향 동네 육촌에게 알아보니, 이내 찾아지데. 그런데 남자도 나와 한 도시에 살고 있었어. 근 10년째나. 사람이란 게 얼마나 무심한 것인지. 한 달쯤을 망설이다가 만났는데……."

노파의 손은 조급하게 구절초 꽃잎을 찢어대서 손가락 끝이 거무스레하게 변했다.

"상한 인물도 인물이지만 궁색해 보이고 건강도 나빴어. 이혼을 하고 아직 장가가지 않은 아들 둘과 살고 있었는데. 그 나이 되도록 집도 한 칸 장만 못 하고 세 들어 살고 있었지. 참 안됐대. 한 2년 동안 한 달에 한두 번씩 만났어. 옷을 해다 주기도 하고 보약과 밑반찬을 해다 주기도 하고 둘이 버스를 타고 근처 절에 다녀오기도 하면서. 그런데 내 막내딸이 그만 사연을 눈치채고는 언니 오빠와 의논을 한 거야. 그러고는 나더러 재혼을 하라고 권해. 내가 어땠을 거 같애? 손을 잡고 걸은 지 근 40년 만에 결혼을 하게 되었으니 겉으로는 말 못 해도 좋아서 속으로 춤이라도 추었을 거 같지? 그런데 그게 아니야……. 그렇지가 않더라고."

나는 주머니에서 담배를 꺼내 물었다. 노파는 늘 그렇듯이 내 담배와 담뱃갑을 빼앗았다. 폐에 나쁘다고 늘 담배 피우는 것을 방해했다.

"그 소리를 들으니, 정신이 번쩍 들더라. 재산 생각이 먼저 떠올랐어. 나는 아직 아이들 앞으로 내 재산을 정리하기도 싫었고, 그렇다고 재산을 가진 채 그 남자와 결혼을 해

살림을 섞기도 싫었어. 그렇게 되면 나중에 그 집 아이들에게까지 상속을 하게 될지도 모르지. 게다가 내가 왜 이 나이에 궁색하고 병든 남자 수발이나 하고 살겠나 싶었어. 그 남자를 안 후 근 40년 만에, 눈앞을 가렸던 무엇이 싹 개는 거야. 그 뒤로는 안 만났어. 남자에게 연락이 와도 안 나갔지. 사랑? 그건 모르는 거야. 누구도. 한동안 내가 이런 인간이구나 싶어 밤에 잠이 안 왔어. 죽은 남편한테도 부끄럽고 후회스럽고 나 자신이 참 수치스러웠어. 내 인생에 진실은 어디에 있나 싶어 밤마다 천장을 노려보고 누워 있었지. 불면증으로 밤과 낮이 바뀌고, 몸이 마구 쇠약해지는데, 어느 날 느닷없이 아득히도 먼 옛날의 장면 하나가 떠오르는 거야……. 그 남자를 만나던 열여덟 살 무렵이었어. 우리 집은 마을 끝 집이어서 들판과 이어져 있었어. 집 주위에는 유독 까마귀가 많았지. 집 벽에 이어 엉성한 울을 치고 닭과 염소와 오리를 키웠는데, 그 무렵엔 겨울이라 가축을 다 팔고 커다란 우리에 닭 두 마리뿐이었어. 그런데 닭이 알을 낳으면, 까마귀들이 자꾸 물고 가는 거야. 몇 날 며칠 알을 하나도 못 건졌는데, 어느 날 점심 전에 닭이 극성스럽게 울어. 후다닥 우리로 들어갔지. 닭이 연신 울어대면서 내려앉는 까마귀들을 쫓고 있었어. 그런데 어디에도 알이 없었어. 닭장 안에도 없고, 닭장 곁에 늘 알을 낳던 짚을 깐 구덩이에도 없고……. 염소와 오리를 한데 키우던 우리여서 꽤 컸어. 닭은 계속 울면서 까마귀를 쫓고 나는 기웃거리며 우리를 돌다가 마침내 알을 찾았지. 알을 발견한 나는 그 자리에 한참을 쪼그리고 앉아 있었어. 참 이뻤지. 참 진실했어. 여름에 무성한 억새를 베어내고 우리 둘레에만 몇 포기 남겨두었었는데, 그 억새 풀숲 가운데를 오목하게 가다듬어서는 알을 낳아둔 거야. 까마귀들 모르게 말이야. 알이 세 개였어. 금방 낳은 알은 아직 따뜻했지. 꼭 알 속에 심장이 든 것처럼 혼자 두근거리는 것 같았어. 어떻게 그랬는지, 성기고 가지런히 선 억샛대 하나 다치지 않게 들어가서 낳았어. 알을 둘러선 그 억샛대 사이로 햇살이 아른아른 비치고 겨울 한낮의 바람에 억샛대가 조금씩 흔들리는데……. 그 순간에 나도 알았나 봐. 내가 이 세상에 있는 어떤 진실을 보았다는 것을. 너무 행복해서 한참을 쭈그리고 앉아 있었거든."

"이해할 수 있을 거 같아요. 그게 왜 진실인지. 정확히 말할 수는 없지만 느낄 수 있어요."

나는 노파의 호주머니에서 압수당했던 담배를 꺼냈다. 이번에는 노파가 가만히 있었다. 나는 담배에 불을 붙이고 연기를 빨아들인 뒤 너무 아련하여 노파의 무릎에 머리를 베고 누워버렸다. 노파는 자세를 약간 움직여 나를 편안하게 해주었다.

"식구들은 둘러앉아 점심을 먹는데 나는 그길로 갓 낳은 알을 호주머니에 넣어 손에 꼭 쥐고 그 남자 집에 갔었어. 그의 방 봉창을 두드리니 문이 열리고 그가 놀라서 얼굴을 내밀었어. 나는 불쑥 알을 내밀었지. 그 남자는 영문도 모르고 알을 받았어. 이웃 사람들 눈 때문에 지체할 수 없었던 나는 이내 돌아 나왔지. 그 남자는 지금도 그 알이 무슨 알인지도 모를 거야. 그 기억이 떠오른 뒤로는 잠을 편히 잤어. 내 평생의 진실이 거기에 있다는 것을 알게 된 것 같아. 난 진실을 본 적이 있고 진실을 주었었고, 알고 있다는 생각이 든 거야. 그러면 됐지, 그러면 됐지. 진실은 진실이고 사람의 일은 사람의 일이지, 그걸 어쩌겠어……. 남녀 간에 일은 무어라고 말할 수도 확인할 수도 없는 거야. 사랑하고 결혼해서 애 낳고 평생 사는 부부들도 둘 사이의 진실이 어디에 있는지는 몰라."

다음 날 노파의 아들이 기사가 모는 고급차를 타고 와 노파를 태우러 왔다. 그 노파는 꼭 장롱을 찾으러 온 것은 아니었다. 말을 자주 걸지 않는 아들과 며느리, 손주들에게 파업을 벌인 것이었다. 앞으로는 다들 말을 많이 걸겠다는 다짐을 받았다고 나에게 성과 보고를 했다. 그리고 소중한 장롱 대신 초록 레이스 마을 커튼을 가져가도 되느냐고 물었다. 노파는 콜라 얼룩이 진 채 세탁 바구니에 버려져 있던 것을 중성세제로 씻어내 말리고, 능숙한 솜씨로 구름과 새를 짜서 완성한 장본인이었다. 나는 기꺼이 노파에게 커튼을 주었다.

⋮

 11월 말경이었다. 마지막 나뭇잎을 떨어뜨리려는 바람이 며칠 동안 계속 불었고 기온도 뚝 떨어졌다. 벽과 창문과 지붕을 때리고 휘감기고 펄럭이는 바람이 모두 내 몸에서 뜯겨나간 피륙처럼 아팠다. 이제 그만하고 모두 돌아와······. 나는 간혹 그렇게 중얼거리며 꼼짝 못 하고 누워 바람이 멎기를 기다렸다. 머리가 아프고 온몸의 뼈와 살이 덜컥대며 아팠다. 이따금 강박적인 습관처럼 플루토의 전화번호를 눌렀다. 그리고 너무 여러 번 반복해서 낡은 테이프 속에서 흘러나오는 듯한 무감각한 목소리로 이진과 통화하고 싶다고 말했다. 그날은 마침내 저쪽에서 기다리라고 말했다. 그러자 갑자기 바람이 뚝 멎었다. 머릿속이 하얗게 표백되는 그 느낌. 꽃나무 아래서, 내 상념과 근심과 피로와 생의 소요가 모두 흡수되던 그런 적멸이 찾아왔다. 나를 현실로부터 아득히 떼어놓는 그런 휴식······.

"전화 바꾸었습니다."

그의 목소리는 미묘하게 달랐다. 실컷 운 사람 같은 목이 잠긴 신중한 목소리였다.

"……은령이에요."

"음, 알아요."

그는 짧게 중얼거렸다. 그 말투가 어찌나 낯선지 내가 이 남자를 정말 알았던가 하는 의심이 들었다.

"언제 왔어요?"

"지난주에."

"어디 갔었는데요?"

"……노르웨이."

그것은 농담 같았다. 전혀 진실이 없었다. 나는 공격적으로 물었다.

"……유경과 함께 갔나요?"

"……."

"저 지금 플루토에 갈게요."

"오지 말아요."

그는 완강하게 금지했다.

"왜요?"

"……곧 나갈 겁니다."

그는 깍듯이 사무적인 경어를 쓰며 숨길 필요조차 없다는 듯 나를 피했다.

"언제 만날 수 있나요?"

"……."

침묵은 그 어떤 대답보다 더 전면적인 부정을 뜻했다.

"왜, 왜 나한테 이러나요? 왜…… 유경은."

나는 갑자기 숨쉬기가 어려울 정도로 고통스러웠다.

"유경에 대해서는 나에게 묻지 마세요."

"그러면 당신은요? 당신은 어떻게 된 거죠?"

"……무엇을 묻는 겁니까?"

그는 어린애를 나무라듯이 물었다. 어린애에 불과한 내가, 합리적이고 질서정연한 자신의 인생을 감히 공격하기라도 한 것처럼. 내가 감히 자신의 도덕적 논리에 반박이라도 한 것처럼.

"난 당신에게 돈을 지불했어요. 당신도 수긍할 줄로 알고요."

그러자 내 눈에서 눈물이 흐르고 이내 얼굴이 눈물범벅이 되었다. '어떻게 그런 말을, 난 우리가 그렇게 단순하지는 않았다고 생각해요. 난 그렇지만은 않았어요.' 그러나 내가 그렇게 말한다면, 뻔뻔스러운 사람은 그가 아니라 오히려 나인가…….

"나에게 바란 게 대체 뭐예요? 정말 무엇을 원한 거예요?"

"……."

"당신이 나에게 의도한 것이 바로 이건가요? 내가 유경을 잃는 건가요? 나에게 원한 것이 단지 그것인가요?"

그는 대답하지 않았다. 그는 어떤 표정을 짓고 있을까…….

"용무가 끝났으면 전화를 끊어도 되겠습니까?"

그 목소리는 이제 막 전화기를 든 낯선 사람의 것 같았다. 그는 여태 내 말을 듣지 않았던 사람처럼 나에게 말을 한 적이 없는 사람처럼 앞뒤를 잘라버렸다.

"잠깐만요."

뱃속에 나비를 삼킨 듯 내장이 바르르 떨렸다. 나는 냉정을 되찾기 위해 숨을 골랐다. 그리고 천천히 말했다.

"내가 언제나 당신의 영혼에게 묻고 있다는 것을 기억하세요."

"무엇을……."

"모든 것을요."

"……쓸데없는 일이에요."

그가 대답했다. 그리고 전화는 끊어졌다. 유경은 어디에 있는가. 나는 그 말을 묻지 못했다. 그러나 플루토에 찾아가지 않았다. 전화를 걸지도 않았다. 대신 싱크대 서랍에 넣어둔 채 까맣게 잊고 있어서 작은 갈색 얼룩이 진 오피스텔 계약서와 키와 루비 목걸이를 서둘러 택배로 돌려보냈다. 그

뒤로는 아무것도, 그러니까 정말로 아무것도 할 수가 없었다. 느끼지 않겠다고, 살기 위해 아무 느낌도 없이 이 시기를 보내겠다고 결심하기도 전에 나는 이미 얼음 나라의 주민처럼 나 자신의 투명한 감시를 받으며 갇혀버렸다. 슬픔은 알려진 것만큼 아름답지 않았다. 슬픔은 노역을 치르고 말라비틀어진 걸레 같았다. 슬픔은 곰팡내 나고 텅 비고 아무 데도 쓰일 데 없이 뻣뻣했다.

⋮

11월의 마지막 날 항만청 남자에게서 전화가 왔다. 그는 나에게 만나자고 했다.

나는 그가 퇴근할 때까지 항만청 옆의 여객 터미널 로비에 놓인 플라스틱 의자에 앉아 아몬드와 럼주가 섞인 초콜릿을 먹으며 기다렸다. 기다리는 동안 마지막 여객선이 떠나갔고 나는 초콜릿을 먹어치웠다.

주는 정확하게 6시에 나왔다. 그는 나를 차에 태우고 시내에 있는 단골 술집으로 데리고 갔다. 주는 스탠드바 바로 앞의 자리에 앉았다. 그리고 술집 주인 여자와 인사말을 나누었다. 오랜만에 온 모양이었다. 주인 여자는 전에 그가 마시다 맡겨둔 위스키를 가지고 왔다. 술을 부어준 뒤에야 한번

보자는 듯 주는 내 얼굴을 살폈다. 그는 나에게 일어난 일을 다 알고 있는 얼굴로 보았기 때문에 나는 굳이 할 말이 없었다. 그의 말을 듣는 수밖에는. 그러나 그가 쉽게 말할 것 같지는 않았다. 나는 위스키를 급하게 마셨다.

"당신은 나에게 조심하라고 했었어요."

"별 의미 없는 말이었습니다."

"하지만 요즘 와서 그 말이 자꾸 떠올라요. 더러운 마술사라는 말도요. 당신은 뭔가 알고 있었죠? 나에게 일어난 일을 누군가가 좀 설명해 주었으면 해요."

"그런 것을 타인이 대신 설명할 수 있을까요?"

"나 혼자선 도저히 설명할 수 없어요. 무슨 일이 일어난 것인지. 유경은 어디에 있는 것인지."

그의 눈에 순간적으로 경멸이 실렸다.

"내가 아는 건……."

그는 너무 결정적인 말이라는 듯 멈추었다. 술을 단숨에 마시고 빈 잔에 술을 다시 따랐다. 기침을 했고 담배를 피웠다.

"너무 상심하지 마세요. 은령 씨는 아직 얼마든지 가능성이 있지 않습니까? 그러니 다 잊으세요."

그는 진실을 알려주기 전에 잠시 나를 안정시키기로 한 모양이었다.

"난, 완전히 파산했어요."

"그렇게도 고통스럽습니까?"

그는 나라는 여자 역시 그들과 공모자이며 불신한다는 표정을 지었다. 내가 항의하는 것이나 이런 식으로 심각하게 괴로워하는 것이 어울리지 않는다는 투였다. 그럴 자격이나 있느냐는 듯.

"혹시 알고 있나요, 유경이 어디에 있는지?"

나는 그의 경멸을 받아들이면서 물었다. 주는 동정심과 난처함이 뒤섞인 서글픈 표정을 지었다.

"유경을 찾지 마세요. 누구에게나 불가항력적인 사정들이 있습니다. 그 사정이라는 것이 바로 사랑과 인생을 불가사의하게 만들죠."

"당신은 모든 것을 알고 있는 얼굴로 모든 것을 숨기는군요."

"그런데 당신이 알고 싶은 게 뭐죠?"

"……"

유경은 내가 그날 이후 줄곧 기다리고 있는 것을 알면서 돌아오지 않고 있었다. 그런데 유경이 어디에 있는지 알아서는 어쩌겠다는 말인가……. 그러자 정말 알고 싶은 게 뭔지 알 수 없었다. 그때부터 나는 말없이 술을 마셨다.

"어쨌든 저마다 스스로 책임져야 할 부분이 있는 것 아닐까요? 그것을 정직하게 찾지 않으면 스스로 회복할 수 없어요. 그것이 시작이죠."

그는 그 말을 마지막으로 굳게 입을 다물고 술을 마셨다.

내가 그 자리를 어떻게 견뎠는지 모르겠다. 주가 한 말은 토씨 하나 다르지 않게 선명하게 남아 있지만 나 자신은 까맣게 잊혔다. 그날 밤 나는 몹시 취했다. 남자는 나를 부축해 집에 데려다주었다. 그리고 그도 내 침대 아래서 잠들어버렸다. 옷을 입은 채, 양말조차 벗지 않은 채. 그는 다음 날 아침에 떠났다. 그가 가는 기척을 들으면서도 나는 깨어나지 않았다.

한낮이 되어 잠에서 깨었을 때, 나는 그가 놓고 간 신문 스크랩 조각을 발견했다. 지방신문의 사회면 하단, 사건 사고란이었다.

문유경(시인, 27세) 씨가 8월 23일 오전 6시경 J동의 마을 해변에서 숨진 채 발견되었다. 경찰은 같은 날 문 씨의 소지품과 신분증이 든 지갑을 인근 해수욕장 방파제에서 찾아냈다. 사인은 익사로 판명되었지만, 검시 결과 문 씨는 바다로 들어가기 전에 먼저 다량의 수면제를 복용한 것으로 밝혀졌다. 문 씨의 시신은 가족이 없는 관계로 행려자로 처리되어, 시립병원 측으로 넘겨졌다.

8월 23일은 내가 유경을 마지막으로 본 바로 다음 날이었다.

⋮

한 달 동안 누구와도 이야기를 나누지 않았던 어느 날 밤에, 나는 유령 같은 몰골로 라이브 카페를 찾아갔다. 그리고 누군가가 나타나 노래해 주기를 기다렸다. 사람의 목소리가, 누군가의 목소리가 필요했다. 두 시간을 기다린 뒤에야 노래하는 시간이 되었다. 가난한 사무원같이 생긴 남자가 기타를 들고 나와 노래를 불렀다.

느리고 자극적이고 그러면서도 슬프고, 지친 동시에 삶 자체처럼 생생한 노래였다. 남자 가수의 목소리가, 모음과 자음의 떨림이, 오래 씹은 음식처럼 내 입안의 침과 섞이고 치아 사이를 훑고 목구멍을 지나 위에서 소화되고 장에서 흡수되어 핏속으로 흘러 들어가는 것이 느껴졌다. 나는 그에게 〈유리로 만든 배〉를 신청했다. 그는 그 노래를 모른다고 했다.

돌아오는 길에 유경의 아파트를 찾아가니 불이 켜져 있었다. 나는 초조하게 벨을 눌렀다. 문을 열고 나온 사람은 마흔 살쯤 된 중년 여자였다. 열린 현관문 틈으로 낯선 실내가 보였다. 중년 남자가 텔레비전 리모컨을 손에 든 채 소파에 비스듬히 누워 이쪽을 보고 있었다. 나는 입을 반쯤 벌린 채 우두커니 서 있었다. 누군가 방문하기엔 너무 늦은 시간이었다.

그날 밤 집으로 돌아왔을 때, 전화벨이 울렸다. 전화기가 손으로 잡을 수 없는 징그럽고 사나운 짐승처럼 느껴졌다. 밤 1시였다. 간신히 전화기를 귀에 갖다 댔을 때, 그 소식은 전해졌다. 첫 번째 의붓오빠였다.

'교통사고가 났다. 아버지는 즉사했고 엄마는 의식불명이고 동생은 살아 있다.'

나는 즉사와 의식불명과 살아 있음 사이에서 한동안 혼미했다.

깜박 잠이 들 때마다 엄마가 보였다. 매번 엄마가 아직 재혼하기 전 단둘이 세 얻어 살았던 변두리의 조그만 집이었다. 엄마가 경대 앞에서 곱게 화장을 하고 있었다. 분을 바르고 눈썹을 그렸다. 엄마는 립스틱을 바르지 않아 창백한데도 화장을 끝냈다. 그리고 금박 무늬 한복을 입고 검은 숄을 둘렀다. 엄마, 입술이 너무 희어. 화장을 더 해. 내가 소리치자 엄마는 창백한 얼굴로 미소를 지었다. 엄마는 나를 방 안에 가두고 밖에서 문고리를 걸었다. 그리고 마당을 가로질러 대문을 밀고 나갔다. 전에도 꼭 이런 일이 있었던 것 같아……. 꿈에서도 그런 생각을 했다.

다시 잠이 들면 엄마는 내 몸을 씻겨주기도 하고, 지단을 곱게 얹은 국수를 말아주기도 했다. 그리고 마지막 꿈에 엄마는 두툼한 솜을 깔고 이불 홑청을 시치고 있었다. 굵은 목면 실이 바늘귀를 따라 천을 뚫고 나오는 소리는 빗소리와 무척 비슷했다. 엄마의 모습은 편안하고 고요하였다. 나는 방바닥 가득히 펼쳐진 이불 때문에 잔뜩 쪼그리고 앉아 여닫이문 바깥을 내다보고 있었다.

바깥엔 비가 내리고 있었다. 박음질처럼 촘촘한 비가 내리는데 수많은 까마귀들이 마당을 가로지른 긴 빨랫줄 위에 앉아 있었다. 숯처럼 검고 기름을 묻힌 듯 광택이 나는 까마귀들은 문을 꼭꼭 닫은 길가의 집들처럼 빈틈없이 날개를 접은 모습이었다. 은령아, 여자에게 아이란 제 뱃속에서 꺼내놓은 장기 같은 거란다.

나는 까마귀에게 눈을 준 채로 건성으로 응응 했다. 까마귀는 쇠로 만든 조형물들처럼 단단해 보였다. 그렇지 않다면 이렇게 마음이 아플 수야 없지……. 응응. 나는 계속 건성으로 대답했다. 떠나려니 어린 성이 때문에 발바닥이 찢어지는 듯이 아프구나…….

걱정 마, 엄마. 내가 있잖아. 그런데 엄마, 빨랫줄에 새들이 너무 많이 앉아 있어. 비가 내리는데. 내가 말하자 문득 생각이 난 듯 까마귀들이 날아올랐다. 얼마나 사무치게 맺혔는지. 마을의 집들만큼이나 많은 새들이 날아갔는데도 빨랫줄에 맺힌 물방울은 하나도 떨어지지 않았다. 누군가 꿰어놓은 유리구슬처럼 반짝 빛나며 잠시 흔들렸을 뿐이었다. 나는 가만히 웃었다.

엄마. 물방울 좀 봐, 신기해. 하나도 안 떨어져……. 그러나 엄마는 없었다. 방 한구석에 두툼한 이불 한 채가 곱게 개어져 있었다.

⋮

앞이 보이지 않는 안개 속을 라이트를 켠 리무진 버스가 달렸다. 비행기가 뜰까요? 가봐야 알겠지만 뜰 거예요. 공항에 도착할 때쯤 좀 나아질 수도 있고. 그런 일은 흔하지. 안개란 어떤 식으로 흩어질지 아무도 예상할 수 없지.

차가 출발할 무렵부터 나는 몹시 졸았다. 마치 목화솜으로 눈을 틀어막은 듯이 막막한 잠이었다. 아니, 아예 뇌 속의 것들을 다 들어내고 목화솜으로 꽉꽉 채워놓은 것 같은 잠이었다. 어느 순간에 버스가 급정거를 하고 사람들이 허둥대며 웅성거렸다. 앞차와 충돌할 뻔했어. 앞에서 사고가 났을까. 도대체 몇 대나 서 있는 거지? 차가 꼼짝을 못 하게 되었어. 이건 탁한 물속 같아. 그냥 돌아가야 하는 거 아닌가……. 아무래도 오늘 여행은 포기해야겠어.

사람들의 웅성거림 속에서도 나는 졸음에서 깨어날 수가 없었다. 일 년 내내 잠이라곤 자지 못한 사람처럼. 내 몸은 안개처럼 희고 목화솜처럼 포근하고 버스만큼 커다랗게 부풀어 오른 잠에 빈틈없이 꽉 끼인 것 같았다. 버스가 다시 움직이기 시작했고, 그리고 또다시 멈추었다. 하마터면 벼랑 아래로 떨어질 뻔했어. 우리 모두 죽을 뻔한 거야. 사람들이 또 웅성거렸다. 잘못 설정된 꿈속 같았다. 아는 얼굴이라고는 하나도 등장하지 않고, 한 번도 가본 적도 없는 장소와 길 없는 길 위의 헤맴.

리무진 버스의 기사는 차를 후진하고 있었다. 어찌 된 셈인지 버스 앞머리가 알루미늄 난간에 바짝 붙어 있었다. 얼마간 이리저리 몸체를 바로잡은 리무진은 다시 움직이기 시작했다. 다시 돌아가는 게 낫지 않나? 이제 다 왔어. 사고가 나서 길이 막혀 있으니, 돌아가기가 더 힘들다구……. 사람들의 목소리가 졸음 속에서 웅웅거리고 나는 우유가 가득 든 깊은 강물 속으로 끌려 들어가는 것 같았다.

'어쨌든 저마다 스스로 책임져야 할 부분이 있는 것이 아닐까요? 그것을 정직하게 찾지 않으면 회복할 수 없어요. 그것이 시작이죠.' 문득 주의 목소리가 생생하게 떠올랐다. 잠에서 깨어 한동안 꼼짝도 하지 못하고 앉아 있었다. 차는 여전히 안개 속을 달리고 있었다. 나는 차창에다 손바닥을 갖다 댔다. 아주 차가웠다. 얼음 같은 창에다 머뭇머뭇 글자를 썼다. '유경, 너는 어디에 있어?'

그날 비행장으로 가는 길에 5중 충돌사고가 일어났지만 내가 탄 리무진은 평소 시간보다 세 배 이상이나 걸려 무사히 도착했다. 하지만 비행기를 놓치지는 않았다. 안개로 인해 연착되어 오히려 공항에서 세 시간을 기다렸다. 병원에 도착했을 때, 엄마는 이미 영안실로 보내진 뒤였다.

그리고 5년 뒤에

나는 사랑에 대한 과대망상 따윈 없다.
삶이 그렇듯 사랑 역시 매우 사적이고 애매하고 미결정적이며,
성향에 따라 운명에 따라 깊이도 형태도 비중도
천차만별인 것이다.

엄마와 양부는 13평짜리 아파트와 동생을 나에게 남겼다. 오래된 살림살이로 가득 찬 낡고 옹색한 북서향 아파트. 나는 5년째 어린 동생과 이곳에서 살고 있다.

　아이는 이제 여섯 살이 되었다. 아이의 목소리는 유독 청량하다. 방금 찍어낸 은 동전처럼 짤랑거리는, 방금 뽑아낸 무처럼 제가 깜짝 놀라는 듯한, 방금 알에서 나온 오리처럼 촉촉하게 젖은 채 뒤뚱거리는, 내 내장까지 헹구어내는 듯한 맑은 목소리. 그 목소리로 나를 부른다. 엄마…….

　아이가 부를 때마다 난 새로워지는 기분이다. 아이는 30센티 자로 재어보고 싶은 짧은 팔과 다리를 빠르게 움직이며 나와 나란히 걷기를 좋아한다. 그리고 아이는 수다쟁이다. 일요일의 산책길에 신선한 분홍색 소시지 같은 입술로 유치

원에서 있었던 일을 빠짐없이 옮기고 늘 단 하나의 노래를 부른다.

별이 반짝반짝 올라가는 별 내려가는 별 가까운 별 먼 별 별이 빙글빙글……. 노래는 끝없이 이어져서 잠이 들 때까지 계속된다. 아이가 노래할 때 언뜻 밤하늘을 올려보면 북두칠성이 낡은 천 위에 삐뚤삐뚤하게 달린 커다란 스팽글처럼 반짝인다.

그 노래를 가르쳐준 사람은 나다. 노래는 바다를 떠오르게 하고 바닷가 전망대에 올라앉은 화가 난 젊은 남자를 떠오르게 하고 해변에 함부로 찍힌 발자국에 바닷물이 차오르던 장면을 떠오르게 하고 나를 예쁜이라고 불렀던 술 취한 남자를 떠오르게 하고 바닷속에 붉은 곰처럼 쓰러지던 어느 여름날의 태양 빛을 떠오르게 한다.

아이에게 넌 의붓동생이야, 라는 말 따윈 하지 않을 것이다. 그러니 태생에 대해 아무 말도 하지 않을 결심이다. 아이는 언젠가 자라서 말할 것이다. 나는 사생아예요. 근친상간이나 강간이거나, 혹은 불륜이거나 배반이거나 그 외에 사생아라는 단어 속에 포함되는 온갖 그럴 만한 사연들……. 질문을 금지하는 엄마의 어렴풋한 표정 속에서 아이는 온갖 추측을 떠올리며 성장하겠지만, 그편이 진실보다는 아이와 나 사이를 한결 심플하게 규정한다는 생각이 든다.

　어쩌면 나도 한번쯤 아이에게 그런 말을 할지도 모른다. 넌 그 사람과 하나도 닮지 않았어……. 게다가 나는 〈Streets of Philadelphia〉나 〈Knockin' on Heaven's Door〉, 〈Old Man〉, 〈Carry On〉, 〈Simple Man〉, 〈Wish You Were Here〉 같은, 이제는 아무도 듣지 않을 것 같은 오래된 노래를 들을 때면 약간의 혼동을 한다. 마치 아주 오래전에 내가 누군가를 지독히도 사랑하여 남몰래 낳아 키우는 사생아인 양.

　유경과 이진, 그 두 사람 중 누구를 더 사랑했던가. 한 남자 혹은 아무도 아닌……. 어쩌면 둘 다 혹은 그 둘 사이의 어떤 것. 사랑이거나 혹은 아무것도 아니었거나……. 아무려면 어떤가. 나는 사랑에 대한 과대망상 따윈 없다. 삶이 그렇듯 사랑 역시 매우 사적이고 애매하고 미결정적이며, 성향에 따라 운명에 따라 깊이도 형태도 비중도 천차만별인 것이다. 진실이나 거짓, 품위와 욕망, 고급과 저급, 물질과 정신, 이성 간과 동성 간, 이중 연애와 삼각관계, 정상적인 것과 도착적인 것, 고상한 것과 음란한 것……. 삶이 깊어지면 개념은 없어진다. 삶을 살아가는 사람은 이미 규정된 관념이 아니라 그 너머 저마다의 낯선 벼랑길을 걷는다. 그래서 생은 여전히 미확인적인 유혹을 생산해 내는 것이다.

　지금 나에게 떠오르는 것은 그들과 나 사이의 감정이나 부

대낌이 아니라 그들과 나 사이에 조용히 머물렀던 풍경들, 우리가 함께 본 몇 가지 꽃잎들의 모양과 향기, 우리들의 말이 부딪치던 즐거운 울림들, 다족류 같은 스무 개의 손들의 형태와 촉감, 여름밤 거리에 개울처럼 흘러내리던 비의 냄새나 플루토의 어둑한 유리 계단과 내 3층 방으로 오르는 계단과 엘리베이터에서 내려서 늘 당황했던 유경이 살던 낯선 아파트 복도의 인상, 처음 먹어보았던 음식들의 맛과 냄새이다.

막연한 웃음을 띠고 순간적으로 반짝였던 눈동자들과 서로의 몸을 돌리던 때의 공기의 섬세한 펄럭임, 그 펄럭임 속에 퍼지던 체취, 술에 취해 무심코 얽혔던 힘찬 다리들의 감각, 우산살이 다리의 쇠 난간에 닿을 때의 소리, 타타타탁……. 차 안에서 섹스가 끝났을 때 부옇게 김이 어려 있던 차창, 차창 가에서 비에 젖던 달맞이꽃들…….

그리고 내 손가락에서 달랑거리던 보석 반지, 여름밤에 뜨겁게 녹아내리던 촛불의 그림자들, 우리 주변에서 늘 들렸던 몇 개의 오래된 노래, 돌연히 마주쳤던 야생 노루의 눈동자, 벚꽃잎이 날리던 날 마치 직접 본 것처럼 선연한 텔레비전 화면 속의 카펠 다리, 노르웨이와 비둘기 피처럼 붉게 빛나던 스타루비 목걸이, 임파첸스 화분과 구식 선글라스, 폴라로이드 사진 같은 것들이다.

그리고 고흐의 그림 〈론강의 별이 빛나는 밤〉. 밤바다 멀리 헤엄쳐 가 파도 위에서 잠이 들기 전 유경은 그 그림 속으로 들어간 것 같았다고 했다. 싸늘해지는 먹청색의 바다와 금세 쏟아져 내릴 듯한, 미치광이같이 소용돌이치는 흥분한 별들, 그리고 두 팔을 벌리고 파도 위에서 잠든, 상실에 대해 너무나 순응적인 새하얀 벨벳 피부의 야윈 남자…….

이상한 일이다. 이야기는 지워지고 배경과 소리들과 촉감과 냄새들만, 그 사소함과 고요함과 찬란함만이 이토록 생생한 진실로 되살아나는 것은. 그것들이 시간을 무너뜨리며 현기증이 나도록 빠르게 덮쳐와 몇 번이고 다시 현재성을 획득하는 것이…….

그들의 진실이 어디에 있든, 그 시간 동안 나는 사랑에 빠져 있었다. 그토록 이상한 관계 속에서 사랑을 했다고 주장하다니, 사람들은 나를 무도덕하다고 말할지도 모른다. 하지만 이런 사랑이 전에 없었다고 해서, 상처를 주고 아무런 결과도 맺지 못했다고 해서 내 사랑이 의심받을 수는 없다. 실제로는 이렇게 불쾌하고 의혹에 가득 찬 숱한 사랑들이 침묵 속에 가라앉는다는 것을 나는 안다.

⋮

최근에 나는 디자이너들의 패션 몰에 조그만 니트 전문

상점을 갖게 되었다. 니트 디자이너가 된 것이다. 옷 가게 점원 일을 하다가 우연히 흘러든 일이지만 마음에 든다. 이제 점원도 두었고 휴일에는 쉴 여유도 생겼다.

  가끔 선모를 만난다. 선모는 결혼 생활 1년을 못 채우고 이혼했다. 그리고 부모로부터 독립해 혼자 산다. 선모는 이따금 말을 멈추고 나를 뚫어지게 본다. 그리고 말한다. 넌 변했어. 그러면 나는 긍정도 부정도 하지 않는다. 어디가 변했는지 묻지도 않는다. 변하기는 선모도 마찬가지였다. 그는 살이 빠져 눈 밑이 해쓱했다. 어딘가 조금 느슨하고 공허해 보였다. 웃으면 오히려 슬퍼 보였다. 그리고 전보다 대하기가 편했다. 나도 그럴 것 같았다.

  어떤 종류이든, 욕망에 빠져드는 것은 위험하다. 하지만 넘쳐보지 않고는, 자신을 바닥까지 뒤집어 보지 않고는 알 수 없는 것이 있다. 나는 이제 스물다섯 살을 훌쩍 지나 서른 살이 되었다. 그리고 머리에 물그릇을 인 여자처럼 많이 조심스러워졌다. 우아함이란 존재의 여분에서 생겨난다는 것도 알게 되었고, 남자와 여자 사이에 거리를 유지하면서 만나는 한가한 즐거움도 알게 되었으며, 상처를 최소화하며 살아남는 방법도 알게 되었다. 전에는 예외적인 특별한 경험만이 사람을 변하게 한다고 생각했지만 지금은 모든 하루

하루가 사람을 변하게 한다고 생각한다. 어쩌면 가장 평범한 하루하루가.

내가 니트 디자이너가 된 것은 우연이 아닐 것이다. 내 속의 연못이 깊게 가라앉아 내 존재를 맑고 차갑게 비출 때까지 나는 한자리에 앉아 오랫동안 레이스를 짰다. 그리고 그것은 정신의 습관이 되었다. 공백의 시간이면 지금도 흐르는 강가에서 교본도 없이 이 도시를 다 덮을 만큼 큰 레이스를 짜는 막막한 기분이 된다. 언젠가 내가 짠 적이 있는 바로 그 레이스 마을의 지붕들과 창문들과 울타리, 레이스 마을의 삼나무와 당나귀와 구름과 하늘과 넓은 들판, 들판을 따라 나 있는 긴 오르막길을 떠올리려 안간힘을 쓰면서…….

운명은 매듭을 지을 수 없다. 그리고 사소한 순간에 풀려버리는 그물코……. 새로운 니트의 본을 만들 때면 나는 늘 레이스 마을의 풍경 속으로 걸어간다. 그리고 옷을 만드는 동안 당나귀와 동행하는 단 한 명의 레이스 마을 주민이 된다. 그 레이스 마을 주민은 황무지의 꿈으로부터 생겨나 다시 거대한 황무지로 명멸해 갈 자신의 은밀한 삶과 신기루 같은 육체에 이따금 전율과 같은 애정을 느낀다. 그녀는 아무도 모르게 미소 지으며 열 손가락을 활짝 펴고 얼굴을 감싸안는다.

개정판 작가의 말

『얼룩진 여름』은 25년 만에 재출간하는 책이다. 이렇게 쓰니 뭔가 대단한 일인 듯 보이지만 한 편집자와 한 작품 사이에 생겨난 우연찮은 사건일 뿐이다. 하지만 신인 작가이던 시절엔 이런 일이 나의 꿈이었다. 오랜 세월이 지난 후에 내가 쓴 책이 잠에서 깨어나듯 다시 출간되어 새로운 세상을 만난다. 그땐 두려움도 없이 그런 꿈을 꾸었었다.

1999년에 나는 단편소설 「메리고라운드 서커스 여인」을 발표했다. 자기를 놓아버리고 떠도는 여자와 지배 관계에 있는 두 남자가 얽힌 파국적인 사랑의 이야기이다. 나는 다음 해에 「메리고라운드 서커스 여인」을 변형시켜 이 장편소설을 썼다. 스물다섯 살 은령이 현실의 막다른 길에서 훌쩍

자기 세계의 바깥으로 떠난다. 그리고 아는 사람이 아무도 없는 타지에서 지루함 때문에, 어쩌면 세상에 대한 절망감과 삶의 무의미함 때문에, 마치 레이스를 뜨듯이 두 남자와의 관계에 동시에 빠져든다. 요즘처럼 사랑이 공원의 자연처럼 관리되는 시대에 이들의 무도덕한 이야기를 사랑이라고 할 수 있을까?

'사랑이란 오히려 육체를 포장하는 하나의 의상일지도 모른다. 사랑하는 육체는 아름답지만 진실하지도 생생하지도 않다. 사실적이지 않다. 사랑하는 사람들은 단지 스타일리스트일지도 모른다. 진정한 욕망은 장식이 없는 것이다.'
(본문 210쪽)

이 문장들이 소설을 이해하는 실마리가 될 수 있을까. 당시 나는 참을 수 없이 지루한 기존의 세상과 꽉 막힌 삶을 흔들고 틈을 내고 균열을 일으키기 위해 소설을 썼다. 그러니 사랑보다는 욕망과 균열이 이 소설을 이해하는 키워드일 것이다.

25년이란 시간은 어떤 세월일까? 그 세월이면 태어난 아이가 자라 스물다섯 살이 된다. 사회인이 되는 나이다. 그 세월이면 스물다섯 살이 젊음을 다 소진하고 머리가 희끗한 쉰 살 중년이 된다. 그리고 쉰 살 중년은 오래 늙어가며 인생의 일몰을 맞이하고, 예순세 살인 나는 여든여덟 살이 된다. 그때까지 살아 있다면 말이다. 그런 세월 속에서 25년 전의 나는 성긴 채로 거른 듯 내게서 빠져나갔다. 젊은 그녀의 막막함과 갈망과 괴로움이 이젠 어렴풋하다. 나는 그녀의 상심과 슬픔으로부터 아득히 먼 곳에 와 있다.

오래전에 자신이 쓴 글을 읽는 일은 설레기도 하고 부담스럽기도 하다. 교정지를 기다리는 동안 부담과 설렘이 걱정으로 변했지만, 굳이 책꽂이에 꽂혀있는 책을 열어보진 않았다. 미리 뚜껑을 열어 기운을 빼고 싶지 않았다. 편집자에겐 최소한의 교정만 볼게요, 라고 한 발을 빼두었다. 하지만 교정지가 왔을 땐 상황이 예상보다 심각했다. 읽으면서 알아챌 뿐, 읽는 중에도 다음 문장이, 다음 장이, 소설의 세부 내용이 기억나지 않았다. 소극적으로 몇 페이지를 넘기다가 처음으로 돌아가서 눈을 크게 뜨고 자세를 다잡았다. 그리고 거의 손대지 않겠다고 발뺌했던 것이 무색하게 많은 작업을 했다. 소설에 필요하지 않은 부분을 과감하게 들어내고 이야기 라인을 간결하게 살렸다. 그때와 지금의 시간을 넘어, 스물다섯 살 은령을 현재의 지평 위로 건져 올리고 싶었다.

이렇게 긴 세월이 흐른 뒤, 이 소설과 새로운 독자 사이에 어떤 접점이 남아있을까? 솔직히 작가는 그런 것을 염두에 두지 않는다. 그건 편집자가 하는 생각이다. 나의 관리부실로 인해 원고도 없이 재출간 작업을 시작했으니 더 어려운 과정이었다. 40도에 육박하는 뜨거운 여름을 통과하며 책을 만드는 동안 나를 이해하며 도왔고, 때론 나와 팽팽하게 힘겨루기도 했던 담당 편집자와 함께 수고한 다산북스 출판사 분들께, 감사 인사를 전한다.

2025년 여름 아침에

얼룩진 여름

초판 1쇄 발행 2025년 8월 12일
초판 2쇄 발행 2025년 9월 22일

지은이 전경린
펴낸이 김선식

부사장 김은영
콘텐츠사업본부장 임보윤
책임편집 김영훈 **디자인** 박영롱 **책임마케터** 지석배
콘텐츠사업2팀장 김보람 **콘텐츠사업2팀** 박하빈, 채윤지, 김영훈, 박영롱
마케팅2팀 이고은, 지석배, 최민경, 이현주
미디어홍보본부장 정명찬 **브랜드홍보팀** 오수미, 서가을, 김은지, 박장미, 박주현
채널홍보팀 김민정, 정세림, 고나연, 변승주, 홍수경
영상홍보팀 이수인, 염아라, 이지연 **편집관리팀** 조세현, 김호주, 백설희
저작권팀 성민경, 이슬, 윤제희 **재무관리팀** 하미선, 임혜정, 이슬기, 김주영, 오지수
인사총무팀 강미숙, 이정환, 김혜진, 황종원
제작관리팀 이소현, 김소영, 김진경, 이지우, 황인우, 유미애
물류관리팀 김형기, 김선진, 주정훈, 양문현, 채원석, 박재연, 이준희

펴낸곳 다산북스 **출판등록** 2005년 12월 23일 제313-2005-00277호
주소 경기도 파주시 회동길 490
대표전화 02-704-1724 **팩스** 02-703-2219 **이메일** dasanbooks@dasanbooks.com
홈페이지 www.dasanbooks.com **블로그** blog.naver.com/dasan_books
종이 신승INC **인쇄 및 제본** 상지사 **코팅 및 후가공** 제이오엘앤피
ISBN 979-11-306-6864-2 (03810)

· 책값은 뒤표지에 있습니다.
· 파본은 구입하신 서점에서 교환해 드립니다.
· 이 책은 저작권법에 의하여 보호를 받는 저작물이므로 무단 전재와 복제를 금합니다.
· KOMCA 승인 필